JN059712

紫式部は誰か

廣田收 著
HIROTA OSAMU

武蔵野書院

まえがきにかえて

これまでのわずかな経験にすぎませんが、講演や講座などの機会に「紫式部ってどんな人だったんですか」と聞かれることがあります。ところが、それは容貌のことなのか、人柄のことなのか、文学者としての魅力のことなのか、どんな答えを求められているのか、いつも困惑してしまいます。これにはうまく答えることができません。

かつて角田文衞氏が、紫式部の本名は藤原香子だと主張したことがあります。[1]この説には、反論も多かったのですが、どうもよく分からないと、ひととき沸騰した話題もいつの間にか鎮静化してしまいました。

歴史学では「紫式部は誰か」ということは一定程度意味があると思いますが、率直に申しますと、文学の側からは、紫式部の本名が分かったところで、『源氏物語』の何が明らかになるのか（何も分からない）、というわけです。

というのも、紫式部の家集『紫式部集』や、中宮御産を記した『紫式部日記』を信じれば、藤原為時という学者の娘として生まれ育ったこと、年長の藤原宣孝の夫人となって女児を儲けたこと、宣孝が急逝し未亡人となった後、藤原道長の要請によって中宮彰子の教育係となって『源氏物語』を書いたであろうことなどが推測されるばかりだからです。なにせ、生年や没年すらもはっきりしません。ともかく紫式部という人物に関する具体的な情報は、歴史的な資料からほとんど手に入れることができません。

とはいえ、まちがなく平安時代に生きた紫式部が、常識的に考えればある時期に『源氏物語』『紫式部日記』『紫式部集』などを残したことはまちがいないのですが、紫式部という「作者」とこれらの「作品」とは、原因と結果の関係だというふうに捉えてしまいますと、ことはよそよそしい事実としてしか見えません。ではどうすればよいのかというと、文学の問題としていえば、それらの「作品」を読まないかぎり、何も明らかにはできないと思い付かれるでしょう。私の考えるところ、読むということからいえば、紫式部という存在は『源氏物語』『紫式部日記』『紫式部集』の中にこそ、手応えのあるものとして見出しうると思います。つまり、**「紫式部の表現」というものを考えようとすると、紫式部が言葉で書き残した表現の中にしか紫式部を見出すことはできないであろう**、ということなのです。

もしそうだとして、さらに面倒な問題があります。すなわち、『源氏物語』『紫式部日記』『紫式部集』とは、それぞれ成立の目的が違いますから、一見ばらばらに見えるかもしれませんが、よくよく読んでみますと、三者は深いところで繋(つな)がっていることが実感できるでしょう。つまり、そこでようやくこの三者を貫く紫式部の表現とは何かという問いが生まれると思います。逆にいえば、この三つのテキストは、まぎれなく同じ人の著作だということが確信できる、というわけです。

そのような興味や関心のもとに「紫式部の表現」というものを考えてみましょう。

「紫式部の表現」とは何か、というとき「紫式部」には、あえて鍵括弧(かっこ)「　」を付けても構いません。というのは、先にも述べましたように、歴史上実在した存在、あるいは実体としての紫式部ではなく、表現者としての紫式部という意味だからです。(2)

さて、私がなぜ表現ということにこだわるのかというと、主に二つの理由があります。ひとつは、他の誰かの表現ではなく、他ならぬ紫式部の表現であることは、どのようにして明らかにできるかという問いが隠れているからです。

もうひとつやっかいなことは、改めていえば、紫式部には『源氏物語』『紫式部日記』『紫式部集』と、少なくとも性格の異なる三つの「作品」が残されていることをどう考えるか、です。一条天皇の中宮彰子の教育係として藤原道長から出仕の要請を受けた紫式部は、中宮教育の一環として『源氏物語』を書き始めたと考えられます(3)。「純粋」な「文芸的動機」から現在の『源氏物語』のような長大な「作品」が生み出されたとは考えにくいからです。また、道長から中宮御産の記録を求められ、女房としての立場から『紫式部日記』を書いたと考えられます。一方、『紫式部集』は、現在形がどうであれ、おそらくはもともと晩年になって編纂された個人家集です(4)。つまり、性格の異なる三者の間に共有されていて底で繋がっている、つまり、紫式部独自の表現の特質はどのようにして明らかにできるかという問いが隠れている、というわけです。

さらにもし、あえて付け加えることがあるとすれば、聞き慣れないことかもしれませんが、口承と書承という問題です。ここで問題としているのは、口承とは口伝えの伝承の系譜のことであり、書承とは文献同士の伝承の系譜のことです(5)。

何を言っているのかと申しますと、もちろん紫式部は漢詩文や和歌に関して、豊富な知識や教養を備えていた、そうでなければあの壮大な『源氏物語』は書けなかったでしょう。漢籍については、紫式部は花山帝の東宮時代の副侍読（じどく）だった父為時の書斎に籠っていた、猛烈な読書家だったということは、主として『紫式部日記』から想像できます。和歌についても、親族関係の中に曾祖父兼輔や伯父為頼という歌人の影響があると説かれてきたところです。『源氏物語』の中でも、帚木巻の雨夜の品定めや末摘花の造型など何箇所か、紫式部が歌学書の髄脳（ずいのう）を学んでいたことが推測できる痕跡があります。また『紫式部日記』の中でも、和泉式部に対する批評が、生まれながらの和歌の才能に対する羨望や嫉妬がうかがえる一方、紫式部には自分の和歌は学問的裏付けがあると確信しているとみえる箇所もあります。(6)

いずれにしても、『源氏物語』の表現には、漢詩・漢文と和歌・歌学と双方の影響を認めてよいのでしょうが、これはあれかこれかといった二者択一の問題ではありません。『源氏物語』には、それらが重層的に組み込まれているとみることができます。

ただ、私は、**紫式部の表現を考えるとき、文字言語の世界だけに限定せず、音声言語の世界との相互関係の中で捉えよう**と思います。(7)

言い換えますと、紫式部が物語を書くとき出典として用いたものは、意識的に選び取った文献だけでなく、口伝えの伝説や耳学問の知識だってありうるということです。一般には、いわゆる物語研究よりも、説話研究の領域では文献説話の成立に口承世界がどう関係するか、という問題の立て方にはまだ馴染(なじ)みがあると思いますが、残念ながら『源氏物語』研究は「例外」でした。早く藤井貞和氏が、桐壺巻の楊貴妃の物語については文献上の影響だけでなく、口伝えや噂話、耳から入る楊貴妃の物語を想定されていることはヒントになります。(8) 原理的にみて口承と書承とは、対立する点もありますが、構成という点では枠組みが共有されるものだと考えられます。(9)

「紫式部は天才だ」と言うことは簡単ですが、今から一千年前に突然登場したgiftedだと片付けるのではなく、私は紫式部の表現が、いかに仕組まれているか、いかに仕掛けられているかを明らかにしたいと思います。

いうまでもなく表現とは、表現者の思考であり、表現者の認識です。改めて考え直してみますと、従来の研究は、構想が何に依拠しているのかという「出典探し」と、主として紫式部の思考の論理や回路、思想といった意識の面ばかりが注目されてきたといえます。私はむしろ彼女の無意識の世界をも含めて総体的に表現ということを捉えたいと思います。表現しようと考えたことだけが表現されているわけではない、と考えるからです。言い換えるならば、表現しようとすることは、自前の表現の枠組みだけではできないのではないか、…。それでは、意識されない枠組みとは何か。このような問題意識に立って、紫式部の表現とはどのようなものなのか、これから探って行きたいと思います。

正直に申しますと、冒頭に紹介しました「紫式部ってどんな人だったんですか」という質問に、まじめに答えようとしたのが本書です。繰り返しになりますが、私の答は、紫式部は彼女の書いたものの中に居るということです。「でも、その紫式部ってどんな人なんですか」と、さらに質問されるとしたら、**紫式部独自の表現とはどこがそうなのか、紫式部独自の精神性はどこにあるのか**、考えなければならなくなってしまいます。それは、ぜひこの書を御読みになって、御考えいただければと思います。いささか偏った内容かもしれませんが、もし『源氏物語』や紫式部に少しでも興味のある方が、本書を手に取っていただけるとしたら、これ以上の喜びはありません。

注

（1）角田文衞「紫式部の本名」『角田文衞著作集　7　紫式部の世界』法蔵館、一九八四年。初出、一九六六年。紫式部の肖像画ということについては、中世になると「淫（みだ）らな」内容の『源氏物語』を描いたということで、紫式部が地獄に堕ちているということが言われるようになります。そこで、『源氏物語』は仏教的にいかに功徳のあるものかということを説いて、彼女を救済しようと行われたのが「源氏供養」という儀式です。その儀式では、紫式部の図像が掲げられました。例えば石山寺に伝わる紫式部の図像は古いものですが、これが「源氏供養」に用いられたものかどうか何とも言えません。一四世紀から一五世紀のものと伝えられています。それがどれくらい彼女の姿をとどめているかは分かりません。

（2）私は先に『家集の中の「紫式部」』（新典社、二〇一二年）という本を書きました。**紫式部という存在は、家集の中に構築された紫式部像である（しかない）という理解**に基いています。ちなみに、これまで表現という語を冠した『源氏物語』の研究書は数多いのですが、紫式部の表現というテーマを掲げた書物は少ないと思います。本書で私は、表現を言語行為として捉えずに、言語によって表現されたものと捉えています。

なお私は、本書で話題とする昔話のような一回かぎりの口承の語りは、それをそのままに捉えることが難しいものですから、文献文芸と比較するために、ひとたび採録・翻字という手続きによって文字に定着させる必要があると考えています。そもそも**口承文芸としての昔話は、語り手の身ぶり・手ぶり、声色、顔の表情などを伴った、総合的な身体的表現ですが、文学の立場からすると、言語表現の側面に限定しないと文字文芸と比較することができない**という事情があります。ただ、立場が全く違えば、論の立て方や分析方法はもっと違ってくるでしょう。囲炉裏端で、昔話が語られるようすを、映像で撮影して記録するという試みもありました。それは確かに記録ですが、いったいどこに注目すればよいのか、ということです。

（3）私は、紫式部に求められた女房としての役割から、『源氏物語』の性格に中宮学というものがあると考えましたが、**『源氏物語』後半の主題は、紫式部の関心によって、紫式部の宗教的課題へと傾斜している**と理解しています（『古代物語としての源氏物語』武蔵野書院、二〇一八年）。しかし、私は、**そのこともまた中宮に対する「教育」に資するもの**と考えています。

（4）『紫式部集』の伝本は主として、近衛家に伝わる陽明文庫蔵本と、定家系の伝本で由緒ある奥書をもつ実践女子大学蔵本を代表とする二系統に分けられています。かつては一類本（定家本系統）・二類本（古本系統）と呼ばれていました（竹内美千代『紫式部集評釈』桜楓社、一九六九年）が、南波浩『紫式部集の研究　校本篇・伝本研究篇』（笠間書院、一九七二年）において、諸本が出揃い、これ以降、定家本系統（最善本は実践本とされました）と、古本系統（最善本は陽明本とされました）という分類が一般的になっています。

内容上の違いを簡単に言えば、家集の前半はほぼ両系統に共有されています。ところが、後半は歌数や構成において少なからず異なっています。これは、本来自撰家集であったものが、何らかの事情があって、歌数や構成に変化が生じたものと考えられます。ただ、その成立過程についてはまだよく分かっていません（本書「6　紫式部像の形成」注（9）参照）。

（5）口承と書承との関係については「『今昔物語集』「物語」考」、注（3）（『古代物語としての源氏物語』）を参照。『宇治拾遺物語』と昔話との関係については、『宇治拾遺物語の中の昔話』（新典社、二〇〇九年）、『民間説話と『宇治拾遺物語』』（新典社、二〇二〇年）、また昔話と『竹取物語』との関係については、『表現としての源氏物語』（武蔵野書院、二〇二一年）などを参照していただければ幸です。

（6）「晩年期の歌群と家集の編纂」、注（2）『家集の中の「紫式部」』。

和泉式部といふ人こそ、おもしろう書きかはしける。（略）歌はいとをかしきこと。ものおぼえ、かたのことわり、まことの歌よみざまにこそ侍らざめれ。（略）それだに、人の詠みたらむ歌、難じことわりゐたらむは、いでやさまで心は得じ。口にいと歌の詠まるるなめり。

（『日本古典文学大系　紫式部日記』四九五頁）

ここには紫式部と和泉式部との消息のやりとりのあったことが分かりますが、歌そのものは記されていません。

（7）「古代物語研究の戦後と私の現在」、注（5）『表現としての源氏物語』。初出、二〇二一年三月。

（8）「平安京の物語・物語の平安京」同『表現としての源氏物語』。

（9）古代文芸では、口承のテキストと書承のテキストとの関係において、文献の物語が直接口承の素材を引用したりする機会は少ないでしょうが、話型の次元での交渉や、内容を要約、梗概化した次元で影響するという可能性はあります。

＊なお、注記している単著の論文や書物に、特に廣田の氏名を冠していないものは、繁雑さを避けて略しています。以下も同様です。

目次

1 『源氏物語』の花鳥風月

はじめに

平安時代において、他の物語にはなくて『源氏物語』だけにある、**大きな特徴のひとつが、「風景」というものです。**「なんだ、それがどうしたんだ」と思われるかもしれませんが、かつて風景は近代小説の特徴とされてきました。そうすると、小説の風景と、物語の風景とは何が違うのでしょうか。

紫式部が、「さぁこれから物語を描こう」というときに、「風景」というものを必要とした理由は何でしょうか。簡単に言えば、月や花は、人の心を映し出す「鏡」だったと思います。それは、**おそらく人物を深く描くために効果的であり、何よりも表現者「紫式部」の深い人間認識によって突き動かされたものだと思います。つまり風景は、登場人物の内面や置かれた状況を描くのに効果的であり、欠かせないものだったらしいのです。**

それでは、いったい『源氏物語』の風景とは、どのようなものなのか、また近代小説のそれとはどこがどのように違うのでしょうか。この章では、風景を組み立てる「花鳥風月」という視点から、『源氏物語』を読んでみましょう。

1 花に心が宿ること

奈良県に三輪山という、美しい円錐形の御山があります。天理市から南へ向かいますと、山辺(やまのべ)の道の南端、桜井市にあります。このあたりはハイキングコースとしても有名です。関西に生まれ育った私は、幼いころから何度も出かけましたが、あるとき、御山の森の叢（くさむら）に、下向きに咲いている小さな花を見付けました。名前を尋ねますと、「宝鐸（ほうちゃく）草」という山野草でした。「ほうちゃく」は「ふうたく（風鐸）」とも言うようですが、宝鐸とは、御寺の御堂の屋根の四隅に吊（つ）るされている釣鐘の形をした飾りです。大阪生まれの詩人三好達治（一九〇〇～六四年）の書きました『測量船』に「甍（いらか）のうへ」という詩があります。そこに「翳（かげ）りなき甍　みどりにうるほひ廂（ひさし）々に風鐸のすがたしづかなれば」という一節があります。この花はクリスマスローズよりもっとささやかで、花はすぼめた掌を下に向けたような姿をしています。

　早速これを求めて、私の家の小さな庭に植えてみました。初夏に茎を伸ばし、夏は日陰を好み、冬になると地上の葉は消えますが、地下茎で増えて行きます。私は、この花が森の中で誰にも知られずに、うつむきかげんに咲いているつつましさ、けなげさといった立ち姿に魅（ひ）かれました。人を押しのけてまで目立とうとしなくてもよい、俺が俺がと言わないようにみえるこの花を見るだけで、なんとなく慰められるということがあるとすれば、それが花鳥風月の働きなのです。

「梅一輪　一輪ほどの温かさ」という有名な俳句があります。この俳句の作者、服部嵐雪は芭蕉の弟子でした。

　昔、私は中学・高校の先生になりましたが、毎年入試問題を作ります。あるとき、国語科の教員が集まって会議をしたのですが、この句が話題になりました。この句の理解について、着任早々で未熟な私は、「梅が一輪咲いた。しかし一輪だけのことで、寒いばかりだ」と理解していました。すると、同僚のN先輩が「これは、長い冬からやっと春が来ることを待ち望む思いが背景にあるんだ。梅一輪が咲いた。ほんの一輪だけだが、それを見ると、その一輪の分だけ、その花のまわりに、春の温かさを感じる、そういう句だ」と教えてもらいました。

その先輩は、御父さんが名のある歌人でしたから、その薫陶を受けておられたと思います。私はなるほどと感服するばかりで、花に寄せる思いというものをよく考え、言葉にもっと敏感にならなくてはと思った次第です。

2 『源氏物語』における物語の語り方

さて、これから御話することは、歴史的にみてあまり変化しにくい、日本文化の本質にかかわる**「花鳥風月」というテーマ**です。

と申しますと、なんだか地味で退屈な印象を持たれるかもしれません。このテーマのポイントは、日本の古代から近代もしくは現代に至るまで、**和歌や俳句、絵画などにおける花鳥風月が、文化の代表的、中心的な素材だったということにあります。**

ところで、すでに**奈良時代の『萬葉集』には「寄物陳思」「正述心緒」「譬喩歌」という言葉で括られた歌群があります。実はこの「寄物陳思」が日本の詩歌の主流です。特に「物に寄せて思いを陳ぶ」という歌の歌い方が早くから一般的だったといえます。**また「なんだ、それがどうした」と言われるかもしれませんが、要は、

花や鳥に寄せてみずからの思いを表す。

ということです。花に自分の気持ちを託す、花に寄り添って同化するという発想です。これは外国文学にはないといわれています。イギリスのシェイクスピアの研究者である友人に尋ねましても、「西洋の古典文芸に、風景などというものはない」と断言しています。

単純化しますと、古代日本の物語の性格を次のようにまとめることができます。

そもそも『源氏物語』は、ストーリーとしてみますと、なんとも長い作品ですが、**物語の語り方**という点では、小説と大きく違う点があります。すでに指摘されていることもありますが、改めて思いつくままに列挙してみますと、次のようになるでしょう。

（1）**場面が**「そしてそれから、そしてそれから」というふうに、積み上げて行く形で構成されて行くところに物語の特徴があります。場面と場面との関係は、論理的に構成されているのではなく、対照性もしくは類聚性（類同性、連想性）で結合しています。しかも、場面は春夏秋冬という四季や、小寒・立春・雨水などの二四節気、あるいは年中行事の季日などと結びついています。

（2）**季節**というもので物語は縁取りされています。物語は歴史書ではありませんから、年月日のような暦日よりも、季節が基本です。春が来ると春という季節を代表する紫上が登場する、というふうに。

（3）ひとつの場面の中に、原則として、**ひとりの男性とひとりの女性**とが置かれます。[1] 沢山の人物が登場し（ていると見え）ても、ひとつの場面では、基本的には一対一の関係が中心にあります。時には「女／女」とか、「男／男」という対偶もありますが、あくまで物語の基本は「男／女」です。

（4）**置かれる景物の取り合わせによって構成されるのが風景です。ここでいう「景物」とは、「花鳥風月など、四季折々の風物で、和歌に用いられる語句をいう」と定義しておきましょう。**

（5）置かれた景物を用いて、多く**和歌**が詠まれます。かくて男と女が和歌を贈答、唱和するのです。景物と和歌とは連動しています。もしかすると本当は順序が逆で、和歌を詠むためには、まず景物が置かれる必要があり、さらに、そのことと同時に、季節と人物が定まるわけです。[2]

それでは、これから、そのようなことに留意して御話ししたいと思います。

3 『紫式部日記』「あの水鳥は私だ」

若いころは、山歩きをしても海に出かけても、大きな自然の中にいますと、なんだか居心地が悪く、自分をもて余していました。風景画などをみても「ふん、風景なんか」と思っていましたが、馬齢を重ね、少しずつ花や鳥の名前を覚えるとともに、桜や紅葉を見ることが心に染みるようになりました。風景に心を動かされる、風景に心が宿る、見る人の心が風景に映る、ということを実感するようになりました。今年もまた変わらず庭に花が咲き、鳥が鳴くと、そのこと自体に心が動かされる、といった具合に、です。

ひとつ例を挙げてみましょう。

私たちにとって有難いことに、紫式部は物語と日記と家集という三つの作品を残してくれています。同じ作者による作品といえば、それはそうなのですが、それぞれ制作の目的や意図が違いますから、作品の性格はずいぶんと違います。ただ、その根底には、紫式部の精神というか、心性というか、ものの考え方、感じ方が共通して流れていることも間違いないように思います。

そのひとつ『紫式部日記』の中に、次のような場面があります。このとき、紫式部は藤原道長から要請を受けて、一条天皇の中宮彰子のもとに教育係として、女房の身分で出仕していました。折しも中宮は皇子御産のため、中宮彰子の父道長の私邸のひとつ土御門殿に里下りしていますが、皇子が誕生したので、天皇が訪問してくることになったころです。

行幸ちかくなりぬとて、殿（土御門殿）のうちをいよいよつくろひ、磨かせ給ふ。世におもしろき菊の根を、尋ねつつ堀りてまゐる。色々うつろひたるも、黄なるが見どころあるも、さまざまに植ゑたてたるも、**朝霧**の絶え間に見わたしたるは、げに老いもしぞきぬべき心地するに、なぞや、まして、思ふことの少しもなのめなる身ならましかば、すきずきしくももてなし若やぎて、常なき世をも過ぐしてまし、めでたきこと、おもしろきことを見聞くにつけても、ただ思ひかけたりし心の引くかたのみ強くて、もの憂く、思はずに嘆かしきことのまさるぞ、いと苦しき。いかで、今は猶、物忘れしなむ、思ふかひもなし。罪も深かんなりなど、明けたてばうちながめて、**水鳥どもの思ふことなげに遊びあへるを見る。**

　水鳥を水の上とやよそに見む我も浮きたる世を過ぐしつつ

かれも、さこそ心をやりて遊ぶと見ゆれど、身はいと苦しかんなりと、思ひよそへらる。(3)

右の文章は、文が切れずに続いていますので、表現が屈折し、ごちゃごちゃした印象があって、何を言っているのか分かりにくいと思いますが、いや実はそのことが紫式部の心の中を表しているのです。太字にしている箇所の大意を示しますと、次のようです。

私は池に水鳥が無心に遊び合っているようすを見ている。

（和歌）あんなに無邪気に遊んでいる水鳥の姿を、単に水の上のこととみるだけでよいだろうか。あの水鳥の姿はまさに私と同じだ。（他人ごとではない）自分もまた水鳥と同じように、足が地につかない、浮ついた世の中を過ごしているのだ。

とはいえ、あの水鳥もあんなふうに、楽しそうに遊んでいるとみえるけれども、（水鳥の側に立ってみると）身は

ひどく苦しいのだろうと、（我が身に）引き寄せられて比べてしまう。

道長や中宮彰子は、帝の行幸に向けて邸宅を磨き上げていますから、目には眩しいほどの美しさしか映っていないはずですが、紫式部は邸宅の中の池の水鳥に寄せて、自分の内面を見つめているのです。紫式部にとって、他の人たちとは見える風景が、全く違うのです。

伝記的な事実からみますと、紫式部は出仕する前、長保三（一〇〇一）年に大流行した疫病で、新婚時代に夫であった**藤原宣孝**を突然失い、幼な子（後の大弐三位賢子）を抱えて失意のどん底にありました。ところが、時の権勢家であった**藤原道長**から出仕を求められ、あまり気が進まないまま参内します。勤めに出るのに、なぜ嫌々だったのことが分かるのかと申しますと、日記や家集からうかがえるのですが、その後、ちょっと出仕してはすぐ里に下るということを繰り返していたからです。

つまり、紫式部は女房として宮仕えすることになかなか馴染めなかったわけですが、注目すべきことは、右の文章の中に出てくる「なのめなる身ならましかば」（人並みの運命の身の程であったらよかったのに）とか、「思ふこと」（考え悩むこと）があるとか、「嘆かしきこと」が多いと書いていることです。

考えてみますと、紫式部の父親は**藤原為時**という人で、花山天皇の東宮時代に、天皇に学問を進講する侍読のひとりであった学者でした。後に越前守など国司と呼ばれる地方官に任命された受領階層でした。紫式部は、ともかく少女時代までは、父とそれなりの暮らしをしていたわけで、人にかしづかれる姫君だったわけです。ところが、夫宣孝に先立たれ、短い結婚期間が終わり、藤原道長と**中宮彰子**のもとに参上するとなると、突然、今度は立場が逆になり、姫君のために働くことになったわけです。これは屈辱的な経験だったと思います。
身分社会ですから、中流貴族に生まれただけでも良しとしなければならないなどという、考え方はしなかったのか、などと考えを巡らせてみるのですが、まして類（たぐい）稀なる才能に溢（あふ）れた彼女の人生こそ、人々の憧れの的だったのではないかと想像しますし、また宮廷でも誉れ高く評判の女性だったことは間違いないと思うのですが、彼女は負い目をもっていて、どうも実際は相当不愉快な目にあったりして、宮廷社会になじめないばかりか、もって生まれた「身分や階層の低さ」や「不幸続きの人生」ゆえに、拙い運命を背負っていると強く意識したらしいのです。

例えば、藤原頼通の寵愛した女房で、進命婦という女性がいます。有名な伝承があって、この人は、後に摂政関白となった藤原師実、後冷泉帝の后となった四条宮寛子、三井寺のトップである座主（ざす）となった覚円座主（ざす）を産んだことが、そのころ話題になっていました。つまり進命婦は一流の政治家、后、高位の仏教者というふうに、各界の第一人者を産んだ、と伝えられています。その真偽はともかく、このようなことが、当時考えられた女性の最高の栄誉だったのだということが分かります(4)（『宇治拾遺物語』第六〇話、『古事談』二・一九一、『栄華物語』「殿上の花見」や「根合せ」など）。

このような事例を考え合わせますと、恐れ多くも天皇の御子を産む中宮のような人生、そうでなくとも、幸運と財に恵まれた暮らしの保証された貴紳の家に生まれ、子孫の栄達（えいたつ）を確信できる人生とか、そういったことを経験できたのであれば、紫式部の苦しみはもっと和らいだかもしれません。ただし、それでは中宮や宮廷や貴紳の姫君たちが、いや何よりも本人が本当に「幸せ」だったのかどうかというと、本当のところはよく分かりません。

例えば、『紫式部日記』の中には、藤原道長と紫式部との間に交わされた和歌の贈答が何度か記されています。道長は紫式部の雇い主ですから、「皇子誕生の記録を書け」と命じた道長に献上するこの『日記』に、道長や中宮のことをそんなに悪くは描けないでしょうから、少し割り引かざるをえないとしても、道長は血も涙もない政治権力者としてではなく、教養や人間力を備えた男性として描かれています。

一例を引きますと、この日記の冒頭近くの記事には、紫式部が（天皇の后として皇子を産んだ）盛りの中宮を女郎花の花に譬えて讃美するとともに、自らは「私などはそもそも持って生まれた宿命というものが違います」と謙遜して歌います。すると、道長は女郎花の美しさは「心からにや色の染むらむ」と詠んでいます。つまり道長は、問題は宿命ではなく、人の心の用い方なのだ、私だって気苦労は絶えないんだ、と詠んで返しています。

水鳥の場面に話を戻しましょう。

このとき、霧の絶え間に見える上御門殿の美しい庭の光景は、鬱屈とした紫式部の心情を表すには適していないわけです。追い詰められた精神状態のとき、紫式部は、光り輝く邸宅の美しさに心を動かすことがなく、何気なく池の水の上に浮かぶ水鳥を見て、「鳥はいいなあ、何の気苦労もなく、自由で」と思ったわけです。ところが、紫式部も冷静な人ですから、すぐに「とはいえ、鳥も気楽に遊んでいると見えるが、きっと悩みもあるだろう」（たいして違いはない。鳥も私も同じなのだ）と考え直しています。つまり、今、目の前の鳥に自分を重ねたり、鳥の身になって考えたら自分と同じように悩みを抱えていることに思いを致したりしたのではないか、というわけです。おそらくそのような心の動きが、紫式部独特のものだったと思います。

花や鳥をみることで、自分の心の中が明らかになる、花鳥風月に寄せてということは、そういうことです。風

景が、人を映す鏡になっている、という意味で、このような思考回路が、風景の働きだということです。

4 紫式部歌「めぐりあひて」と家集との関係

最近では、御正月でもあまり御目にかかることはなくなってしまいましたが、**「百人一首」**の中に、紫式部の歌として、

めぐりあひて見しやそれともわかぬ間(ま)に雲隠れにし夜半(よは)の月かな

という歌は御聞きになったことがあると思います。

幼い頃私は、この歌は「やっと出た月が早く沈んだ」と、ただ自然を歌ったものだと思い込んでいました。なんと呑気(のんき)な内容だと。いわば自然だけを詠んだものだと、漠然と感じていましたが、大学に入って、これが『紫式部集』という彼女の家集に載っていることを知りました。

私が大変驚いたことは、彼女に家集があったことでした。しかも、家集には、歌の詠まれたいきさつを記した詞書(ことばがき)というものが付いていて、この歌が詠まれる事情があったということでした。しかも、**この歌は彼女の家集の冒頭歌で、幼馴染と再会しながら、すぐに別れなければならなかったという事情があり、しかも後にこの友人が亡くなったことが記されている**ことを知りました。

つまり、紫式部が、この歌を家集の冒頭に置くことには何か意味があるのでしょう。私などは、今や彼女の人生はこの歌を残すためにあったとさえ言えるのではないか、彼女の人生を象徴する歌ではないかと感じています。

つまり、**女友達と別れるのと競争するように沈んだ月は、友人の「行く末」も含めた譬えであるわけです。このような「人事と自然」とが重ねられるところに、紫式部の和歌の特徴があります。**

さて、『紫式部集』の冒頭歌詞書（陽明文庫本）は、次のようです。

はやうより童友達なりし人に、年ごろ経て行き合ひたるが、ほのかにて、十月十日のほどに月に競ひて帰りにければ

めぐりあひて見しやそれともわかぬまに雲隠れにし夜半の月かな　（一番歌）

その人遠き所へ行くなりけり。秋の果つる日きてあるあかつきに、虫の声あはれなり

なき弱る籬の虫もとめがたき秋の別れや悲しかるらむ　（二番歌）(5)

二番歌は、（A）「虫は秋が行くのを引き止めることができない」ということと、（B）「私は友人が行くのを引き止めることはできない」ということとを、重ねて別れの辛さというものを歌っています。紫式部の時代よりもおよそ百年前の『古今和歌集』の時代なら、（A）か（B）のどちらかだけで一首を詠むと思うのですが、紫式部の歌は（A）（B）の二首分を一首に仕立てているところに、時代が進んだということもありますが、その独自性（新しさ）があります。

興味深いことは、「虫」に注目するときに、具体的な虫の名前を使うのではなく、抽象名詞として「虫」という言葉を使っていることです。それでは、なぜ「虫」という抽象的な言葉を使うのでしょうか。もちろん、御承知のように虫には種類があり、形も鳴き声も違います。

以前、京都御所に案内掲示板を立てるにあたって、英語・中国語・韓国語の表示が必要だというので、役所から協力の要請を受けたのですが、私は関西弁の日本語しかできませんので、大学院生で各国出身の留学生たちに

依頼しました。そのとき知ったのですが、御所の中には蜻蛉の池や、色々な虫の集く叢があって、たくさんの種類の虫が住んでいることを説明するように求められたのですが、そういう内容を具体的に伝えるのに、英語には日本語のような昆虫の区別がないことに気付きました。つまり、二番歌の場合、紫式部は、（どれくらい意識したかしなかったのか、悩まなかったのかどうかは分かりませんが）個別の虫の名前を出すか、ただ「虫」とだけ表現するか、選ぶ必要があったわけです。

日本における最初の勅撰集『古今和歌集』は、和歌の御手本とされた歌集です。その中には、蟋蟀（今のコオロギ）、松虫（今の鈴虫）、鈴虫（今の松虫）、蜩（蟬のヒグラシ）などが和歌に詠まれているのですが、例えば、松虫なら、どんな虫かという実体よりも、虫の名前そのものが大切で、人を「待つ」と掛けて用いて詠んでいます。

題しらず　　　よみ人しらず

秋の野に人まつ虫の声すなり我かとゆきていざとぶらはむ

（秋歌上、二〇二）

あるいは、「蜩」なら「日暮らし」（一日中という意味）と掛けるのです。

題しらず　　　よみ人しらず

蜩の鳴きつるなべに日は暮れぬと思ふは山の陰にぞありける

（秋歌上、二〇四）(6)

というふうに、です。すでに、平安時代の『古今和歌集』の修辞の中心は、序詞、縁語などとともに、掛詞（懸詞）にあると言われています。日本の近代小説の研究者でも、日本の古典の財産のひとつは、掛詞だという人がいます。

つまり、**虫ごとの個別の名前を使うと、掛詞の働きを伴うことになるので、詠み方が決まってしまいます。むしろ歌い方からいうと逆で、その虫が今目の前にいるかどうかは関係がなく、歌う内容に応じて虫の名前が、最初に必要になる**といってもよいでしょう。この虫の名前が、**景物**（けいぶつ）と呼ばれるもので、景物を用いて和歌が詠まれるというわけです。

つまり、『紫式部集』の二番歌のように、ただ「虫」とだけ表現しますと、特定の名前をもつ虫のことではなく、虫というもの一般を言うでしょう。名もなき虫が鳴いているとか、何という虫かは分からないが、とにかく虫が鳴いている、あの虫は私だ、ということで、関心は「鳴いていること」そのことにあることになります。そして、**虫が鳴いていることは泣いていることだと、というところに詠む人の心情が託されています。**

調べてみますと、『古今和歌集』にはすでに、「虫」を歌った歌があります。

　　題しらず　　　　よみ人しらず

わがために来る秋にしもあらなくに**虫の音**（ね）きけばまづぞ悲しき　（秋歌上、一八六）

この場合、「どんな虫だって虫が鳴けば、ともかく悲しい」と言っています。虫が鳴くことと私が泣くことが共鳴しているといえます。つまり、「虫」という景物を選んだとき、すでにどう歌うかは決まってしまうのです。

藤原利基朝臣の右近中将にて住み侍りける曹司（ざうし）の、身罷（まか）りて後、人も住まずなりにけるを、秋の夜更（ふ）けて、ものよりまうで来けるついでに見入れければ、もとありし前栽（せんざい）いとしげく荒れたりけるを見て、早

くそこに侍りければ、昔を思ひやりてよみける　　みはらのありすけ

君が植ゑしひとむら薄（すすき）**虫の音**のしげき野辺（のべ）ともなりにけるかな　（哀傷歌、八五三）

この場合、色々な虫が鳴いているということよりも、重要なことは「君」がもういないということです。虫の名前を並べるのではなく、虫が泣いているということで、庭が荒れ果てて「野辺」となってしまっていることを詠むことで、親しい「君」がもはやいないことを実感させるのです。

さて、家集の冒頭歌の話に戻ります。

皆さんは**「忌み言葉」**というものを御存知だと思います。

例えば、結婚式の披露宴には、別れる、切れる、重ね重ね、などといった言葉を使ってはいけないという「決まり」や「慣習」があります。このような禁忌（タブー）は、古代では厳格で、正月や御祝の日、送別の機会などには、忌む言葉を絶対に使ってはいけないし、併せて壽（ことほ）ぐ言葉を唱えなくてはいけないとされていました（『蜻蛉日記』中巻、冒頭）。古代・中世では**「言忌み（事忌み）」**と申します。(7)

離別の機会にも、人を送り出す宴で歌われる場合や、手紙で送別の贈答が行われる場合には、歌うにしても「早く戻ってきてほしい」とか「御別れしたくない」とか「できれば一緒に行きたい」と詠まなければなりませんでした。『古今和歌集』の離別歌には、このような離別歌の形式が明確に示されています。当時の人々は歌の場ごとに、誰に対して、何のためにということを考えて、歌い方を学んだわけです。

そうすると、紫式部の家集の冒頭歌「めぐりあひて」の和歌には、忌むべき不吉な言葉が含まれています。そ

れが「雲隠れ」です。早く奈良時代の『萬葉集』では、葬送の儀式に詠まれる挽歌に「雲隠れ」という言葉が用いられています。御承知のように、『源氏物語』でも光源氏の逝去は、ついに描かれることがなく、「雲隠」という巻名だけがあるということでも分かります。

なぜこんなことをいうのかと申しますと、この幼馴染の友人は、先ほども述べましたが、家集では後になって旅先で客死しています（第三九番歌詞書）ので、紫式部は、冒頭歌における、幼馴染との再会のときに、おそらく迂闊（うかつ）にも、友人にこのような「不吉」な和歌を贈ってしまったことになります(8)。**私が興味をもつのは、最初に詠んだ場の事情はそれとして、紫式部が晩年になり、わが半生を回顧したときに、よりによって（あえて）この和歌を、自分の家集の冒頭に置いたことです。**推測するに、彼女の心の中で、ある種の「後悔」があるのではないかと思います。つまり、歌ってはいけない言葉を使って歌ってしまったせいで、かけがえのない友人は亡くなってしまった。そのような後ろめたさ、砂を噛むような後味の悪さを感じていたのではないかと思います。そして、**この記憶の光景が、不幸続きの彼女の人生の象徴だったように感じられます。**

なぜかというと、平安時代の個人家集では、冒頭に春の歌を置くのが一般的だったからです。**最初の勅撰集である『古今和歌集』**は、二〇巻仕立てで、巻毎に春・夏・秋・冬・賀・離別…と構成されていて、冒頭は春の歌を置いています。つまり、個人家集を編纂するとき、誰もがこれを基準とすることが多かったからです。ところが、紫式部は、編者として冬の歌で同時に離別の歌で、しかも不吉な歌をわざわざ冒頭に置いています。これには必ずや理由があるはずで、これは確信犯的です。

御承知のように、特に旧暦八月一五日の満月は「仲秋の名月」という言葉があるように、月は秋のものを愛でるのが常識ですが、歌「めぐりあひて」は、あろうことか「十月十日のほど」、すなわち、初冬の荒涼とした季節に月を歌っているからです。つらい別れというだけでなく、思い返せばあのとき、あれが最期の別れだったという厳粛な思いには、冬がふさわしい、そういう感覚です。伝統的な季節感をずらすところに特徴があります。

例えば『源氏物語』の中では、寒々とした冬の月を見ると、この世の他のことまで考えてしまうと光源氏は発言しています（朝顔巻）。どうも古代にあっては**冬の月を和歌に取り上げるのは、紫式部が最初のようなのです。**

古代日本においては、奈良時代の『古事記』や『萬葉集』以来、伝統的に季節を代表するものは、花の咲く春と紅葉の散る秋との二つであり、両者は喜びと悲しみと、盛りと衰えというふうに、価値の対立とともに記憶されてきました。ここで取り上げている『紫式部集』の冒頭歌だけでなく、『源氏物語』の事例も考え合わせると、紫式部はあえて風景として冬を好んで用いているとみられます。

御参考までに、同じ「百人一首」に、月を詠んだ赤染衛門の和歌「やすらはで」をみておきましょう。この人は、紫式部だけでなく和泉式部や伊勢大輔とともに、おそらく皆が道長の要請によって中宮彰子のもとに仕えた女房なので、何かと比較するには適していると思います。

『後拾遺和歌集』恋二、六八〇番

中関白、少将に侍りける時、はらからなる人に物言ひわたり侍りけり、頼めてまうで来ざりけるつとめて、女に代りてよめる　　赤染衛門

やすらはで寝なましものをさ夜ふけて**かたぶくまでの月を見しかな**(9)

詞書によると、中関白藤原道隆という男が、赤染衛門の同母の姉妹のもとに通い始めたのに、今夜は必ず行くと言っておきながら、とうとう訪れて来なかったので、翌朝、赤染衛門が姉妹に代わって（和歌を代作して）詰問する形で男に送ったのが「やすらはで」だったというわけです。この和歌は、月に寄せた時間経過が関心の的です。

歌意は、どうせあなたが来ないと分かっていたら、早く寝てしまえばよかったのに、あなたが来るといっていたから、もう来るかもう来るかと思って、結局、傾くまでずっと月を見ていた。どうしてくれるんだ、なぜ来なかったのか、という恨みがましい歌の内容です。男の返歌は残っていませんが、おそらく言い訳がましいものだったと推測できます。

これに比べると、紫式部の和歌「めぐりあひて」は、童友達と久しぶりの再会の後、ひとりぽつんと取り残された私に、友人との離別と月とが重なり合って受け止められたという光景です。**逝く人と、人が去った後に遺された私という構図、この光景を家集の冒頭に置いたことからすると、もしかするとこの光景を、紫式部はわが人生の「原風景」と捉えていたのかもしれません**。

つまり、家集の冒頭歌の表現は、紫式部がこの友人との生き別れの風景の中に、母や姉などの近親者、夫、知人たちの死が含み込まれていた、と感じていることを示しているのではないかということです。

5 紫式部の苦悩とは何か

個人家集を編むことは、一般に晩年になってみずからの半生を回顧して行われることが多いといえます。そのとき、振り返って「わが半生」をどう見るか、ということが関係してくると思います。例えば、前向きの考え方をする人なら「色々な人と出会い、楽しい人生だった」というでしょうし、皮肉っぽいシニカルな考え方をする人は「人生は良いこともあるし悪いこともあるし、まぁ差し引きゼロですね」と言うでしょうし、悲観的な人は「愛する人たちに次々と別れ、とても悲しい人生だった」というでしょう。

おそらく紫式部は、極めて悲観的な考え方をする人で、（幼い頃に度重なった不幸が強く影響しているのかもしれませんが）、**家集の構成において喜びに溢れた歌は少なく、亡くなった方を悼む歌や偲ぶ歌が繰り返し出てきます。**

つまり、私が興味をもつのは、『源氏物語』においても同じように、繰り返される場面のひとつに、「先に逝く人と遺される私」という構図の上に、「亡くなる人に『私を残して先に逝かないでくれ』と呟く」という同じ台詞の繰り返しがあるということです。[10]

この構図は、『源氏物語』に、

桐壺更衣／桐壺帝　桐壺巻
（藤壺／光源氏　薄雲巻）
紫上／光源氏　御法巻
大君／薫　総角巻
（浮舟／薫　蜻蛉巻）

と主要人物において繰り返されていて、きわめて主題的なものです。この中で、丸括弧（　）は、「私を残して逝かないでくれ」という台詞はないものの、右の五つの構図、すなわち人物の対偶関係は系譜をなしていると思います（本書「2　女君の生き方」参照）。そう考えると、**『紫式部集』の冒頭歌の構図が、『源氏物語』において繰り返される構図と共有しているということから考えと、紫式部にとって「呪われた人生」を象徴する「原風**

景」だったことが確かめられると思います。

幼い頃の「原風景」とは、私たちの記憶は最も幼いものでは就学以前にさかのぼるでしょうが、ある日あるときの光景が強く記憶されて、いつもそうだったというふうに固定されるものらしいのです。あの広っぱで鬼ごっこをして遊んだ、しかし誰もつかまえられず、いつも困り果ててしまった。空き地には棘(とげ)だらけの枳殻(からたち)の木があった、蝶の青虫がじっとしていた、土埃(ほこり)の舞う道端に置かれたセメントの土管に潜った、閉じ込められて出られないかもしれない不安にかられた。凍った田んぼの氷の上を運動靴で滑った、近くの池で蛙を剥(は)いで棹(さお)に付けてザリガニを釣った、小さな命を無駄にした後味が悪かった…

　私の卑近な例で申しますと、私が小学生のころ祖父が亡くなったとき、乗った葬列のタクシーの中で（おそらく）父の整髪料（ポマード）の息苦しいくらいの強い匂いがしました、その匂いは今なお思い出せるほどです。その匂いに出くわすと、祖父の亡くなった幼い日の光景がよみがえるのです。**少年時代の原風景**は、記憶がひとつの場面に集約されているといえます。もちろん、この場合は嗅覚ですが、視覚や聴覚でもあったりすると思います。

　そういう意味では、『和泉式部日記』の冒頭は、四月初め、恋人の亡くなった日が近づいて来る、庭の土塀(どべい)の上に草が生え、庭の木々が繁り、色濃くなった暗がりを「私」はじっと見ている。和泉式部の場合は、視覚と嗅覚とから構成されていて、彼女が恋人を喪った記憶の光景から書き始めていると読むことができます[11]。

　繰り返しますが、紫式部は、実に悲観的な考え方をする人です。それだけではありません。そう言って悪ければ、当時の常識からみますと、常識的な発想にとらわれない人で、言葉は悪いですが、相当「ひねくれた」考え方をする「へそ曲がり」とみえる人で、しかしながら静かに自己主張する人だったということもできます。ただ、誰もが感じることを深く描き、表現することができた人だったといえます。

なぜそんなことが言えるのかと申しますと、『紫式部日記』でも『紫式部集』でも、ずっと世の中は理不尽だ、自分はどうしてこんなに不幸なのだろう、と呟いているからです。『源氏物語』でも例えば、登場人物では、特に晩年の紫上、宇治十帖における大君、浮舟たちは、自分のもって生まれた運命、当時の言葉で申しますと、拙き「宿世」をずっと嘆いているからです。

いつの時代でも、生きている時に悲しい出来事を経験すると、つい世の中は「不公平」だとか、私は「不幸」だ、私は生まれもって呪われていると、言いたくなってしまう気持ちは分かります。紫式部の人生は、確かに不幸なものだったかもしれません。おそらく結婚して二年半くらいで（と推測されますが）、夫藤原宣孝を疫病で亡くしたことが、彼女にとって人生のターニングポイントとなり、不本意ながら宮仕えをするはめになってしまったからです。夫が元気でいれば、出仕なんてしなかった、出仕してからも、出仕の喜びより何人もの知人を失ったことの悲しみを「家集」に記しています。

ところで、紫式部の時代は、まだ鎌倉新仏教以前です。この時代は基本的には、

天台宗　…　国家鎮護・天皇の護持。開祖は最澄、比叡山延暦寺。
真言宗　…　加持祈禱。開祖は空海、教王護国寺（東寺）。

の二つの教団がありました。その中でも、上記二つのような、国家や貴紳の安寧を願うことを目的とする宗派に対して、新たに個人の「魂の救済」を担った動向として特に、

浄土教　…　天台宗の中で、来世に救済を希求する思想。平安時代末の**源信**が『往生要集』を書き、地獄・極楽を明確に示したことにおいて重要です。

が注目できます。この源信という僧が、紫式部に影響を与えた、時代の先端を行く救済思想の持ち主でした。『源氏物語』宇治十帖の後半で、入水に失敗し行き倒れている浮舟を救い出す僧が、この源信をモデルとした横川僧都として設定されています。『源氏物語』の末尾における、この人物配置は、きわめて意図的です。つまり、時代の先端を行く僧が、この浮舟を救えるかという疑問が示されているといえます。

ともかく、平安時代の仏教は、鎌倉仏教成立以前のことです。時に、天台系から浄土教の考え方が強くなってきた時代です。

例えば、宇治の平等院は、藤原道長の息、摂政関白の**藤原頼通**が、釈尊が亡くなってから「正しい仏法」が行われなくなる末法、末世がいよいよ到来するという危機感のもとで建造されたものですから、当時は終末観的な気分に満ちていたことでしょう。頼通は、浄土思想に影響を受け、平等院の内部を荘厳し極楽を堂内に現出させています。平等院の内陣は、ここがまさに極楽そのものです。時の第一人者である頼通の立場からいうと、この世の栄華をそのまま来世にも持ち越そうといった考えだったといえます。そのような極楽往生の思想は、光源氏のものであったとしても、紫式部にとっては、意味のないことだと思います。紫式部は、この現世に絶望していたからです。

そもそも**仏教は、ものごとには因と果とから成り立つという、因果という思想を根本に据えています**。この世における不幸は、前世において犯した罪の報いである。これを晴らすには、この世における積善・積徳が来世を幸福なものにするのだと説いています。確かに、この因果という考え方は、この世の矛盾を「合理的」に説明し、「解決」する方法を示しているといえます。

ところが、紫式部は、『源氏物語』の中で、あなたとの出会いは前世からの因縁だと、宿世を持ち出し関係を迫る薫に対して、宇治大君は言葉を借りて、世にいわれる宿世などというものは目に見えない（だから信用できない）、宿世を考えるとどうにもやりきれない、救われないと主張しています。自分を苦しめている宿世とは何かを考えると、本当にそんなものがあるのか、そんな考え方は成り立つのかと、**紫式部は仏教の考えに疑いをもっています。このような考え方をするかぎり、まるで大君が仏教の考えに従うことによって、「考え方の檻」に閉じこめられているように思える、**というわけです[12]。紫式部の出口のない苦悩は、おそらくこのような堂々巡りだったと思います。自分の心の中に答を探し出そうとしてもできないし、前世に求めようとしても考える手がかりもない、仏教は人を救うはずなのに、仏教の考え方が逆に人を縛ってしまうということです。そこに陥る**思考の罠**があります。ただ、重要なことはこの点で『紫式部日記』と『源氏物語』とが、底で繋がっているということです。

『源氏物語』の最後で、紫式部は、浮舟の救いの可能性を、源信を彷彿とさせる横川僧都の教えに賭けた、と私はみています。しかしながら、**結局、紫式部は横川僧都の体現する浄土教的な仏教では、大君も浮舟も救えない、とひそかに確信したと思います。**極端に申しますと、紫式部は、当時の仏教を批判していると考えられます[13]。

6 『源氏物語』の風景とは何か

寄り道が長くなりました。本題に戻りたいと思います。

『源氏物語』を何度も読むと、人物を具体的に造型するには、ある原則が働いていることが分かります。小説と古代物語と重なる点として、容貌とか容姿がいかに優れているか、性格がどうかを挙げるなどという点があるとしても、小説ではそれだけでなく、思想信条、行動の性癖などにも力点を置くでしょうが、いやそれも、『源氏物語』にだってないわけではありません。

ただ、『源氏物語』で最も強調すべき点は、

例えば、**①人物が登場・活躍する季節と強く結び付いている**ことです。これは、**小説にはあまり認められない性質です。**

さらに、②景物が風景を構成しているということです。風景を構成する景物にはどんなものが用いられているか、です。景物はほとんど、後に詠まれる和歌を導きます。

さらに②③人物の身につける衣服や、和歌や消息の贈答に用いられる添物や料紙、部屋の装飾や室礼（しつらい）などが連鎖していることとです。

そして、④独詠であれ贈答であれ、③は特に和歌なども、すべて連鎖しているということです。例えば、春だと、桜や紅梅が咲くことと、衣装も春の着物、歌は桜を詠み、紙も桜色を用いるといった具合です。

これらがいつもすべてがまとまって表現されるわけではありませんが、なかでも①季節、②景物と風景、④和歌の間には強い関係があります。

ちなみに、平安時代の貴族の邸宅は、女性が相続することになっていました。女主（あるじ）と呼ばれるゆえんです。そう申しますと、まるで女性が経済的な力をもっていたように感じられるかもしれませんが、女性は邸宅と一体

になって隷属的な立場にありました。言い方を変えると、既婚でも未婚でも、女主が邸宅を処分して金品に換えるというような発想はありませんでした。つまり、夫が通ってこなくなると、あるいは父の後見が続かないと、女性は一挙に零落する危険を抱えていたと考えられます。(14) このような転落は、『今昔物語集』の世俗部には、しばしば認められるところです。

それでは、物語の展開に沿って、季節と人物との関係について具体的な事例をみましょう。

(1) 季節を背負う女性 ―― 第一部の人物と風景の特徴 ――

物語を描いて行く方法として、風景を必要とするときと、風景を必要としないときがあります。例えば、光源氏と藤壺との密会（若紫巻）などは、場所がどこかも示されず、まるで夢のような出来事であったというばかりです。あるいは、『源氏物語』の後半、宇治十帖に至ると、風景は人物の心情を表現するというよりも、人間関係や状況を象徴的に、また効果的に表現する場合があります。

『源氏物語』は、脇役から台詞のない端役も含めると、総数で一説に約四五〇人とも、四八〇人に及ぶともいわれていますが、**重要なる登場人物は限られており、しかも「描き分け」られているのではないかと思います。**個性がないように思われるかもしれませんが、主要な登場人物たちの才能、美質、性格、和歌などは、うまく「描き分け」られています。読めば読むほど、紫式部は人物ごとに、できるだけ特徴を出そうとしていることが分かります。

この分野の研究は、まだあまり進んでいませんので、今私の考えることを申しますと、描き分けのポイントのひとつが季節であり、もうひとつが和歌です。和歌の詠み分けでいいますと、例えば、紫上は心情を率直に表す詠みかたをしますが、花散里や明石君は儀礼的な、どちらかといえば、挨拶を重くみる、いささか古風な詠み方を得意としています。この問題は別の機会に譲りましょう(15)。

ともかく、登場人物は、最初に紹介されるときの季節に、後々もずっと縛られています。人物と季節とは深く結び付いているといえます。**特に、第一部では、重要な女性たちは、光源氏の栄華のさまを象徴する建造物である六条院の四つの町を構成します**。私たちは季節というと、すぐに四つの季節を想像しますが、主に奈良時代の和歌を集めた『萬葉集』では春・秋の対立が基本です。ところが、平安時代の『古今和歌集』になると、理念としては四季を対等なものと考えるようになっています。

ただ、この四方四季という世界は、奈良時代の古代風土記から近世の『御伽草子』に至るまでにみえる、有名なあの浦島太郎の龍宮城のような、異界のイメージに遡ることができます。四つの季節というよりも、季節の感覚がない、色々な花が一斉に咲き、永遠の命が与えられている宇宙です。つまり、時間の目盛りがないのです。時間の進み方が違うので、龍宮城の三日間がこの世に戻ると何百年も経っていたということになるのです。『源氏物語』もまた、そのような神話を下敷きにしています。つまり『源氏物語』六条院の根底には、四方四季の神話があるといえます(16)。

面白いのは、豪邸と申しますと、私たちはどうしても大理石とか金銀財宝をちりばめ、贅を尽くした建物を想像しますが、乙女巻で光源氏の六条院が紹介されるときに、それぞれの町の特質が、どんな植物が植えられているかで説明されていることです。和風建築と申しますと、総檜造りだとか、柱や板に節がないとか、障子や襖の枠が漆塗りだとか、家具調度に螺鈿が埋め込まれているとか、といったことを想起しますが、そういう点には触れていないことが特徴です。

六条院は現実にはありえない、架空の大邸宅ですが、それぞれの町の人物配置は、次のようになっています。

春　**紫上**／**女三宮**　…　最愛の恋人／晩年の正妻

夏　**花散里**　…　家政組織の代表者

秋　×六条御息所・**秋好中宮**（前斎宮）　…　冷泉帝の中宮

冬　明石君・**明石中宮**（元の明石姫君）　…　今上帝の中宮

このように、広大な邸宅である六条院は、先に述べましたように、たくさんの女性たちの町から構成されていますが、それはハーレムではありません。光源氏の最愛の妻（恋人）である**紫上**と、衣服や食事などを管理する家政組織の責任者である**花散里**（この段階では、もはや恋人ではありません）と、残りは二人の中宮です。二人というのは、冷泉帝の中宮である**秋好中宮**と、今上帝の中宮である**明石中宮**です。若き日に密かに関係をもち、罪の子冷泉帝を産んだ藤壺中宮は、光源氏にとって「永遠の恋人」といえるでしょうが、六条院が創設される前に退場します（薄雲巻）から、この二人の中宮は六条院の根幹を支えているといえます。光源氏の運命と栄華は、明石一族の宿世であり、住吉神の恩恵です[17]。光源氏にとって、中宮は（失礼ながら）帝の御子を産んでもらう「役割的存在」なのです。このように考えると、朱雀帝の代を除いて、歴代の帝の中宮を光源氏が掌握し続けていたといえるからです。

もちろん、光源氏は、若き日に故東宮妃であった六条御息所と関係をもっています（夕顔巻）が、娘の斎宮すなわち秋好中宮との関係をもつことは（物語の中では、六条御息所の言葉によって）許されませんでした。それは、主題的に斎宮が最終的に中宮となるために必要だったわけです。極端に言いますと、そもそも光源氏が六条御息所と関係をもったのは、後の中宮を手に入れるためだったとさえいえます。また、光源氏は明石君と関係して明石姫君を手に入れるわけですが、幼いときから、この姫君を（住吉神から授かった子として）大切に扱います。穿（うが）っていえば、光源氏が須磨・明石に出かけたのは、明石姫君を住吉神によって授けられるためであり、後の**中宮を手に入れるために須磨・明石へ赴く必要があった**とさえいえます。中宮というのは国母のことで、将来は帝となる皇子を産むことが求められたわけです。

いずれにしても、この二人の中宮のおかげで、婚姻を通して、光源氏は帝の外戚であり続けるわけです。この（武力を用いない）政治力学は、藤原道長が娘たちを歴代の帝の後宮に入れ、皇子を産ませ、次の代の権勢を維持し続けたことと同じです。道長は彰子以下、三人の娘たちを次々と帝の后として皇子を産ませることで、あの「この世をばわが世とぞおもふ望月の欠けたることもなしと思へば」という和歌を詠むことができたわけです。

『源氏物語』の内容は、中宮藤壺をあやまつという点では、一見、不謹慎で恐れ多いものに見えるかもしれませんが、**光源氏と藤原道長とを重ねてみると、『源氏物語』は権勢家が娘を後宮に入れ、娘を国母とし自らは外戚であり続けるという、道長の政治手法とその結果としての権勢を讃美したものとみえます。**少なくとも道長の側からみて、『源氏物語』という作品については悪い気はしなかったと思います。

光源氏は若き日に、たくさんの女性たちと関係をもちましたが、藤壺の崩御と引き換えに、その中から「選ばれた人たち」が集められてくるときには、最終的に**六条院のどこに住むか**ということが問われるのですが、あたかも登場した時点で、すでに「決まっている」かのように見えるのです。つまり、この四人の女性が六条院に入ることは、当初から（おそらく須磨巻前後から）決まっていたと思います。

このように和歌と中宮とを軸として物語を描くことが『源氏物語』を描き始めるに至った当初の目的と深くかかわっていると思います。

順番に見ておきましょう。

・春の女性　紫上（若き日の若紫）

紫上は、春の季節の女性です。

紫上が最初に登場するのは、光源氏が瘧病（わらはやみ）（一説に「おこりやまい」とも）に対して加持祈禱の治療をしてもらうために北山の聖を訪問する条で、若紫巻の冒頭は次のようです。

1　三月の晦日なれば、京の**花盛り**はみな過ぎにけり。**山の桜**はまだ盛りにて、入りもておはするままに、**霞**のたたずまひも、をかしう見れば、かかる歩りきもならひ給はず。所狭き御身にて、めづらしう思されけり。
（若紫、第一巻一七七～八頁）[18]

『**源氏物語』の中にどれくらい風景が描かれているのか**、数えてみましたところ、判定の難しい箇所は多々ありますし長短繁簡の差はあるのですが、**約一八〇箇所あることが分かりました**（資料の一部を「付表」として章末に載せました）[19]。『源氏物語』は全五四帖ですから、風景は巻ごとに約三、三回出てくることになります。

この①の場合、風景とはいうものの、比較的簡単な部類に属します。用いられている景物はわずかです。「花盛り」とか「山の桜」とか「霞」とか、少ない言葉だけで構成されています。この時代の桜は「山桜」ですが、どのように美しいのか、どう満開なのか、散り始めているのかいないのか、具体的な説明は何もないのです。その点が小説とは違います。ただ、読むとなんとなく、物語の舞台のようすを、読者の側で想像し補って絵画のように思い描いてしまいます。どうも『源氏物語』の風景には、読者に凭れかかる側面が大きいように思います。

この後、光源氏は、垣間見によって北山の少女（若紫。後の紫上）を発見します。そのとき、この少女が実は、そのころ叶わぬ思いに胸を焦がしている藤壺（桐壺帝后）とそっくりなことに気付きます（というふうに、仕掛けられています）。このことが物語の長編化のポイントになっています。この点が、決定的に光源氏の生涯にわたる女性として意味付けられます。

ここから、この少女を、光源氏の私邸二条院に迎える（若紫巻）まで、「初草」「若草」「紫草」などと春の景物をもって呼ばれます。物語で最初に与えられた印象が、以下ずっと続くように描かれているところに特徴があるといえます。

ここから後、春という季節が来ると、いつも春の女性である紫上が登場します。毎年、四季は巡るのですが、物語が紫上を描こうとするためには、「春が来た」と書き始めるわけです。逆にいうと、紫上が登場するためには、春という季節が来る必要があります。いわば、季節が物語を開くわけです(20)。

・夏の女性　花散里

花散里は、夏の女性です。

いつ光源氏と、どのように出会ったのかは語られておらず不明ですが、次の場面が最初に紹介される箇所です。

2 かの本意の所（訪問先は）の所は、思しやりつるもしるく、人目なく静かにて、おはする有様を見給ふにも、いとあはれなり。（略）**廿日の月、さし出づる程に**、いとど**木高き陰**ども、木暗う見えわたりて、近き**橘の薫り懐しう匂ひて**、女御（花散里の姉）のけはひねびにたれど、あくまで用意あり。（略）

郭公、ありつる**垣根**（先ほど、郭公の鳴いていた中川あたりの家の垣根）のにや、おなじ声にうち鳴く。「したひ来にけるよ」とおぼさるる程も艶なりかし。「いかに知りてか（郭公の声がする）」など、忍びやかに（古歌を）うち誦し給ふ。

（光源氏）**橘の香をなつかしみ郭公花散る里をたづねてぞとふ**

いにしへ忘れがたきなぐさめには、まづ参り侍りぬべかりけり。（略）

（元麗景殿女御）**人目なく荒れたる宿は橘の花こそ軒のつまとなりけれ**

とばかりのたまへる、「さはいへど、（人柄は）人にはいと異なりけり」とおぼしくらべらる。

（花散里、第一巻四一九～二〇頁）

『源氏物語』の冒頭の数巻は、**ひとつの巻毎に、ひとりずつ新しい女性が登場しますが、初めて登場したとき、女性の呼称が景物であることが多く、すでにひとつの季節を背負っています。**巻ごとに主要な登場人物を揚げると次のようになります。

桐壺巻　**藤壺**、**葵上**
帚木巻　**空蟬**
空蟬巻　空蟬
夕顔巻　**夕顔**
若紫巻　**若紫**、**明石君**、藤壺
末摘花巻　**末摘花**
紅葉賀巻　藤壺
花宴巻　**朧月夜**
葵巻　葵上、若紫
賢木巻　藤壺、朧月夜
花散里巻　**花散里**
須磨巻　（存命の女性全員。葵上、夕顔は物故）
明石巻　明石君

花散里巻の後、光源氏は須磨・明石に赴（おもむ）くわけですが、ここまでで、第一部の主要人物はほぼ出尽くしています。この現象は、『源氏物語』が最初でき上がったとき、巻ごとに単発的に読み切りの形で発表され、途中から長編化されたというふうに、当初の段階で『源氏物語』の構成に変更があったという学説（玉上琢彌）の根拠にもなっています。(21) ただ、この議論は、紫式部の出仕事情と複雑に絡みますので、その検討はここでは措きましょ

う。

ともかく、**物語の長編化の柱**は、大きくみますと、

（1）藤壺→若紫（→女三宮）という「紫のゆかり」の系譜という軸／宇治大君→中君→浮舟という「橋姫」の系譜という軸

（2）住吉神に保証された運命をもつ明石君と明石姫君（冷泉帝中宮）という軸

（3）物怪となって葵上の命を奪う六条御息所から娘の斎宮（今上帝中宮）という軸

というふうに、三つの軸があると思います。

さて、2の場面における光源氏の外出の目的は、賀茂祭の頃、すなわち夏四月に、父桐壺帝の麗景殿女御を見舞うことでした。花散里という女性は、桐壺帝代の麗景殿女御の妹にあたります。この途次に、「中川」（現在の寺町通付近を流れていた川）のあたりで、光源氏は以前通ったことのある女性の家に声をかけ、郭公（ほととぎす）の和歌を交わしますが、全く相手にされず、そのままになって通り過ぎます。その後「廿日の月」が出たころですから、月が出てすぐは「まださやかならねど、大方（おほかた）の空をかしき程」（絵合巻、第二巻一八七頁）で、あらわではありませんが、雰囲気のある夜だというわけで、手入れが十分に行われていない「木高き陰」に元女御の邸宅は暗く感じられ、それゆえ「橘（たちばな）の薫り」が強く漂います。「木高き」という表現は他の箇所にもあり、庭が荒れ果てて手入れが行き届かない徴（しるし）といえます。この場合は、桐壺帝の譲位の後、元女御は世の中から忘れ去られ、逼塞（ひっそく）していた、ということです。

場面が四月に設定されたのは、夏の景物を置き、夏の女性として造型するためです。光源氏が出掛けた折、ま

るで申し合わせたように「郭公」が鳴くというのは、あまりにも出来過ぎだと思われるかもしれません。しかしながら、歌を導くためには、このような景物の取り合わせが必要です。**それは和歌が「寄物陳思」の伝統に立っているからです。夏のものとして、橘と郭公という取り合わせが風景を構成しています。**もう少し言えば、**風景というものは、結局、歌語としての「景物の組み合わせ」だということが分かります。この場合は、嗅覚と聴覚とが中心となる光景**になっています。

光源氏の歌は、「貴女（元女御）を思い出す橘の香が懐かしくて、郭公（光源氏）は夏の邸宅である「花散里」を今訪れているところです」というものです。郭公には、「浮気な男」というニュアンスがあります。ここで元女御の前ではあえて、自分を自分でけなし、謙遜しています。それが挨拶だからです。これに対して元女御は、「荒れ果てた私の邸宅は、何よりも（庭にある自慢の）橘の花が貴方を誘うきっかけになったのです（そのことが嬉しい）」と、女御は、光源氏のわざわざの来訪に感謝の意を述べています。

この時代、大きな邸宅には名木があり、例えば染殿后（そめどの）の邸宅、藤原良房の桜を愛（め）でるためにと帝が行幸したことがあります(22)。もちろん、そこには政治的な意味があることはいうまでもありません。光源氏の私邸で紫上の住む二条院には、桜と紅梅が植えられています、なぜなら、春を代表する植物だからです。

ともかく、この場合、贈答・唱和は挨拶に徹してして、この場面の後に、元女御と同居している本命の花散里を光源氏が訪問します。

・秋の女性　六条御息所・斎宮

物怪に命を奪われた夕顔と、光源氏が最初に出会うのは、六条御息所を訪問する途中のことでした。その六条御息所と、後に斎宮に卜定（ぼくてい）される娘は、共に秋の女性です。次の場面は、光源氏が六条邸から朝、帰宅する条です。

3　秋にもなりぬ。人やりならず、心づくしにおぼしみだるる事どもありて、大殿（正妻葵上）には、絶間（たえま）置きつつ、うらめしくのみ思ひ聞え給へり。

六条わたりも、とけ難（がた）かりし御気色をおもぶけ聞え給ひて後「ひき返し、なのめならんはいとほしかし。（略）女は、いと物をあまりなるまで、思ししめたる御心ざまにて、齢（よはひ）の程も似げなく、人の漏り聞かむに、いとどかくつらき夜離（が）れの寝覚め寝覚め思ししをるる事、いとさまざまなり。

霧のいと深き朝（あした）、いたくそそのかされ給ひて、（光源氏は）ねぶたげなる気色にうち嘆きつつ、いでたまふを、中将のおもと（女房）、御格子（かうし）一間あげて「見たてまつり送り給へ」とおぼしく御几帳（きちやう）引きやりたれば、御ぐしもたげて見いだし給へり。前栽の色々乱れたるを、（光源氏が）過ぎがてにやすらひ給へるさま、げにたぐひなし。廊の方へおはするに、中将の君、御ともに参る。紫苑色の折にあひたる薄物の裳（も）、あざやかに引きゆひたる腰つき、たをやかになまめきたり。見返り給ひて、隅の間の勾欄（かうらん）に、しばし引き据ゑ給へり。（略）

（光源氏）**咲く花に移るてふ名はつつめども折らで過ぎ憂きけさの朝顔**

いかがすべき」とて、手をとらへ給へれば、いと馴れて疾く、

（中将の君）**朝霧の晴れ間も待たぬけしきにて花に心をとめぬとぞ見る**

と、おほやけごとにぞ聞えなす。

（夕顔、第一巻一三二～三頁）

参考までに、年立[23]によると、このとき光源氏は一七歳、六条御息所は二四歳、藤壺は二二歳ということになっています。

ここに見える「心づくしにおぼえみだるる事」とは、藤壺に対する光源氏のやみがたい思いのことです。光源氏が六条御息所のもとに通うようになったのは、現在の物語には描かれていないのですが、藤壺との関係が深刻なものとなっていた間のことと想像できます。藤壺への思いと六条御息所への思いとは並行して続いています。「とけ難かりし御気色…聞えて後」云々とありますから、六条に通い始めるまでには、女性の側から相当の抵抗があったようなのですが、六条御息所は一旦関係をもつと情が深く、光源氏の夜離れに悩み深くなることがあったらしいのです。

ここでは、六条御息所のことを「六条わたり」と、地名をもってぼんやりと示されています。それは、物語があえてそうしているわけで、「女は」以下の批評は、御息所についてのことですが、六条御息所は物語になかなか姿を現わしません。

ちなみに、男女の出会い、関係の始まりからいうと、身分の低い女性（夕顔、空蝉など）との出会いは、こと細かく描かれていますが、身分の高い女性（藤壺、六条御息所、花散里など）との出会いは、何か一定の配慮が働いているのだと思いますが、曖昧であるか、もしくは省かれています。六条の場合は、おそらく高貴であることと、（後に物怪となるような）正体の怪しさとが関係していると思います。この場面のように、光源氏と六条御息所との関係は、女房中将君との唱和に（置き換えられ）、象徴化されています。

3の場面では、霧の深い朝、光源氏は御息所から、人目につかないうちに早く帰宅するよう促されています。

これは（男性が女性のもとに泊まった翌朝、すなわち）後朝の一般的な習慣です。ところが、六条御息所の気持ちは「矛盾」しています。光源氏を見送ることはなく、顔をあげて見遣るばかりだったとあります。光源氏に対する未練がましさを思わせるしぐさです。光源氏はすぐ帰る気分になれず、御付きの女房にたわむれかかります。光源氏の、このような行動は必ずしも非難されるべきことではなく、物語の側から見ますと、**女房の立居振舞によって、女主である六条御息所の教養や見識が推し量られる、という描き方になっています。**

この③の場面の中心的な景物は、「朝顔」です。というよりも「朝顔」だけしかありません。「霧」の深い朝、風景とはいえ、庭のようすをいうだけです。「前栽の色々乱れたる」とあるのは、花が咲き乱れていたということですが、その具体的な中味は語られていません。つまり「前栽」の花が咲き乱れている中から、「朝顔」が取り出されたわけです。この「朝顔」は現代の大型で外来の朝顔とは違い、もっと小型の古代朝顔です。時に桔梗と混同されています。

ともかくこの場合、風景は結局、朝顔という、ひとつの景物から成り立っています。この朝顔という語ひとつで、和歌が詠まれることになります。

女房が「薄物の裳」（正装のスカートのこと）を付け「腰つき」の色めかしさを見て心動かされた光源氏が、女房を引き止めて詠んだ内容は、「「色が褪せる」という意味の「うつる」という言葉は（不吉で）慎むべき言葉ですが、今朝の朝顔（目の前の女房）を折らずにこのまま通り過ぎることはできないじゃないか（さあ、どうする？）」と誘いかける意味です。

これに対して、女房の歌は「（一夜を過ごされた）朝霧がまだ晴れないうちに、帰ろうとされる光源氏のようすでは、女主（あるじ）（六条御息所）に心を留めない（という意味で）不誠実さである」という意味です（この箇所については、「女主に気があるのに、不誠実です」と解釈することもできます）。色めかしくからかった相手の誘いを、あえて主人の立場を持ち出して光源氏をとがめる形式をもって挨拶に徹した歌を歌うことで、光源氏の「すき心」たっぷりの求めをはぐらかしたといえます。今詳しく御話ができませんが、和歌は儀礼的、挨拶的な性格の強いハレ（晴）の場と、私的な心情を直に詠むケ（褻）の場と、両方があると思います。[24] ここでは褻（ケ）とはいえ、女房は女王に仕える立場を貫いて光源氏に対峙していて、褻の中の晴（ハレ）の場といえます。

ただ、ここで何が問題かというと、**植物の朝顔と、女性の「朝の顔」と掛詞になっていることです。朝の顔を知っているというのは、夜を共にしたからで、男性の側から朝顔という花に寄せて、共に朝を過ごした女性を譬えたという形です。**

さて、次はすでに心の離れた賢木巻で、伊勢に下向する前に、嵯峨野で忌み籠（こも）りをしている、娘の斎宮のもとにいる御息所を、光源氏は「これが最後だ、もうこれで別れよう」という思いで訪問するという場面です。季節は、やはり秋と設定されています。

このとき、年立によると、光源氏は二三歳、六条は三〇歳です。

4 九月七日ばかりなれば、（伊勢下向を）「むげに今日、明日と」と思すに、女がた（六条御息所）も、心あはただしけれど、（光源氏は）「立ちながら（ほどの短い間でもよいから、一目御目にかかりたい）」と、度々御消息有りければ、「いでや」とは思しわづらひながら、いとあまりむもれいたきを「物越しばかりの対面は

（あってもよい）」と（御息所は）人知れず、待ち聞え給ひけり。

（光源氏が、嵯峨野の）はるけき**野辺**を分け入り給ふより、いと物あはれなり。**秋の花**、みな衰へつつ**浅茅**（あさぢ）**が原**もかれがれなる**虫の音**に**松風**すごく吹きあはせて、そのこととも聞き分かれぬ程に、（演奏の）ものの音ども絶え絶え聞こえたる、いと艶なり。

（賢木、第一巻三六八頁）

有名な車争いの事件以降、光源氏の行動は心情と「矛盾」していて、御息所を避けようと思う反面、（心弱さというか、本来の好色さで）いよいよ斎宮（さいくう）の伊勢下向に母として同行しようと考えた御息所が、都を離れる時期が近づくと、光源氏はしきりに「端近（はしぢか）ででもよいから御目どおりを得て、御挨拶したい」と迫ります。もちろん実際に出会えば、会話だけではすまないでしょう。御息所も、対面は（斎宮の守るべき、厳格な忌み籠りのタブーが働いていますので）、世俗の人と出会うことすら、絶対にあってはならないと思う反面、「物越し」くらいなら、と、心待ちにしています。というより、六条はもし出会うことになったとしても、それは光源氏のせいだ、しかたがないと自己弁護できるように正当化しています。そういう御互いの葛藤と期待の中で、光源氏は斎宮の籠りの野の嵯峨野を訪ねることになります。

生まれつき光源氏には禁じられれば禁じられるほど、燃え上がってしまうという「御癖（くせ）」（帚木巻）が与えられていますから、光源氏の生き方に思想的な一貫性を求めるには無理があります。例えば、葵巻の中では、葵上の逝去と若紫の初枕（にひ）と、明暗の全く対照的な場面が隣接し合っていますが、光源氏の中では矛盾せず、同居しています。光源氏はいつもそのときそのとき、懸命に生きているだけです。いうまでもなく、光源氏には、行動の原理原則というものがありません。いわば、場面ごとに全力で生きているといった風です。

右に見てきたように、1・2・3に比べて、特に4は主人公の見る光景が、心情と溶け合っていますので、風景と呼ぶにふさわしいのです。

ところで、すでに指摘されていることだと思いますが、この**「はるけき野辺」とは、実にうまい表現**で、単に距離として遠いというだけでなく、気が進まないけれども会いたい、会いたいがいかにも遠いという距離感が心理的に表現されています。しかも、**途中の「野辺」には、伝統的な美意識からすると、見るべき花や草がない、それは庭園のように「管理された自然」ではなく、本来の「野の自然」だからです。鑑賞用の花や草などといったもののない、殺風景な雰囲気がよく表現されています。**

いずれにしても、斎宮の籠りの地である野宮（ののみや）にはなかなか辿り着けない「野辺」には、「秋の花」はすでに枯れてしまい、「浅茅が原」は枯れ枯れで、同時に嗄（か）れ嗄れの「虫の音」が聞こえ、これに「松風」が荒涼として響き合っているという風景です。松風と響き合い、そこに御息所たちの楽器の演奏が絶え絶えに聞こえるという説明です。

もう一度申しますが、これは管理された庭の風景ではなく、管理されていない自然のままの野山の風景であることです。「九月七日ばかり」と設定されていますが、都で言えば、仲秋の名月という言葉があるように、旧暦八月十五夜の満月が最高だとされています。

そのことからいえば、この場面は晩秋です。**もはや秋の季節を代表する景物はなく、季節外れの景物が並べられています。**当時の美意識からみると、あえて「秋の盛りを過ぎた風景」を設定しているのは、もはや男女の交情にはふさわしくない場面として設定されているといえます。松風「すごく」とは「凄い」の意味ではありません。古語としては、荒涼とした、すさんだ、寒々として気味が悪いほど寂しい、などといった意味で、**味気ない**

雰囲気を風景で表現しています。もはや元に戻らない、取り返すことのできない、二人の最後の対面と別れの夜を演出しています。

・冬の女性　明石君・明石姫君（後の明石中宮）

明石君・明石姫君は冬の女性です。

明石巻から松風巻までは、明石君に、冬という季節の縛りは見えません。

ところが、次の薄雲巻冒頭（このとき、年立では光源氏三一歳、明石君二二歳）になると、「冬になりゆくままに」（第二巻二一五頁）、明石姫君を紫上の養女として引き取ろうということが話題になります。明石一族にとって、まさに冬の季節です。

子どものいない（という設定をされている）紫上は、もし姫君を産んだ明石君と対決すれば、妻の座において敗北せざるをえません。むしろ、明石姫君を紫上が養女とする（正しくは「奪い取る」）ことによって、（結果的には）光源氏の第一の妻であることを守ろうとするのです。住吉神から授かった明石姫君を手に入れることで、光源氏は紫上と最強の宿世を手に入れ、最高の栄華を獲得することができます。栄華を獲得するには、光源氏と紫上とは、そのような行動をとる以外にありません。

明石君の側からみれば、姫君を差し出すことによって、都における一族の栄華を達成できるわけで、そのための性格付けとして明石君には謙譲の人、抑制の人として造型されることが必要になったといえます。その点は、昔から紫式部の自己投影だと言われてきましたが、物語の展開の中で、明石君の生き方は（紫式部によって、もしくは物語によって）強いられたともいえます。

[5] うち泣きつつ過ぐす程に、十二月にもなりぬ。雪・霰がちに、心ぼそさまさりて（明石君は）「あやしく、さまざまに物思ふべかりける身かな」と、うち嘆きて、常よりもこの君（明石姫君）を撫でつくろひつつ居たり、雪かき暗し、降り積るあした、来し方・行く末のこと、残らず思ひ続けて、例は、殊に端近なる出で居などせぬを、汀の氷などみえて、白き衣どもの、なよよかなるあまた着て、ながめゐたる様体・頭つき・後ろでなど、「かぎりなき人と聞ゆとも、かうこそはおはすらめ」と人々も見る。落つる涙をかき払ひて、（明石君）「かやうならん日、ましていかにおぼつかなからむ」と、らうたげにうち嘆きて、

（明石君）**雪深み深山の道は霽れずともなほふみ通へ跡たえずして**

とのたまへば、乳母うち泣きて、

（明石姫君の乳母）**雪間なき吉野の山をたづねても心のかよふあと絶えめやは**

と、いひ慰む。

（光源氏は）この雪とけて、（明石一族の大井邸に）わたり給へり。　（薄雲、第二巻二一九～二二〇頁）

明石君の和歌は、男性が女性に、「雪に降り籠められているから、どこへも動けない」とか、「雪が積もっているので通って行けない」とか、通って行けない口実や言い訳に用いられる類型的な形式を用いています。

この[5]の場面の**「雪・霰がち」の天候は、都で復権した光源氏を追いかけて上京してきた明石君の、わが姫君を紫上に養女として献じざるを得なかった屈辱的な人生が、これからどうなるのか分からない不安な気持ちを表**

現しています。断片的ではありますが、これも風景といえるでしょう。この場合は、光源氏との贈答ではなく、明石君の独詠（独詠）に対して、こらえきれず女房がこれに合わせて唱和するといった形をとっています。

明石君の歌は「雪が積もって道が分からなくても、（光源氏には）雪を踏み越えて通って来てほしい」と内心を吐露したのに対して、姫君の乳母は「雪の深いことで有名な吉野山でも、通う足跡が絶えることはありません（必ず通って来られるであろう。心配する必要はありません）」と慰めた形になっています。

やがて雪の解けた日、姫君は二条院に迎えられます。ここから明確に明石君と姫君が、六条院の冬の町に入ることが意識されているといえます。『源氏物語』において、人物と邸宅ともまた相関関係にあります。[25] この問題は別の機会に譲りましょう。

（2）季節外れの景物――第二部の人物と風景の特徴――

第一部は、恋物語であって、季節と人物との結び付きは原則的です。ところが、第二部になると、時に季節と人物との結び付きの原則に外れる場合が出てきます。

物語の途中（若菜上巻）から登場する女三宮も、春の季節の女性です。

光源氏は、四十賀（初老となる、今でいう還暦の御祝い）という老いを意識する年齢となって、腹違いの兄朱雀院から女三宮を「親ざま」に預かってほしいと懇願され、病がちで出家を考えて娘の将来を案じる兄の気持ちを忖度して、正妻として迎えることを受け入れます。ところが、この一件がこの上ない「迷惑」だったのは実質上、光源氏にとって不動の妻だった妻紫上です。紫上の弱点は、社会的に認知されていないことです。「後見」がなければ、正当には待遇されないのです。

つまり、最初から女三宮は、紫上と光源氏の住む六条院春町を「狙って」降嫁してきます。ここには明らかに紫式部の、光源氏と紫上との関係を壊してやろうという狙いがあります。**物語の深層では（理念上は）、翁である光源氏は「若菜」を献上されることによって若返る、生命力を賦与（ふよ）されるはずなのですが、物語の表層では、光源氏も紫上もこの少女によって「振り回される」ことになる**わけです。

次は、女三宮が光源氏の正妻として春町に移り住むことが決まったとき、光源氏が紫上に経緯について弁明する条です。光源氏にとって気が重いのは、女三宮が紫上と同様、あの藤壺の姪だと聞いたとき、若き日に得た「紫のゆかり」若紫と同じように、魅力的な女性なのではないかと触手（しょくしゅ）が動いたこと（若菜上巻、第三巻二三〇頁）に、「うしろめたさ」があるからです。

兄朱雀院の申し出を断りきれない、面倒なことになったと、光源氏は思い乱れますけれども、紫上もうすうす経緯を知っていたのですが、まさか引き受けることはないであろうとたかをくくっていました。時は年末、十二月です。

6　またの日、雪うち降り、空の気色も物あはれに、すぎにしかた・行く先の御物語きこえかはし給ふ。

（若菜上、第三巻二三八頁）

光源氏も紫上も本来は春の人物ですが、ここに示されている風景は、冬のものとして描かれています。つまり、春の二人をあえて季節外れの風景の中におくことで、光源氏と紫上との心情が象徴されています。しかし、単なる光景ではなく、人々の内面、精神状況を表象しているゆえに、風景と呼ぶことができます。

わずか一行足らずで、「雪うち降り、空の気色(けしき)もあはれに」とあるだけで、風景というには不十分とみえます。小説なら、描写が弱いとか、描写が足りない、と批評されるでしょう。そもそもこれは「描写」ではありません。重要なことは、春の人物である紫上と光源氏が、冬の荒れた天候の中で登場していることです。それは紫上の傷付いた心と、もはや元には戻らない二人の関係を風景で表現しているわけです。

もし映画でしたら、家の外の吹雪の嵐を映しつつ、カメラを部屋の中に動かして人物たちを映すでしょう。この場面では、紫上の心の中は直接表現されてはいませんが、**風景だけで心情、もしくは人間関係を表現しています。風景が描く力をもっている、それが『源氏物語』独自の表現方法です。**

「二月十余日」に女三宮は六条院に降嫁します（若菜上、第三巻二四六頁）。新婚の三日夜の儀式のため、光源氏が毎晩、女三宮のもとに「夜離(よが)れもなくわたり給ふ」（若菜上、第三巻二四七頁）とき、紫上は次のように描かれています。

> **風うち吹きたる夜のけはひ冷やかにて、**「ちかく侍ふ人々、あやしとや聞かん」と、うちも身じろぎ給はぬも、猶いと苦しげなり。夜ふかき**鳥の声**のきこえたるも、物あはれなり。（若菜上、第三巻二五一頁）

ここにも、季節は春なのに、春めいた景物は一切ありません。

ただ、現代の我々からみますと、これも風景と呼ぶには物足りません。断片的すぎるでしょう。小説でしたら、もっと細かく書き込むようなところです。

その後、光源氏が直接接することになると、女三宮はまだまだ幼く、大人の女性としては未熟であることに落胆します。光源氏はそのことを紫上に「心配する必要はない」とだけ伝えることで、紫上との関係を修復しようとします。ただ、紫上の苦悩は、その程度の言葉で慰められるものではありませんでした。わずかな風景ですが、やるかたない悲哀を負う紫上の心情を象徴的に表現しています。

次もまた、光源氏が女三宮のもとに通う間、紫上は「**風**うち吹きたる夜のけはひ、冷やかにてふとも寝入らけ給はぬを、「ちかく侍ふ人々、あやしとや聞かん」とうちも身じろぎ給はぬも猶いと苦しげなり。夜ふかき**鳥の声**きこえたるも物あはれなり」（第三巻二五一頁）さまに苦しんでいました。「**明けぐれの空**に、**雪の光**見えておぼつかなし」（同）状態で、紫上の心象がずっと冬の風景と絡んで示されます。光源氏は「**雪**は所々残りたる」ある朝、目覚めても日がな紫上のもとを離れずに居ました。

7　今朝は、（光源氏は）例のやうに御殿籠(おほとのごも)り起きさせ給ひて、宮（女三宮）の御かたに御文たてまつれ給ふ。ことに恥づかしげもなき御さまなれど、御筆など、ひきつくろひて白き紙に、

（光源氏）**中道を隔つるほどはなけれども心みだるる今朝の淡雪**

梅につけ給へり。人召して「西の渡殿より、（女三宮の住む客殿としての寝殿に）たてまつらせよ」との給ふ。やがて（光源氏は庭を）見出して端近くおはします。白き御衣どもを着給ひて、（梅の）**花**をまさぐりつつ、友待つ**雪**のほのかに残れる上に、うち散りそふ空をながめ給へり。**鶯**の若やかに近き**紅梅**の末にうち鳴きたるを、（光源氏）「袖こそ匂へ（私はここで泣いている）」と**花**をひき隠して、御簾(みす)をおし上げて、ながめ給へるさま、夢にもかかる人の親にて重き位とは見え給はず、若うなまめかしき御さまなり。（女三宮の）御返り、

少し程経る心地すれば、入り給ひて、女君（紫上）に**花**（梅の花を）見せたてまつり給ふ。「**花**といはば、かくこそ匂はまほしけれな。**桜**にうつしてば、また塵ばかりも心分くかたなくやあらまし」などの給ふ。

（若菜上、第三巻二五三〜四頁）

光源氏は、（東対の）紫上のもとで朝を迎えました。そうすると、紫上のもとで朝を迎えたことについて、（寝殿に住む）正妻女三宮に「言い訳」をしなければならず、光源氏は歌を贈ります。そのとき、梅の花を手紙に添えながら、しかし料紙が「白き紙」だったことは、いささか興ざめです。紅梅色とか紫色とかと合わせずに、あえて興ざめというべきか、配慮を欠くというべきか、色の配合を外しています。いや、あえてこれは外したのかもしれません。女三宮はまだ幼く、女三宮付きの女房たちからみれば、嫌味がましいものでしょうが、消息を女三宮の住む寝殿の正面から渡そうとするのではなく、「渡殿」からそっと渡せ、「目立つな」というわけですから、ことを荒立てたくない、という光源氏の「気配り」もうかがえます。それは、紫上と女三宮との微妙な立場を象徴的に示す行動でもあります。

もう少し説明しますと、歌は「貴女と私との距離はそんなに遠くないけれども、雪は降り乱れていて、同様に私の心も乱れている」という内容です。光源氏の歌は、雪が降ったから女三宮のもとに通えなかった、でもまぁ淡雪だったから行こうと思えば行けなかったわけではないが、訪問できなかったのは「私が悪いのではなく、雪のせいだ」と弁明しています。これも歌の形式だといってよいのかもしれません。女三宮は春町の寝殿、光源氏と紫上とは（同じ春の町の）東の対に住むわけですから、実際上は物理的な距離はないのです。しかしこの寝殿と東対との距離はいかにも遠いことが季節外れの風景によって表現されています。

その後、光源氏の正妻女三宮は若き柏木に犯され、罪の子薫が誕生します（柏木巻）。光源氏はこの子をわが子と知ることにおいて、これがかつて若き日に帝の后を犯し奉ったわが身を思い、因果応報なのだと身をもって経験します。光源氏の正妻として、女三宮がどうも大切には扱われていないと察した朱雀院は、（柏木の過ちなど全く知らないまま、ただ自分の判断だけで）光源氏の「許可」もなく、一方的に女三宮を出家させてしまいます（柏木巻）。ここには堪え難いほど愚かな**親子の執着――恩愛の罪**が描かれています。ここにいう「罪」は「罪を犯して罰を受ける」という西洋的、近代的な意味ではなく、極楽に往生するのに障害となるという意味です。それで、この「罪」は「罪障」とも申します。

一方、最初はなかなか好きになれなかった女三宮も、柏木の一件がありながらも、出家して俗世の人でなくなると、光源氏にはさすがに**男女の執着――愛執の罪**が生まれてきます。そのような葛藤をうかがえるのが、次の場面です。**女三宮はもともと春の女性ですが、次の場面は秋の季節です。もはや季節に彩られた物語の美意識は壊されています。光源氏のほの暗い愛欲を描くには、春ではなく、秋がふさわしいと紫式部は考えたのかもしれません。**

光源氏の女三宮に対する執着があらわになるのが、次の場面です。

［8］ 秋ごろ、（六条院春町の）西の渡殿の前、中の塀の東の際を、おしなべて野につくらせ給へり。（略）（光源氏は）この**野**に**虫ども**放たせ給ひて、風少し涼しくなり行く夕暮に、わたり給ひつつ**虫の音**を聞き給ふやうにて、なほ思ひ離れぬさまを聞こえ悩まし給へれば、「例の御心はあるまじきことにこそはあなれ」とひとへにむつかしきことに思ひ聞え給へり。（略）

十五夜の月の、まだ影隠したる夕暮に、仏の御前に宮（女三宮）おはしまして、端近うながめ給ひつつ、念誦し給ふ。（略）例のわたり給ひて、「虫の音いとしげう乱るる夕かな」とて、われも忍びてうち誦じ給ふ。阿弥陀の大呪いとたふとく、ほのぼのきこゆ。げに声々聞えたる中に、**鈴虫**のふり出でたるほど、はなやかにをかし。（光源氏）「**秋の虫の声**、いづれとなき中に、**松虫**なむすぐれたる」とて、中宮のはるけき野辺をわけて、いとわざと尋ねとりつつ、はなたせ給へる、しるく鳴きつたふるこそ、すくなかなれ。名にはたがひて、命の程はかなき虫にぞあるべき。心にまかせて、人聞かぬ奥山・はるけき野の松原に、声をしまぬもいと隔て心ある虫になむありける。**鈴虫**は心やすく今めいたるこそらうたけれ」などの給へば、宮、

（女三宮）**おほかたの秋をば憂しと知りにしを振り捨てがたき鈴虫の声**

としのびやかにの給ふ、いとなまめいて、あてにおほどかなり。（光源氏）「いかにとかや。いで思ひの外なる御ことにこそ」とて、

（光源氏）**心もて草のやどりを厭へどもなほ鈴虫の声ぞふりせぬ**

など聞え給ひて、きむの御琴召して、めづらしく弾き給ふ。

（鈴虫、第四巻八二〜四頁）

ここにみえる、中宮の「はるけき野辺」「はるけき野」という表現については、少し前に、斎宮が忌み籠りをしている野宮に居る六条のもとに光源氏が訪れて行くときに出てきたことは先に触れました。もちろん、同じ表現が繰り返されることには意味があります。ただし、今その考察は措きましょう。

さて、昆虫学によると、昔は鈴虫と松虫は逆であったとされています。(26) しかし問題は、実体がどうかにはありません。なぜここで光源氏が鈴虫を放つのかと申しますと、**「鈴」という言葉は「振る」と「古る」という掛詞を伴う**

からです。つまり、女三宮は、出家した私にも、鈴虫の声の美しさはなお「振り」捨て難いものですと詠むのに対して光源氏は、女三宮である「鈴虫の声」は「古びない」若々しい、と詠んで女三宮に対する未練、執着を示します。つまり、**立場の違う二人が、鈴虫という同じ景物を用いながら、違った内容を詠むことができるわけで、作者の側からみると、詠み分けるには便利であり、効果的だったといえます。**つまり、女三宮と光源氏との「すれ違い」を描くには、景物としての「鈴虫」を置く必要があったといえます。

物語の主人公が、長編であればあるだけ、物語とともにおのずと齢（よわい）を重ねてしまうという問題があります。物語には、確かに物語の約束事としては、光源氏が生まれながらの神性をもっていたということはありますが、いつまでも光源氏は若く見えるということが繰り返されます。ただ、若菜巻以降は、いつまでも若いといえばいうほど、それなりに齢をとってくるということが露わになってきます。むしろ『源氏物語』の面白いところは、若菜巻以降、年をとった男の「もがき」を描いていることです。例えば、若き日に痛い目にあった朧月夜に逢おうとします。紫上が分かっていても、光源氏はいそいそと出かけてゆき、思いを遂げます。しかし、そんなことでは光源氏の青春はもはや戻ってくることはない、残酷にもそう確認することになっています。

鈴虫巻の主題は、老いたる光源氏の執着です。

このとき、年立（としだて）によると、光源氏は五〇歳、女三宮は二四、五歳です。

父上皇は女三宮が光源氏のもとで、ぞんざいに扱われていると思い込み、強引に女三宮を出家させてしまいます。父朱雀院によって降嫁から出家まで、あっという間に盛りの時を閉じさせてしまった女三宮ですが、女三宮が内面については描かれず、苦悩しているようには見えません。紫式部の興味はそこにないのです。**もはや情愛の対象から外されてしまった尼姿には若さを包み隠せない、少しばかり大人びた女三宮を目の前にして、光源氏は「なほ思ひ離れぬ」ことを女三宮に訴えるさまであったとあります。春の町の女三宮のために「野」を造らせたり、秋好中宮の「はるけき野辺」から「鈴虫」をもらってきて、「虫どもを放」つことで、光源氏は女三宮との場面を演出します。緊張を強いる、なかなかきわどい場面です。**

少なくとも平安時代においてはまだ、出家者に対する交情はタブーであったらしいのです。のみならず、男女間の執着は極楽への往生の妨げとなると考えられていました。このような罪は、往生の妨げになるという意味で「罪障」と呼ばれます。

と同時に、親と子とが情愛を離れることができないと、これもまた往生の妨げとなると考えられていました。朱雀院は父親として娘に対する溺愛――**恩愛の罪**を断ち切れないために、光源氏と紫上とに「迷惑」をかけます。さらに、光源氏はひとたび正妻として迎え出家した女三宮に対して、なお執心――**愛執の罪**を捨てることができないというふうに、**第二部は、朱雀院の執着が、光源氏／紫上の関係を壊し、光源氏の執着を露（あら）わな醜いものとして描き出しています。いずれにしても、人々は、御互いに救い出し難い「泥沼」にはまり込んでいます。誰も幸せにならないところに、第二部の特徴があります。**

次は、第二部の終わりにあたります、紫上の末期（まつご）の詠歌の条。

9 秋待ちつけて、世の中少し涼しくなりては、（紫上の）御心地も、いささかさわやぐやうなれど、なほともすればかごとがまし。さるは、身にしむばかり思さるべき**秋風**ならねど、**露けき**折がちにて、すぐし給ふ。中宮は（内裏に）まゐりなむとするを、「今しばしは御覧ぜよ」とも、（紫上は）きこえまほしう思せども、さかしきやうにもあり。（略）あなたにも、え渡り給はねば、宮（明石中宮）ぞ、（紫上の東対に）わたり給ひける。（略）

風すごく吹き出でたる**夕暮**に、**前栽**見給ふとて、脇息（けふそく）によりゐ給へるを、院（光源氏）わたりて、見たてまつりて、「今日は、いとよく起き居給ふめるは。この（中宮の）御前にては、こよなく御心もはればれしげなめりかし」ときこえ給ふ。かばかりの隙あるをも、「いと嬉し」と思ひ聞え給へる御気色を見給ふも心苦しく、「つひに、いかにおぼし騒がん」と思ふに、あはれなれば、

（紫上）**おくと見る程ぞはかなきともすれば風に乱るる萩の上露**

（光源氏）**ややもせば消えを争ふ露の世におくれ先だつ程へずもがな**

とて、御涙を払ひあへ給はず。宮、

（明石中宮）**秋風にしばしとまらぬ露の世を誰か草葉のうへとのみ見ん**

と、きこえかはし給ふ。

（御法、第四巻一八〇～二頁）

興味深いことは、**紫式部が末期の眼を風景として与えた人物は、紫上だけです**。紫上は、秋の前栽を眺めていますが、歌を詠む素材としての景物は、前もって何も示されてはいません。ところが、紫上の歌「おくと見る」を読むと、紫上は一心に萩の葉の上の露を見ていたんだということが分かります。

さらに興味深いことは、右の三首が唱和とみえて、必ずしも三人が心をひとつにして詠み交わしているのではない、ということです。紫上は自分だけの世界を呟くように歌っているのです。他の人に聞かせたり、訴えたりするような詠み方ではありません。清水好子氏はこの紫上を「男いらずの世界」と批評しています(27)。独詠歌的です。これに光源氏は、和歌で応えているように見えますが、内容からみますと、**「おくれ先だつ程へずもがな」、あなたが先に逝くのなら、私もすぐに後を追うぞという内容なのです。紫上は最初から光源氏に応えてもらうべく詠みかけたのではありません。この箇所も、「先立つ者と遺される者」という構図が繰り返されています。**つまり、先に『紫式部集』でみましたように、人生の原風景が、『源氏物語』の中で繰り返し出てくることは重要です(28)。

歌人の俵万智（まち）さんを御存知だと思います。かつて『サラダ記念日』という歌集を出されて話題になりました。俵さんが書かれた『愛する源氏物語』は、もし入門書を一冊だけというのであれば、私はこの本を推したいと思います。俵さんは、『源氏物語』の和歌を現代語に訳しておられるのですが、それが大変面白いというだけではありません。例えばこの御法巻の光源氏の和歌について、結局光源氏にとって大切なことは、紫上の気持ちより自分の気持ちなのだと解説しておられます(29)。なかなか鋭い指摘です。切羽（せっぱ）詰まった光源氏は取り乱し、自己愛の本性が露わになっています。

一方、中宮は、誰もが遅いか早いかだけなのだと詠んでいます。ここには地位と権勢を極めた者の余裕すら感じられます。みかけの上では信頼のある三人の間で交わされた唱和と見えて、ここには根深い「すれちがい」があります。ここに他者の発見があります。

（3）都の風景と宇治の風景――第三部の人物と風景の特徴――

第三部の物語は、主たる舞台が、宇治ということもあって、必ずしも第一部のような季節との結び付きは強固なものではなく、人物よりも物語の状況と季節との結び付きが重視されているように思えます。光源氏亡き後、次の世代の人々が登場します。この物語の特徴は、光源氏物語で突き詰めた課題を、次の世代が担うところからスタートすることです。つまり、紫上の晩年の心情を、若き大君が引き継ぐことで物語が始まります。私はこういう人間関係を、「系譜」と呼んでいます。

風景の問題として申しますと、宇治十帖では、基本的に匂宮は春、薫は秋というふうに描き分けられています。

・匂宮の登場する条

10 はるばると霞みわたれる空に、「散る桜あれば、今は開けそむる」など、色々見わたさるるに、川添ひ柳の、起き伏し靡(なび)く水影など、おろかならずをかしきを、見ならひ給はぬ人(匂宮)は、「いとめづらしく見捨てがたし」と思さる。宰相(薫)は、「かかるたよりを過ぐさず、かの宮(八宮)にまうでばや」と思せど、あまたの人目を避きて、ひとり漕ぎ出で給はむ舟わたりのほども、

(橋姫、第四巻三四一頁)

出自も容貌も華々しい匂宮は、宇治に来ても、都にいるときと同様、春の人として動き続けています。一方、薫は心に抱えた暗闇にふさわしいように、秋の人として登場します。

・薫が登場する条

11 **有明の月**の、まだ夜深くさし出づるほどに、出で立ちて、いと忍びて御供に人などもなく、やつれておはしけり。川のこなたなれば、**舟**などもわづらはで、御馬にてなりけり。入りもて行くままに、**霧**ふたがりて道も見えぬ、繁きの中を分け給ふに、いと荒ましき風のきほひに、ほろほろと落ち乱るる**木の葉**の**露**の散りかかるも、いと冷やかに、人やりならずいたく濡れ給ひぬ。かかる歩きなども、をさをさならひ給はぬ**心地**に、**心細くをかしく思されけり**。

（薫）**山おろしに堪へぬ木の葉の露よりもあやなくもろき我が涙かな**

「山賊のおどろくもうるさし」とて、随身の音もせさせ給はず、**柴の籬**（まがき）を分けつつ、そこはかとなき**水**の流れどもを、踏みしだく駒の足音もなほ「忍びて」と用意し給へるに、かくれなき御匂ぞ風にしたがひて、

（橋姫、第四巻三一一頁）

この二つの事例は、光源氏物語と同じ伝統の上に立っています。春の季節を背負う匂宮が、宇治を訪れるとき、鄙（ひな）の宇治はあかたも春の都のように、桜と柳に彩られて描かれます。なぜ桜と柳かと申しますと、『古今和歌集』にも都大路には、この二つの植物が道添いに植えられていたことが詠まれているからです(30)。

一方、秋の季節を背負う薫が宇治を訪れるときは、悲哀と憂鬱に彩られています。出生の秘密を抱えた薫は、政争を逃れ「俗ながら聖」として隠棲している八宮を、生きる心掟（おきて）を学びたいと考える条です。

ところで、若菜上巻の冬の風景については、先に触れましたが、第三部になって、しばしば兆（きざ）してくる風景が

あります、印象深い季節の場面は、次のような冬の季節です。

次もまた、**薫が逝去した大君を追慕する場面です**。遂に思いを遂げることのできなかった大君に「おくれじ」（先立たれた後を追いたい）と「月を慕ふ」ています。まさしく、『紫式部集』冒頭歌にみえる構図と同じだといえます。つまり、「先立つ者と遺される者」という構図です。

薫と大君とが本当に「分かり合えていたのか」どうかは分かりませんが、私には薫が、大君の苦悩を理解できていないと思います。「**桐壺更衣／桐壺帝**」から繰り返されてきた「先だつ者と遺される者」という構図は、次の総角巻にも見てとれます。桐壺巻と薄雲巻の事例には、風景がありません。御法巻の風景は、秋に設定されています。紫上が最期を迎えるとき、萩の葉の上に置く露に、行方知らずの不安におののく自己をよそえている場面です。静謐（せいひつ）な空気は、いかにも秋がふさわしく、紫上のまなざしによって描かれています。

次の場面もまたこれらと同じ構図を襲っています。

⑫ 雪のかきくらし降る日、ひねもすにながめ暮して、世の人のすさまじきことにいふなる、**十二月の月夜の**、曇りなくさし出でたるを、（薫は）簾垂（すだれ）まきあげて見給へば、向ひの寺の鐘の声、枕をそばだてて「今日も暮れぬ」とかすかなる響きを聞きて、

（薫）**おくれじと空ゆく月を慕ふかな遂に澄むべき此の世ならねば**

風のいとはげしければ、蔀おろさせ給ふに、四方（よも）の山の鏡と見ゆる**汀の氷**、**月影**にいとおもしろし。

（総角、第四巻四六五〜六頁）

大君を慕う薫が「おくれじ」（遅れをとらない、後れをとりたくない）と詠む場面は、悲しみの極まる秋ではなく、より進んで、あえて「冬」の「雪」の降る「夜」と設定されていることは興味深いものがあります。宇治十帖では、人物と季節のつながりは、時に壊されているからです。

もうひとつ、季節感の混乱があるのではないかと錯覚するほど、みごとに描かれた場面があります。**薫と浮舟とが互いに理解できない「すれちがい」を描く場面です**。実は、宇治橋と柴舟を眺めつつ描かれる風景は、宇治十帖の中で三回繰り返されています。

橋姫巻　薫／大君
総角巻　匂宮／中君
浮舟巻　薫／浮舟

このような繰り返しによって宇治のゆかりの姫君をめぐる、物語の進展が象徴的に示されています。ただ、この繰り返しの意味についてはかつて触れたことがありますので、ここでは措きましょう[31]。ここで私が取り上げたいのは三番目の場面で、物語があえて人物のもつ季節をずらしていることです。伝統的な美意識を超えた、まるで新しい物語を描こうとしているとさえ見えます。

13　（二月）朔日ごろの**夕月夜**に、すこし端近く臥して眺め出だし給へり。**をとこ**（薫）**は、過ぎにし方**（大君）**のあはれをも思し出で、女**（浮舟）**は今より添ひたる身の憂さを嘆き加へて、**（薫と浮舟は）**かたみに物思はし。**

山の方は**霞**隔てて、寒き**洲崎**（すざき）に立てる**笠鷺**（かささぎ）の姿も、所がらはいとをかしう見ゆるに、**宇治橋**のはるばると見渡さるるに、**柴積む舟**の所々に行きちがひたるなど、ほかにて目馴れぬ事ども、取り集めたる所がらなれば、見給ふごとに猶、そのかみの事のただ今の心地して、いとかからぬ人を見かはしたらむだに、珍しきなかのあはれ、多かるべき程なり。まいて、恋しき人によそへられたるも、こよなからず、やうやう物の心知り、都馴れゆく有様のをかしきも、こよなく見勝り（まさ）したる心地し給ふに、**女はかきあつめたる心のうちに、催さるる涙**、ともすれば出で立つを、慰めかね給ひつつ、

（薫）**「宇治端のながき契りは朽ちせじをあやぶむ方に心騒ぐな**

今み給ひてん」との給ふ。

（浮舟）**絶え間のみ世には危き宇治端を朽ちせぬものとなほ頼めとや**

さきざきよりも、いと捨て難く、しばしも立ちとまらまほしく思さるれど、「人の物言ひの安からぬに今更なり。心安きさまにてこそ」など、おぼしなして、暁に帰り給ひぬ。（浮舟、第五巻二三二～三頁）

薫は浮舟と二人、「端近く臥して」外をながめています。このとき、薫は亡き大君を思いつつ、浮舟は恋人の匂宮を思っています。薫は大君の身代わりとして浮舟を抱き、浮舟は匂宮を思いながら、降りかかってきた「身の憂さ」を嘆きながら、薫に抱かれています。これ以上の「すれ違い」はないでしょう。他人から見ると、二人には癒しがたい溝があることが分からないに違いありません。そのような状況を、『源氏物語』は、「二月」とありますから、春なのですが、「寒き洲崎」に「笠鷺」が立ち、宇治橋に柴舟が行き違っているさまを眺めているという風景をもって描いています。**二月の朔日**（ついたち）**ごろですから、まさに季節は春なのに、この風景はうすら寒さを感**

じさせます。二人の関係は、あたかも冬のようなすさまじく荒涼とした風景そのものです。

まとめにかえて

『源氏物語』は、光源氏の御傍近く仕えている女房の立場や視点で、光源氏の言動を伝えるという体裁で語られるところに特徴があります。そのような設定は、作者が女房として宮仕えしたことと深くかかわるであろうことは間違いありません。

ただし、この視点やまなざしは流動的で、一定ではなく、時に光源氏その人になりきることもありますし、相手の女性になりきることもあります。

そのことからいえば、**風景というものは、直接的に会話や発言がなくとも、登場人物のまなざしとともに、人物の心情を表現することができますし、時には和歌と連動して、人間関係や状況を表現します。なぜかというと、「花鳥風月」という「物」に「寄せて」「思い」を「陳ぶる」という発想が物語の基本にあるからです。**『竹取物語』などは、叙述の視点は一定で、翁とかぐや姫を、等距離で俯瞰的に描いていることと比べると全く違うことが分かります。

『源氏物語』は前半と後半とでは空気が違います。

『源氏物語』特に後半を読み進めて行きますと、私は訳もなくイライラしてきます。その原因は何かと考えますと、薫と大君、薫と浮舟たちは、それぞれ言葉を交わしてはいますが、どこか通じていない、噛み合っていないのです。

私は、宇治十帖は「袋小路」に入り込んでいると感じます。後の時代になって、新しく『源氏物語』の「続編」の物語が描かれたりしましたが、夢浮橋巻以降の筋（ストーリー）の進展はありません。この物語がここまでで終わっているのは、紫式部の限界なのか、平安時代という古代の限界なのかは分かりません。古代においては無理かもしれませんが、もし『源氏物語』に物語の内容上、展開の「可能性」があるとすれば、薫が大君に自らの出生の秘密を語ることができれば、宿世とは何か、前向きに語り合えると思うのですが、そもそも宇治十帖の冒頭橋姫巻で、薫が宇治に出向く目的が、薫の本当の父柏木と女三宮の一件を知っている弁御許（おもと）とのかかわりと、八宮の娘大君・中君との「恋」とが分割（ぶんかつ）されているところに、「限界」があるのかもしれません。あるいは、物語の途中から出生の秘密と恋とが交差してきてもよいと思うのですが、そうはなっていません。

この閉塞、行き詰まりを克服するには、匂宮のように「見るほどもなき世に心入れるな」という生き方を選ぶこともありえます（本書「2　女君の生き方」参照）。しかし、それはもう中世の無常観に接しています。

そう考えますと、このような「面倒」な課題は、光源氏と紫上との晩年に起きた「すれ違い」にまで遡ることができます。光源氏はどこで踏み間違えたのか、慰めの言葉が足りなかったのか、紫上に光源氏を許す「寛容」さが欠けていたのか、いずれにしても、**若菜上巻以降、紫式部はようやく自らの「原風景」に根ざした物語を描ける段階に至った**ということができます。

そもそも**紫式部は、藤原道長に要請されて、中宮彰子の教育のために『源氏物語』を書くように命じられたと考えられますが、簡単にいえば「中宮学」を伝えようとしたと考えられます。それでは中宮学とは何かというと、光源氏方として、藤壺、秋好中宮、明石中宮と続く歴代中宮の生き方には学ぶべきことが多々あるでしょう。さらに、膨大な和歌の贈答・唱和には、貴族女性として教養には不可欠で、学ぶべきことは多いでしょう。**

そのことから言えば、第二部の執着の罪深さや他者の発見[32]（ここにいう他者は、住む精神世界の違う人々、価値観を共有しえない人々、言葉の通じない人々のことだと考えればよいでしょう）、第三部の魂の救済の難しさなどは、中宮学から遠ざかっているようにみえるかもしれませんが、そのような深い人間理解も含めて中宮に伝えようとしたのだと私は考えています。

言い換えれば、物語は、人間の抱える闇の深さを描いているように思います。『源氏物語』に籠められた紫式部の意図は、単に和歌を中心とする教養だけでなく、深い人間理解にあり、中宮彰子が長じて優れた中宮に、やがて上東門院となる上で貢献しているに違いありませんし、娘大弐三位（賢子）は、秀才の誉れ高く後冷泉帝の乳母となったことでも証明されていると思います。

本章のテーマから申しますと、光源氏物語の前半では、人物と季節との結びつきは原則的に変わらないのですが、若菜上巻から、人物たちは行動するよりも、よく喋るようになるのですが、風景はより登場人物の心情や人間関係を、効果的に表すように変わってきます。さらに、宇治十帖に入ると、季節と人物との関係の原則は、時に従来の季節観が壊されたり、あえて崩されたりするようになります。どう逸脱するのかというと、物語は四季を基本とはするのですが、**紫式部がとりわけ冬を効果的に用いて描くところに、『源氏物語』の特質がある**ことはまちがいありません。[33]

注

（1）清水好子「源氏物語の作風」『源氏物語の文体と方法』東京大学出版会、一九八〇年、四八頁以下。「『源氏物語』の場面構成と表現方法」『文学史としての源氏物語』武蔵野書院、二〇一四年、二二五頁。三谷邦明氏は、『竹取物語』や『伊勢物語』などの初期物語から『源氏物語』への展開に、〈それからどうした〉という論理から、〈なぜ〉という論理への展開を認め、それがロマンからヌヴェルへの展開だと述べています（「源氏物語の方法―ロマンからヌヴェルへ、あるいは虚構と時間―」『物語文学の方法Ⅱ』有精堂、一九八九年）。私も概ね、三谷氏の指摘のとおりだと思いますが、『源氏物語』にはなお、〈それからどうした〉という論理が認められると思います。

（2）「光源氏物語の形成と転換」『『源氏物語』系譜と構造』笠間書院、二〇〇七年、一七五頁以下、二五二頁以下。

（3）池田亀鑑・秋山虔校注『紫式部日記』岩波文庫、一九六四年、二九〜三〇頁。なお適宜表記を整えました。

（4）「「進命婦」考」『『宇治拾遺物語』表現の研究』笠間書院、二〇〇三年、

（5）横井孝・久保田孝夫・廣田收編『紫式部集大成』（笠間書院、二〇〇八年）による。なお適宜表記を整えました。
冒頭歌は、実践本では「月影」とあります。私は、陽明本の「月かな」には呼びかけのニュアンスがあり、末句を「月影」で閉じる勅撰集の用例からみて、実践本末句の「月影」は中世になって詩的宇宙を創り出す表現として整えられたものだと考えています（廣田收『『紫式部集』歌の場と表現』笠間書院、二〇一二年。同『家集の中の「紫式部」』新典社、二〇一二年）
御気付きになったと思いますが、歌集といわずに家集と呼んでいるのは、この時代の個人歌集は私家集と呼ばれていますが、「家」意識が働いているようで、『紫式部集』も歌詠みの家意識から自由でなかった可能性があります。

（6）『古今和歌集』は『新編国歌大観』（勅撰集、角川書店、一九八三年、一四頁）に拠っています。ただし、分かりやすさを考え、適宜表記を整えています。以下、同様。

（7）『家集の中の「紫式部」』新典社、二〇一二年。「『源氏物語』における詠歌の場と表現」『物語における和歌とは何か』武蔵野書院、二〇二〇年。

（8）『紫式部集』歌の場と表現』笠間書院、二〇一二年、四〇頁以下。注（5）『家集の中の「紫式部」』新典社、二〇一二年、三五頁以下。
（9）『後拾遺和歌集』注（6）に同じ、一二五頁。
（10）本書、「5　記憶の光景」。
（11）注（5）『家集の中の「紫式部」』一九〇頁以下。
（12）『表現としての源氏物語』武蔵野書院、二〇二一年、一六頁・三一〇頁。
（13）同。
（14）「『源氏物語』における姫宮の邸第」『源氏物語』系譜と構造』笠間書院、二〇〇七年。
（15）風岡むつみ「『源氏物語』女からの贈答歌考―花散里を例として―」『同志社国文学』第八五号、二〇一六年一二月。他、風岡氏には、登場人物の描き分けに関する幾つかの論考があります。
（16）三谷栄一「『源氏物語』と民間信仰」『物語史の研究』有精堂、一九六七年。「御伽草子「浦島太郎」伝承の変容」『講義日本物語文学小史』金壽堂出版、二〇〇九年。

龍宮城は四季の花が同時に咲き、故郷に戻った浦島太郎が一挙に老人となったというのは、この世では時が流れているのに、龍宮では時が流れていないことを表しています。不老不死の世界観は、時の流れがない（もしくは、流れが遅い）ことを意味しています。そうすると、四季が同時に存在しているということは、**六条院の深層に四方四季の神話が働いていることが分かります**。
（17）高橋和夫氏は、秋好中宮を養女にする強引な手をうっても光源氏に宿世は味方しなかったとして、「光源氏に宿世があるのではない。それは明石一族の宿世なのである」と述べています（『源氏物語の主題と構想』桜楓社、

一九六五年。三六七頁）。注（2）「『源氏物語』の古層と光源氏の造型」『源氏物語』系譜と構造』笠間書院、二〇〇七年、四〇八頁・四二二頁。

(18)山岸徳平校注『日本古典文学大系　源氏物語』第一巻、岩波書店、一九五八年。以下、本文の引用はこれに拠っています。また、適宜表記を整えました。

(19)風景の概念については、「『源氏物語』宇治十帖論」『源氏物語』系譜と構造』三一一頁、注（1）「『源氏物語』における風景史」『文学史としての源氏物語』（武蔵野書院、二〇一四年、二三九～四〇頁・二五七～八頁）参照。

(20)「光源氏物語の形成と転換」、注（2）『源氏物語』系譜と構造』。

(21)玉上琢彌『源氏物語評釈』別巻第一、角川書店、一九六六年。

(22)例えば『日本三代実録』には、貞観六（八六四）年二月二五日条に、帝が良房の東京第に行幸し、「観桜花」を行ったとあります（『国史大系』前編、一九七一年、一三二頁）。

(23)年立は、光源氏や薫の年齢を想定したものですが、このような年齢を基準にする読み方は、室町時代の一条兼良（かねら）『花鳥余情』という注釈書から本格的に始まったものです。中世になって、古代的な文脈では神格や仏格として讃美された光源氏や薫を、中世以降人として見るまなざしによって生じた解釈だと思います（『源氏物語』の叙述法」、注（2）『源氏物語』系譜と構造』三八二頁。「日本物語文学史の方法論」、注（1）「文学史としての源氏物語」一三・一七頁、「『源氏物語』伝承と様式」同、一七八頁。

(24)『古代物語としての源氏物語』武蔵野書院、二〇一八年、一〇七頁以下。同『表現としての源氏物語』武蔵野書院、二〇二一年、二五二頁以下。

(25)注（2）に同じ、「『源氏物語』における姫宮の邸第」、注（2）『源氏物語』系譜と構造』。

(26)注（12）に同じ、鈴虫と松虫との区別に関して、古代和歌にとって重要なことは、松虫や鈴虫が古代においてどんな昆虫だったかということよりも、松虫は「待つ」という掛詞を伴うことや、鈴虫が鈴を「振る」という縁語を伴うという修辞、詩的言語であることです。

(27)清水好子『源氏物語の女君』塙書房、一九六七年。

(28)「『源氏物語』繰り返される構図」、注（14）『表現としての源氏物語』。

(29)俵万智『愛する源氏物語』文藝春秋社、二〇〇三年。文春文庫、二〇〇七年、二一八頁。

(30)「橋姫物語から浮舟物語へ」、注（2）『『源氏物語』系譜と構造』。なお『古今和歌集』春歌上、五六番、には次のようにあります。

花ざかりに京を見やりてよめる　素性法師

みわたせば楊桜をこきまぜて宮こぞ春の錦なりける

（『新編国歌大観』第一巻、勅撰集、角川書店、一九八三年、一一頁）

(31)「源氏物語②物語とは何か」、注（16）『講義日本物語文学小史』。

(32)「『源氏物語』における「ゆかり」から他者の発見へ」、注（2）『『源氏物語』系譜と構造』。初出、一九七七年一〇月。このとき、他者の発見を紫上に即して論じましたが、第二部から第三部へ他者の認識は深化しています。これは、紫式部の出仕によって、表現者としての認識が深化したことと対応していると思います。『源氏物語』の研究史において「他者」の問題は、すでに高橋和夫「宇治十帖の主題の意味」『源氏物語の主題と構想』（桜楓社、一九六五年、三八六頁）、野村精一「若菜巻試論拾遺」『源氏物語の創造』（桜楓社、一九六九年、二〇二頁）、伊藤博「柏木の造型をめぐって」『国語と国文学』（一九六七年一二月）などに指摘があります。「『源氏物語』の系譜と構造」、注（2）『『源氏物語』系譜と構造』。ちなみに、ここでは詳しく述べることはできませんでしたが、紫式部の個人歌集である『紫式部集』の全体を象徴する冒頭歌は、「十月十日のほど」のこととして冬の離別歌が置かれています。この暦日が事実かどうかは別として、当時においては『古今和歌集』以来、悲哀を歌うときの代表的な季節としての秋ではなく、**あえて荒涼とした冬の月をめぐる離別として配置されているところに、紫式部の精神性があります。言い換えれば、この歌については、冬という季節にふさわしい精神世界があるということです。さらに、その点は『源氏物語』と共有していることもまちがいありません**（『紫式部集』歌の場と表現』笠間書院、二〇一二年）。

（33）近代文学の風景については、柄谷行人『日本近代文学の起源』（講談社、一九八〇年）に教えられること多大です。私は、近代小説の風景の描写の事例として、例えば、志賀直哉の『城の崎にて』の風景描写を考えてみてはどうかと思います。小説の風景も『源氏物語』の風景も、登場人物の心情や内面、人物の置かれた状況を表す上で効果的であることは、同じです。ただ『源氏物語』の風景は、伝統的な花鳥風月の景物の組み合わせに特質があり、小説のような分析的描写がありません。

この原稿の基となった講演を当日聞いていただいた方から、「自分がイメージしていた平安時代の花鳥風月とはずいぶん違う内容だった」という感想をうかがいました。おそらく『古今和歌集』の和歌の美的世界と、紫式部の描く花鳥風月との違いからくる印象の違いでしょう。そこに紫式部の表現の独自性があると思います。

＊以下、すべての章にわたり、『源氏物語』『紫式部日記』『紫式部集』などの本文引用にあたっては、読みやすさ、分かりやすさを考えて、表記を整えています。

付表　『源氏物語』の風景

凡例

ここにいう「風景」とは、主に花鳥風月など四季の景物をもって構成され、登場人物の心情や物語の状況を表象する働きをする、物語の仕掛けとしての表現をいうこととします。また、景物という歌語の認定は、『古今和歌集』に登録されている歌語を基礎として、後代の歌語も加えています。

なお、抽出した記事の中で、特に、景物を提示することによって、真近く和歌を導くことで場面を構成して行くという事例を□の記号で示しています。

また、『源氏物語』の風景の特質を考える上で、広く風景と呼ぶまでには至らない事例も採っています。厳密な認定の基準や範囲についての検討は他日を期すとして、考察上のひとつの目安としたいと思います。なお学的な考察についても、他日を期したいと思います。また調査としては夢浮橋巻まで抽出を終えましたが、紙幅の都合から、ここでは須磨巻以前までに限って掲載しています。

底本は、山岸徳平校注『日本古典文学大系　源氏物語』（第一巻、岩波書店、一九五八年、）に拠り、読みやすさに配慮して、一部表記を整えた箇所があります。

[1]　桐壺更衣を喪った母君のもとに勅使の命婦が弔問する条

（秋）

月は入りがたの**空**清う澄みわたれるに、**風**いと涼しく吹きて、**草むらの虫の声々**、もよほし顔なるも、いとたち離れにくき**草**のもとなり。

（勅使の命婦）**鈴虫**のこゑのかぎりを尽くしてもながき夜あかずふるなみだかなえも乗りやらず。

（更衣の母）「いとどしく**虫の音**しげき**浅茅生**（あさぢふ）に露置き添ふる**雲**の上人かごとも聞えつべくなむ」といはせ給ふ。

（桐壺、第一巻三八頁）

[2] 雨夜の品定めに、左馬頭の体験話の条

（神無月）

荒れたるくづれより、**池の水かげ**見えて、**月**だにやどる住家（すみか）を過ぎむもさすがにて、降り侍りぬかし。もとよりさる心をかはせるにやありけん、この男いたくそぞろきて、門近き廊の簀（す）の子だつ物に、尻かけてとばかり**月**を見る。**菊**いとおもしろくうつろひわたり、**風**にきほへる**紅葉**の乱れなど、「あはれ」と、げに見えたり。（男は）ふところなりける笛取り出でて、吹き鳴らし「影もよし」など、つづしりうたふ程に、よく鳴る和琴を調べととのへたりける、うるはしく掻き合はせたり。（略）男、いたくめでて簾のもとにあゆみ来て、（上人）「**庭の紅葉**こそ、踏みわけたる跡もなけれ」など、ねたます。**菊**を折りて、

（上人）「琴の音も**月**もえならぬ宿ながらつれなき人をひきやとめけるわろかめり」などいひて、

（帚木、第一巻七六頁）

3 光源氏が夕顔の宿に泊まり、睦言を交わす条

（八月十五夜）

白妙の衣うつ砧（きぬた）の音もかすかに、こなたかなた聞きわたされ、**空飛ぶ雁の声**、取り集めて忍びがたき事多かり。端近き御座所（はしちかきおまし）なりければ、遣戸（やりど）を引きあけ給ひて、もろともに見出し給ふ。ほどなき庭に、ざれたる**呉竹**・前栽の**露**は、なほかかる所も、おなじごときらめきたり。**虫の声々**みだりがはしく、壁の中の**蟋蟀**（きりぎりす）だに、間遠に聞きならひ給へる御耳に、さしあてたるやうに鳴き乱るるを、中々さまかへて思さるるも、御心ざしひとつの浅からぬに、よろづの罪許さるるなめりかし。

（夕顔、第一巻一四〇頁）

4　某（なにがし）院に光源氏が夕顔をいざない、夜を明かす条

（同）

日たくる程に、（光源氏は）起き給ひて、格子手づから上げ給ふ。いといたく荒れて、人目もなくはるばると見渡されて、木立いとうとましく、もの古りたり。け近き**草木**などは、殊に見所なく、みな秋の**野ら**にて、**池**も**水草**（みくさ）に埋もれたれば、いとけうとげになりにける所かな。別納（べちなう）のかたにぞ、曹司（ざうし）などして人住むべかめれど、こなたははなれたり。

（光源氏）「けうとくもなりにける所かな。さりとも、鬼なども我をば見許してん」とのたまふ。

（夕顔、第一巻一四三〜四頁）

5　光源氏が女房右近と亡き夕顔を偲ぶ条

（九月二十日のほど）

夕暮のしづかなるに、**空**の気色いとあはれに、御前の前栽かれがれに、**虫の音**も鳴きかれて、**紅葉**のやうやう色づくほど、絵に書きたるやうにおもしろきを、見渡して「心より外に、をかしきまじらひかな」と、かの**夕顔**のやどりを、思ひ出づるも、はづかし。**竹**の中に家鳩といふ**鳥**の、ふつつかに鳴くをきき給ひて、かのありし院に、この**鳥**の鳴きしを「いと恐ろし」と思ひたりしさまの面影にらうたくおもほし出でらるれば、

（夕顔、第一巻一六八頁）

6　光源氏が瘧病（わらはやみ）の治療に北山を訪問する条

三月のつごもりなれば、京の**花ざかり**はみな過ぎにけり。**山の桜**はまださかりにて、入りもておはするままに、**霞**のたたずまひも、をかしう見ゆれば、かかるありきもならひ給はず。所狭（せ）き御身にて、めづらしう思されけり。

（若紫、第一巻一七七～八頁）

7　若紫、光源氏の訪問を心待ちにする条

（神無月）

霰降り荒れて、すごき夜のさまなり。（略）さすがにむつかしう寝も入らず、（若紫）みじろぎ臥し給へり。夜一夜、**風**吹き荒るるに、（女房）「げに、かう（光源氏が）おはせざらましかば、いかに心細からまし。同じくは、よろしき程におはしまさましかば」とささめきあへり。

（若紫、第一巻二一七～八頁）

8　二条院において光源氏が若紫とくつろぐ条

（神無月か）

東の対にわたり給へるに、たち出でて、庭の木立、**池**の方などのぞき給へば、霜枯の**前栽**、絵に書けるやうにおもしろくて、見も知らぬ四位・五位こきまぜに、隙なう出で入りつつ、「げにをかしき所かな」とおぼす。

（若紫、第一巻二二九頁）

9　故常陸宮邸における末摘花の生活を伝える条

（秋）

父親王おはしましける折にだに、「旧りにたるあたり」とて、おとなひ聞ゆる人もなかりけるを、まして今は**浅茅**わくる人も跡たえたるに、かく世にめづらしき御けはひの漏り匂ひ来るをば、なま女ばらなども、笑みまけて、

（末摘花、第一巻二四六頁）

10　二条院において、末摘花をもてあます光源氏が嘆息する条

（秋）

階隠のもとの**紅梅**、いと疾く咲く**花**にて、色づきにけり。

（光源氏）　くれなゐの**花**ぞあやなくうとまるる**梅のたち枝**はなつかしけれど

いでや」と、あいなくうちうめかれ給ふ。

（末摘花、第一巻二六八頁）

11　光源氏、青海波の条

（神無月）

木だかき**紅葉**のかげに、四十人の垣代、いひ知らず吹き立てたるものの音どもにあひたる**松風**、「まことの深**山おろし**」と聞えて吹きまよひ、色々に散りかふ**木の葉**の中より、青海波の輝き出でたる様、いとおそろしきまで見ゆ。（略）日暮れかかる程に、気色ばかり、うちしぐれて、**空**の気色さへ見しりがほなるに、さるはいみじき姿に、**菊**の色々移ろひ、えならぬをかざして、今日は、又なき手を尽くしたる、入綾（いりあや）の程、そぞろ寒く、この世のこととも思えず。

（紅葉賀、第一巻二七四頁）

⑫ 光源氏が藤壺に歌を贈る条

（四月）

中将は中々なる心地の、かき乱るやうなれば、まかで給ひぬ。わが御かたに臥（ふ）し給ひて、「胸のやるかたなきを、ほど過ぐして大い殿へ」とおぼす。御前の**前栽**の何となく青み渡れる中に、**常夏**の花やかに咲き出でたるを、折らせ給ひて、命婦の君のもとに書き給ふ。こと多かるべし。

（光源氏）「よそへつつ見るに心はなぐさまで露けさまさる**なでしこの花**

花に咲かなん」と思ひ給へしも、かひなき世に侍るかなは」とあり。さりぬべきひまにや有りけん、御覧ぜさせて、（王命婦）「ただ塵ばかり、この**花びらに**」と聞ゆるを、わが御心にも物いとあはれに思し知らるる程にて、

（王命婦）袖ぬるる**露**のゆかりと思ふにもなほうとまれぬ**やまとなでしこ**

とばかり、ほのかに書きさしたるやうなるを、よろこびながらたてまつれる、「例のことなれば、しるしあらじかし」とくづほれて、

（紅葉賀、第一巻二八五～六頁）

13　右大臣邸における藤花宴の条

（三月二十日）

やがて**藤**の宴し給ふ。**花ざかり**は過ぎにたるを、「ほかの散りなむ」とや、教へられたりけむ、おくれて咲く**桜**二木ぞ、いとおもしろき。新しう造り給へる殿を、宮たちの御裳着（もぎ）の日、磨きしつらはれたるは、はなばなと物し給ふ殿のやうにて、なに事も今めかしうもてなし給へり。

（花宴、第一巻三一一頁）

14　葵上追悼の条Ⅰ

（八月司召）

君は、西の妻の勾欄におしかかりて、霜枯の前栽、見給ふ程なりけり。**風**あららかに吹き、**時雨**さとしたるほど、涙も争ふ心地して、（光源氏）「**雨**となり、**雲**とやなりにけむ、今は知らず」と、うちひとりごちて、頬杖（つら）つき給へる御さま、

（葵、第一巻三四五頁）

15　葵上追悼の条Ⅱ

（十月か）

よろづにつけて、光うせぬる心地して、くむじいたかりけり。枯れたる**下草**の中に、**龍胆**（りんだう）・**撫子**などの咲き出でたるを、折らせ給ひて、中将の立ち給ひぬるのちに、若宮の御乳母の宰相の君して、

（光源氏）草がれのまがきに残るなでしこの別れし秋のかたみとぞ見る
にほひ劣りてや、御覧ぜられむ」ときこえ給へり。

（葵、第一巻三四六頁）

16　光源氏が野宮に斎宮と籠る六条御息所を訪問する条

九月七日ばかりなれば、（略）はるけき**野辺**を分け入り給ふより、いと物あはれなり。**秋の花**、みな衰へつつ、**浅茅が原**もかれがれなる**虫**の音に**松風**すごく吹きあはせて、そのこととも聞きわかれぬ程に、ものの音どもたえだえ聞えたる、いと艶なり。

（賢木、第一巻三六八頁）

17　藤壺が里下りする条

（十二月二十日）

宮は、三条の宮にわたり給ふ。御迎へに兵部卿宮まゐり給へり。**雪**、打ち散り**風**はげしうて、殿の内やうやう人目かれゆきて、しめやかなるに、大将殿こなたに参り給ひて、古き御物語きこえ給ふ。御前の**五葉**の**雪**にしほれて**下葉**枯れたるを見給ひて、みこ、

（兵部卿宮）陰ひろみ頼みし**松**や枯れにけん**下葉**散り行く年の暮かな

（賢木、第一巻三七八頁）

18　光源氏が花散里を訪問する途次の条

（五月雨の空）

何ばかりの御装なく、うちやつして御前などもなく、忍びて中川の程おはし過ぐるに、ささやかなる家の、木立などよしばめるに、よくなる琴をあづまに調べてかき合はせ、賑はしく弾きなすなり。御耳とまりて門ぢかなる所なれば、少しさし出でて見いれ給へれば、大きなる**桂の木**の追風に、（賀茂）祭の頃おぼし出でられて、そ

こはかとなく、けはひをかしきを「ただ一目見給ひし宿りなり」と見給ふ。

（花散里、第一巻四一七〜八頁）

2 『源氏物語』女君の生き方

はじめに

古典として『源氏物語』を読もうとするとき、どうしても最初に留意しなければならないことがあります。それは、**平安時代は身分社会だった**ということです。「なんだ、そんなことか」と思われるかもしれませんが、なかなか実感しにくいことだと思います。この問題が、物語を解釈するにあたって、しばしば関係してきます。

女性の生き方というものを考えるとき、いわば「自由恋愛」の時代ではなかったということがあります。ある高名な研究者が「この時代は、ある日突然、部屋の御簾を掲げて入ってくる、今まで見たことのない初対面の男性が、やがて後に夫となる人だった、それが男女の最初の出会いだった」と女性の側の立場から発言されたことを覚えています。実に印象深い指摘でした。もちろん、男女が出会い、御互いに魅かれ合うこともあるでしょうが、特に女性の方は、隠れたり隠されたりする時代で、現在のように顔や姿の露わな時代ではありません。

それでは、誰が女性の結婚相手を決めるのかというと、おそらく親たちであり、時には姫君の世話をする乳母や女房たちが、階層や身分に釣り合う「適当」な男性を選び出したのだと思います。つまり、女君たちは、近代以降の女性のように自分の意思で働きに出るとか、社会的に活動するという意味の「行動」はできません。なぜなら、古代の女性は家や邸宅に結び付けられていたからです。家屋敷を売り飛ばして御金に換えるといった発想はできません。それでも生きるため一生懸命に「もがいて」いたのだと思います。

例えば、次に[1]の印を付けた桐壺更衣は、歌を詠むという行動をとっています。現代からいたしますと、「えっ、そんなことが行動なのか」と思われるかもしれませんが、彼女の思慮深さに基いた言動は極めて重要です。

紫式部は、学者だった父藤原為時の影響もあったと思います、若いころから評判の才媛(さいえん)だったらしいのですが、結婚の方はどうも縁遠かったかとみえて、父と同年代の受領、藤原宣孝と結婚します。それも正妻ではなかったらしく、父の友人や知り合いとして紹介されたのではないかと想像できます。残された『紫式部集』から推測しますと、宣孝には正妻の他に通い所もあったようですが、紫式部と継娘との歌の贈答からみると、前妻はすでに亡くなっていたかもしれませんが、藤原宣孝の夫人のひとりとして紫式部は結ばれたものとみられます。

ところで、紫式部の書いた『源氏物語』には、大勢の女性たちが登場します。行動的な人物に誰がいるのかと考えますと、すぐに何人かは思い付かれるでしょうが、まず私は**「先立つ女性と取り残される男性」という構図**に注目して、何人かの女性たちを選び出し、その生き方を考えてみたいと思います(1)。どうしてそんなことにこだわるのかというと、物語の中ではなぜかいつも愛される主要な女性が先立つからです。それは、物語の主題の展開によって必然的にもたらされるかもしれないのですが、その根底には、紫式部の人生の中で、夫を始めとして近親者の不幸に出会った経験が大きく、紫式部の「心の傷」となっていたからでもあると考えられるからです。

(女君たちの生き方)

[1] **桐壺更衣と桐壺帝**　桐壺巻　歌を詠む行動

[2] **藤壺と光源氏**　桐壺巻〜薄雲巻　出家する行動

[3] **紫上と光源氏**　若紫巻〜御法巻　歌を詠む行動／歌を贈る行動

④ **宇治大君と薫**　橋姫巻～総角巻　男性を拒否する行動
⑤ **浮舟と薫**　宿木巻～夢浮橋巻　入水する行動／出家する行動

この五つの人間関係は、繰り返しになりますが、「似ている」ということがポイントです。何が似ているかと申しますと、男が「俺をひとりにしないでくれ」と縋（すが）っていうのに、女性が先立ってしまうという構図が「似ている」のです。『源氏物語』では、この構図が何度も繰り返されるところに特徴があります。このような現象については、現代ですと、物語の描き方が類型的だという批評は悪口ですが、古代物語において、類型的であることは何も悪いことではなく、物語の特性であってそれが主題を描くための有効な方法なのです。

言い換えますと、『源氏物語』では、人物はばらばらに登場するのではなく、繰り返し登場する人たちが、作者の拘（こだわ）った主題を担う「系譜」をなしています。

1 桐壺更衣と桐壺帝

『源氏物語』を読み始めると、すぐ御気付きになると思いますが、すでに指摘されてきましたように、最初から光源氏が登場するのではなく、光源氏を生んだ両親の紹介から始まります。つまり、物語冒頭に置かれたこの「小さな物語」は、この物語の展開上、重要な意味をもっています。物語は後宮で格別の寵愛（ちょうあい）を受けている（父親が大臣よりも一段身分の低い大納言・中納言クラスの娘の）更衣を登場させます。

ところが、この更衣に対する帝の情愛は、なぜそうなのかは描かれていませんが、後宮の掟を破るほどに過ぎたものでした。この更衣は、現代なら栄光を一身に浴びてそのままヒロインになれたと描いても構わないでしょうが、この時代は身分社会です。

帝は何かにつけて更衣の身分を忘れたかのように、（大臣家の娘たちである）女御を怒らせるほどの特別扱いをします。やがて、更衣は皇子を生みます。それゆえ事態はもっと深刻になります。その皇子が光る君、後の光源氏です。そうすると、ますます後宮の女性たちの怒りは増し、更衣は人々から迫害を受けることになります。特に東宮（皇太子）方の女御は、このままでは皇位継承争いに負けてしまうかもしれないと危機感を募らせます。人々の恨みのせいか、やがて更衣は病に臥してしまいます。


その年の夏、御息所、はかなき心地に患ひて、（里邸に）まかでなむとし給ふを、暇さらに許させ給はず。年ごろ常のあつしさになり給へれば、御目馴れて（帝は）「なほ、しばし心見よ」とのたまはするに、日々に重り給ひて、ただ五六日の程に、いと弱うなれば、母君「泣く泣く奏して、まかでさせたてまつり給ふ。かかる折にも「あるまじき恥もこそ」と心づかひして、御子をばとどめたてまつりて、忍びてぞ出で給ふ。

限りあれば、さのみもえとどめさせ給はず、（帝は）御覧じだに送らぬおぼつかなさを、言ふかたなくおぼさる。（更衣は）いと匂ひやかにうつくしげなる人の、いたう面瘦せて、「いとあはれ」と物を思ひしみながら、言にいでてもきこえやらず、あるかなきかに消え入りつつ物し給ふを（帝が）御覧ずるに、来し方行く末思し召されず、よろづの事を泣く泣く契りのたまはすれど、御いらへもえ聞こえ給はず、まみなどもいとたゆげにて、いとどなよなよと我かの気色にて臥したれば、（帝は）「いかさまにか」と思し召しまどはる。手車の宣旨など、の給はせても、また入らせ給ひては、さらにえ許させ給はず。（帝は）「限りあらむ道にも、後れ先だたじと契らせ給ひけるを、**さりともうち捨ててはえ行きやらじ**」との給はするを、女（更衣）もい

といみじと見奉りて、

（更衣）限りとて別るる道のかなしきに生かまほしきは命なりけり

いと、かく思う給へましかば」と、息も絶えつつ、聞こえまほしげなる事はありげなれど、いと苦しげにたゆげなれば、（帝は）「かくながら、ともかくもならむを、御覧じ果てむ」と思し召すに、（使者が）「今日始むべき祈りども、さるべき人々うけ給はれる、今宵より」と聞こえ急がせば、（帝は）わりなく思ほしながら、まかでさせ給ふ。(2)

この場面は、病の重くなった更衣（と母君）が、何度も帝に暇を頂きたいと里下りを願うのですが、帝はもう少し様子をみよう、もう少し様子を見ようと、なかなか許さず、危篤（きとく）となってようやく退出できたものの、更衣はたちまち絶命してしまった、というものです。

物語の語り方としては、「更衣が里下りを願う」しかし「帝は許さない」というやりとりが繰り返され、更衣の命の危険の最も迫ったところに、更衣の和歌「かぎりとて」が置かれています。(3)

興味深いことは、更衣が「あるまじき恥もこそ」と恐れていることです。すでに指摘されているように(4)、内裏で亡くなることは帝だけに許されていることですから、更衣がもしこのまま落命したら、代々語り継がれることになるのが「恥」だというのです。

またこれもすでに指摘されてきたことですが(5)、『源氏物語』の場面は、「女性と男性と和歌」とが配置されることから成り立っています。

さて、ここで重要なことは、弱気になった帝が、息も絶え絶えとなった更衣に向かって「さりともうち捨ててはえ行きらじ」と語りかけることです。ここで忘れていけないことは身分社会だったということです。帝ともあろう御方が統治者、支配者としてではなく、あえて自らを低くし、へり下って「私をおいて先に逝くな」という言い方をするところに、最上級の情愛の示し方があるわけです。もう少しニュアンスをこめて申しますと「私を捨てて先に逝かないでくれ」という表現が鍵になります。「残して」といわず「捨てて」という言い方は、帝があえて、そのような言い方をしたということなのです。

そうすると、更衣は日常的な会話で応えることは失礼なので、和歌の形式を用います。畏れおおい、もったいない御言葉をいただいたと恐縮するわけです。そこに身分社会が滲んでいます。

ちなみに「限りとて」というのは、宮廷の中で帝以外の人が命を落とすことがあってはならないという掟[6]があったという意味と、命には限りがあるという意味が掛詞になっています。また「生かまほしきは」とは、生きたいということと道を行くということが掛詞になっています。「今はの際」でありながら、いわば修辞を用い技巧を凝らした挨拶として表現を整えていることが分かります、

そういう意味では、和歌は儀礼的な働きをしています。また、和歌というものに敬語を用いられていないことは、日常の待遇関係とは違う、特別の応答方法だと言えます。

ともかく、帝にそこまで言っていただくことになったわけで、更衣としては「そんな、もったいない御言葉をいただき恐縮いたしております」という必要があるわけです。ですから、更衣が「命なりけり」と詠んだことは、もう一度申しますと、「帝の御気持ちは光栄なことです。ただ寿命というものは、どうしようもないことです。これまでありがとうございました」と挨拶を申し上げたわけです。帝の言葉に対して、まさに辞世の歌として、感謝の気持ちを表したということになります。**当時、帝という最高位の存在に対して、このような歌を詠むこと**

に、更衣の精一杯の生き方が示されていると思います。

ちなみに、この箇所は従来、諸説があり、傍線――の箇所を根拠に、更衣は何か言い残したことがあるとか、「命なりけり」について帝の寵愛を受けてもっと生きていたい、と理解されることもあります。しかしそういうふうにとりますと、どうも近代的すぎる解釈だと思います。**古代はなお身分社会ですから、更衣の歌は挨拶という儀礼に徹していると思います**(7)。

ここでもうひとつ、興味深いことがあります。この後、娘を失った更衣の母君が、勅使の命婦に託した帝への手紙に、

あらき風ふせぎしかげの枯れしより小萩がうへぞしづ心なき

などやうに乱りがはしきを「心をさめざりける程」と（帝は）御覧じゆるすべし。

（桐壺、第一巻三九～四〇頁）

とあります。更衣の母君からすると、「光る君」を庇護(ひご)してくれる母更衣が亡くなったので、光る君のことが心配だというわけです。更衣の母君の歌は、帝は自分の娘を守ってくれなかった(8)わけで、アテにならない、というような恨みのニュアンスも読み取れます。帝にとってはなかなか耳の痛い内容です。帝は、今はまだ母君が取り乱しているから仕方ないと御考えになるであろうと、物語は少し押し戻していますが、紫式部には女性の登場人物の生き方にとって、心情を訴えることのできる手だてとして、和歌は有効だとみていたと思います。

平安時代というと、何となく貴族が花や鳥、月を見ながら溜息をついて和歌を詠んでいたと思われるかもしれ

ませんが、和歌はもともと「呼びかけ」でした。歌は訴えだったのです。このような歌を詠むことは、いわゆる「蜂のひと刺し」で、この時代の女性の思いを籠めた行動の形を示していると思います。

2 藤壺と光源氏

『源氏物語』は、大きな構想力をもった、しかも「よく計算された物語」です。その構想力はおそらく、紫式部が中国の歴史書を読んで学んだことと関係があると思います。これから以下、御話しますように、少なくとも（光源氏物語の折り返し地点である）若菜巻、もくしはもっと先の（光源氏晩年の）御法・幻巻まで見通した上で、紫式部は物語を書き始めていると思います。違う言い方をしますと、従来『源氏物語』の研究では、「作者」の「構想」が一時期盛んに議論されましたが、紫式部の頭の中までは分かりませんから、議論はかみ合いませんでしたが、物語を書き始めたときには、表現の細部はともかくとしてアイデアとしては相当先まで構想を温めていた、と思います。

さて、この桐壺更衣の急逝と引き換えに生まれた皇子は「光る君」と呼ばれます。一方、最愛の更衣を失くした帝は、後宮に先帝の四宮を迎えることで、少しずつ慰められて行きます。この身分の高い女性が、局の名を取って呼ばれた「藤壺」です。「光る君」に対して、この女性は「輝く日の宮」と並び称せられます。二人の置かれた状況は複雑ですが、舞台の上で脚光を浴びるヒーローとヒロインは間違いなくこの二人です。つまり、二人が登場した時点で、光源氏と母の面影をもつとされる中宮藤壺とは、身分と禁忌（タブー）を超えて、いずれ結ばれるであろうと予感できます。

ところで、光る君は、生まれつき備わっているその美貌と才能ゆえに、皇太子を擁する政敵右大臣方と決定的に対立する危機を孕んでいます。そこで、（あの壬申の乱のような）内乱の起きることを憂えた帝によって、弟光る君は臣籍に降下させられ、源氏姓を賜って「光源氏」と呼ばれるようになります。ただ、このままでは、光源氏は皇位に就く道を絶たれたことになるのです。

そこで、もともと何も考えない、楽天的な光源氏自身は、あまり意識していないと思うのですが、自らの情愛と欲望の赴くままに、中宮藤壺を犯し奉ることによって、光源氏はみずからの運命に「復讐」しようとします(9)。ここにいう復讐とは、仕返しとか報復といった意味ではなく、貶められた状況を超える成功や繁栄を、逆転的に獲得するといった意味です。光源氏が何もしなければ、光源氏は物語の主人公にはなれませんでした。紅葉賀巻で、藤壺は光源氏の御子を産みます。やがてこの皇子が冷泉帝となって即位することで、光源氏の叶えられなかった運命を代わって実現して行くわけです。

> 二月の十余日の程に、男御子生まれ給ひぬれば、なごりなく内裏にも、宮人も喜び聞え給ふ。「命長くも」と（帝が）おもほすは（藤壺は）心憂けれど、「弘徽殿などのうけはしげにの給ふ」と聞きしを、「むなしく聞きなし給はましかば人笑はれ」にや、と（藤壺は）思し強りてなん、やうやう少しづつさはやい給ひける。上（帝）の「いつしか」とゆかしげに思し召したること、限りなし。かの人知れぬ（光源氏の）御心にも、いみじう心もとなくて、人間に参り給ひて、（光源氏）「上のおぼつかながり聞えさせ給ふを、まづ見たてまつりて奏し侍らん」と聞え給へど、（藤壺）「むつかしげなる程なれば」とて、見せ奉り給はぬもことはりなり。
> さるは、（若宮は）いとあさましう珍らかなるまで（顔を）写し取り給へるさま、まがふべくもあらず。**宮（藤壺）の御心の鬼にいと苦しく、「人の見奉るも、怪しかりつる程のあやまりを、まさに人の思ひ咎めじや。**

さらぬはかなき事をだに、疵（きず）を求むる世に、いかなる名のつひに漏り出づべきにか」と思し続くるに、身のみぞいと心憂（う）き。（紅葉賀、第一巻二八一～二頁）

このとき、「女君たちの生き方」という観点から申しますと、藤壺は光源氏と距離をとることによって、罪の子冷泉を守ろうとします。それは、藤壺という人物が光源氏より我が子を優先したということは、物語の至上命題のようなものかもしれません。

考えてみれば、光源氏は右大臣方の姫君で、いずれ東宮妃候補だった朧月夜と、藤壺に逢いたくて出掛けながら、開いていた扉から中に入ると偶々出くわした、というような出会いを（物語は設定）しますが、政治的感覚のある人なら、行くかどうか、ブレーキを掛けるでしょうが、光源氏は全く「自由」です。そこに神話の主人公は何でもできる、何をしても構わないという論理がかすかに働いています[10]。

しかし、物語の結果からいえば、須磨・明石へ一時身を引かなければ、光源氏は住吉神に出会うことはなかったわけです。いわば結果オーライではあるのですが、穿（うが）っていえば、住吉神に出会うべく朧月夜との出会いは「仕掛け」られなければならなかったといえますし、朧月夜が思慮よりも熱情の人でなければならなかったと考えることができます。

さて、光源氏と藤壺とは、いつも密会していたかのように思われるかもしれませんが（具体的には描かれていないのですがおそらく、若紫巻までに一度）、若紫巻で二度目、賢木巻で三度目と、生涯を通じてそんなに直接出会うことは叶いませんでした。

なぜなら、ことが露見することを恐れて、藤壺が逢うことを拒否し続けたからです。それゆえ、藤壺はあれこれと悩んだ果てに、先ほどの引用のように、「身のみぞ憂き」というふうに着地しています。わが「身の憂さ」を嘆いているわけです。「いと心憂き身」（二〇六頁）「あさましき御宿世のほど」（二〇七頁）「猶のがれ難かりける御宿世」（二〇七頁）と、自らの宿命を歎いています。そしておそらく、藤壺が一番恐れたのは、人がどう思うか、人が何をもって攻撃の口実とするだろうかということです。例えば、対立する弘徽殿方から、どんな「名」――浮いた評判をもって「人笑はれ」となることには堪えられないと藤壺が考えていることは、興味深いことです。

次に、おそらく三度目に、藤壺と光源氏が出会うのは賢木巻ですが、このときも、まだ光源氏との関係を続けると、光源氏との浮き名が漏れ出るかもしれない。弘徽殿大后がとやかく言うのなら、中宮の位を退こうと藤壺は考えます。司馬遷の書いた『史記』には、漢の時代に帝母呂太后が立太子争いの恨みから報復を受けたという、戚夫人の故事が見えます。そのような辱(はずかし)めを受けるとするならば、それは避けがたい「身」（宿命）だから、出家したいと考え始めたと描かれています（賢木、第一巻三八八頁）。

具体的に言えば、もし藤壺と光源氏との関係が明るみに出たとすると、帝にはむかう謀反(むほん)の罪の汚名を負わされることになったと思います。この時代の「憲法」であった『律』によると、謀反の罪は原則的に死罪ですが、当時は罪一等を減じて流罪とされるのが通例でした。ただ、そのような処罰よりも「人笑へ」、世の笑いものになることを恐れていることは、興味深いことです。犯した罪の深さや重さを恐れたのではなく、世間の目を恐れているのです。西洋風の「罪と罰」という考えはありません。起きたのは過去の過ちであり、気にするのは世評であり、恥なのです。

御前の前栽の何となく青み渡れる中に、常夏の花やかに咲き出でたるを折らせ給ひて、命婦の君（藤壺付きの女房）のもとに書き給ふ。こと多かるべし。

（光源氏）**「よそへつつ見るに心はなぐさまで露けさまさる撫子の花**

花に咲かなん」と思ひ給へしも、かひなき世に侍るかなは」とあり。さりぬべきひまや有りけん、（藤壺は）御覧ぜさせて、（命婦）「ただ、塵ばかり、この花びらに」と聞ゆるを、わが御心にも、物いとあはれに思し知らるる程にて、

（藤壺）**袖濡るる露のゆかりと思ふにもなほうとまれぬ大和撫子**

とばかり、ほのかに書きさしたるやうなるを、（命婦は）喜びながら奉れる。「例のことなれば、しるしあらじかし」とくづほれて、ながめ臥し給へるに、胸うち騒ぎていみじく嬉しきにも、涙落ちぬ。

（紅葉賀、第一巻二八五〜六頁）

かねてより、藤壺の歌の第四句「なほうとまれぬ」は、助動詞「ぬ」が完了の意味なのか、打消の意味なのかが問題となってきました。どちらをとるかで、意味が逆になりますので、長い議論があります。

この時代、男性が求愛をすると、女性はともかく歌では、ひとたびは拒否して見せるという形式をとるのが普通でしたから、あなたの子まで憎いとみることもできるのですが、ここは藤壺が気を許して憎いあなたの子でも嫌いにはなれないとみるか、難しいところです。

論理的には「ぬ」は打消、否定なのでしょうが、和歌の形式としては完了でも構わないのです。言い換えます

と、いくら親しくても和歌は儀礼的には「挨拶」ですが、心情的には「訴え」なのです。私も随分と考え悩みましたが、和歌は理屈や論理ではありません。ですから、打消か完了か結局は「同じこと」なのかもしれません。少なくとも藤壺は「破滅型」の性格ではありません。藤壺は形式的に光源氏の求愛を拒否し続けるのですが、藤壺の考えていたことは、わが子のことでありながら、皇子の運命というものは男と女との好き嫌いのような軽々のことではすまないということなのです。

このあと、賢木巻で、桐壺院の崩御とともに藤壺は出家してしまいます。それは来世を願ってのことというような、私的・個人的なことではなく、公的・政治的な判断であって、**この現世で光源氏からは手の届かない距離をとることによって、なんとしてもわが子冷泉帝の即位を実現したいという、人生を賭けた「戦略」でした。まさに中宮という立場で、皇子を守り抜くということに彼女の生き方があった**ということができます。

その藤壺が実際に他界してしまうのが薄雲巻です。

（光源氏）「はかばかしからぬ身ながらも、昔より御後見つかうまつるべき事を、心の至るかぎり、おろかならず思ひ給ふるに、太政大臣の隠れ給ひぬるをだに、世の中、心あわただしく思ひ給へらるるに、**またかくおはしませば、よろづに心乱れ侍りて、世に侍らん事も残りなき心地なんし侍る**」と聞え給ふ程に、ともし火などの消え入るやうにて、果て給ひぬれば、いふかひなく悲しき事を思し嘆く。（略）

二条院の御前の桜を御覧じても、花の宴の折など思し出づ。（光源氏）「ことしばかりは」とひとりごち給ひて、人の見咎めつべければ、御念誦堂に籠りゐ給ひて、日一日泣き暮らし給ふ。夕日花やかにさして、山際の木末あらはなるに、雲の薄く渡れるが鈍色なるを、何とも御目とまらぬ頃なれど、いと物あはれにおぼさる。

（光源氏）**入日さす峯にたなびく薄雲は物思ふ袖に色やまがへる**

人聞かぬ所なれば、かひなし。　　　　（薄雲巻、第二巻二三〇〜一頁）

ここにも、先立つ女性と遺される男の構図があります。

それでは、藤壺の他界がなぜ薄雲巻なのかと申しますと、この段階では、藤壺の身代わり、すなわち「紫のゆかり」として迎え育てた若紫が成長し、もはや「身代わり」である必要がなくなってしまったからです。紫式部が藤壺と紫上をこの辺で交替させてよいだろうと考えた（と推測できる）からです。

次の朝顔巻でこれまでの女性関係が整理され、次の乙女巻で六条院が建造されます。つまり、藤壺の崩御と、紫上光源氏の妻として据え直すこと、六条院の建造などの出来事は「同時」に成り立つ、もしくは「裏表」の関係にあり、薄雲巻・朝顔巻・乙女巻はもともと（構想上は同時に成り立つ）一連のものであって、個別に論じることはできないと思います。乙女巻で突然造営される六条院は、春夏秋冬の四町から構成されていますが。青春時代の恋の総括、あるいは人生の集大成であって、最終的な人物関係の配置が確定するからです。

この六条院の中心に座るのは、ひとり光源氏最愛の紫上です。花散里はかつて光源氏の恋人でしたが、ここではもはや料理や衣装、家具調度などの準備、調整を担当する家政組織の代表的存在となっています。

残りの二人は中宮です。秋好中宮はあの「生霊」となった六条御息所の（故前坊との間に生まれた）娘で、ひとたびは伊勢斎宮となりますが帰京して、冷泉帝の中宮となっています。六条御息所は、光源氏の正妻葵上の命を奪いますが、その結果、紫上は無敵の存在となり、六条院という邸第は御息所の旧宅の故地を襲って、秋の町に宛てられました。しかも、娘斎宮女御を中宮として迎えたわけで、六条御息所は光源氏にとって、登場した時には「祟り神」だったのに、伊勢から帰ってからは「護り神」へと転換したと考えることもできます。いずれにしても、六条御息所は生死を問わず、ずっと光源氏を擁護しているのです。(11)

もうひとり明石中宮は、光源氏が明石の地で住吉神の加護によって得た明石君の産んだ姫君で、今上帝の中宮となっています。松風巻で、この姫君が明石君から紫上に養女として献じられることによって、光源氏と紫上は明石神の霊力を獲得しています。ここで、子を産んだ明石君と、子のない紫上との（妻の座を争う）対立は、回避されています。

つまり、この時代の政治――権力奪取の方法は、権貴が娘を帝の後宮に入れ、次に帝となる皇子を生ませることによって絶大な権力を得るという閨閥政治ですから、二人の中宮は帝の二代にわたって光源氏の権勢を支え続ける（仕掛けとしての）存在なのです。その意味で、六条院は光源氏の政治的安定を確保しつつ、紫上を核とする巨大な邸宅だったわけです。

紫式部は時の権勢家であった藤原道長から要請を受け、寛弘二（一〇〇五）年一二月ごろ（一説、三年とも）、彰子中宮の教育係として女房の資格で出仕しています。そのとき、紫式部には、おそらく中宮のために物語を書いてほしいという藤原道長の下命があったと考えられます。『紫式部日記』には、紫式部のもとで行われた『源氏物語』の製作のようすや、当時は高価だった紙や筆・硯などが道長によって用意されたことが記されています。

それでは、**どのような目的で『源氏物語』が書かれたのかと申しますと、彰子中宮が中宮学というものを身に付けることだった**、と私は思います。帝の身に付けるべきが帝王学であるとすると、これに対して、私は、「中宮学」という言葉を使っています[12]。

それでは中宮学とは何か、宮廷祭祀のことは一介の女房にすぎない紫式部の預かり知らないことですから、**中宮については理想的な心の持ち方、立居振舞を学ぶこと**でした。物語内部の登場人物として言いますと、そのひとりが、深い苦悩を抱えながらも中宮として堂々とした身の処し方をした藤壺でした。もっと具体的なことを申しますと、この物語の中で、絵画、音楽、書や香などの教養の必要も説かれていますが、一番重要だったのは、和歌だったと思います。

もちろん、聡明な紫式部のことですから、道長の命を受けつつ、この物語の後半になると、3の若菜巻以後の紫上、4の宇治大君や5の浮舟の生き方を描くことで、自分の考えていることを盛り込んで行ったわけです。そのことが、やがて中宮の人間教育に資したと思います。

3 紫上と光源氏

紫上は、光源氏が若き日に、京都の北山で垣間見（かいまみ）し、そのころ思い焦がれていた藤壺に似ていることから、「かの人の御かはり」（若紫、第一巻一八七頁）として略奪するかのように自邸二条院に引き取り、育てた女性です。現代では誘拐は重罪ですが、古代婚姻史では略奪婚は「許容」されていた、と言われています。若紫は、いわば藤壺と光源氏という「危険な関係」から、光源氏を「安全な」所へ移すための仕掛けでした。初期の紫上で印象深いのは、光源氏に促されて書いた歌に、

かこつべき故を知らねばおぼつかないかなる草のゆかりなるらん（若紫、第一巻二三〇頁）

というものがあります。光源氏に向かって、私はいったい誰の身代わりなのか、紫式部はこの恐ろしい質問を、年端（としは）もゆかない少女に詠ませています。ただここでは、設定としての若紫はまだ幼すぎて、これ以上深刻な物語へと展開することは止められていますが、自分の存在理由を問う、という意味で極めて重い人物として設定されています(13)。

もしこれが近代以降のことでしたら、ひとりの恋人と別れたとしても、次に似ているからという理由で、誰か別の人を好きになったとしますと、きっとその女性から「私は誰かの身代わりじゃない。私は私だ。なぜ私を私として認めないのか」と責められるに決まっています。古代物語ではあるのですが、紫式部は他者ということを認識しています。なぜなら、新婚時代に夫を亡くしたことと、急に宮仕えすることになり政治のど真ん中に入り込むことで、他者——価値観や世界観の全く違う人々や世界に出会ったからだと思います。

ところで、光源氏物語の最初の転換点は、須磨・明石巻です。一旦は須磨に蟄居（ちっきょ）しながら、明石で住吉神の加護を受けることによって捲土（けんど）重来、光源氏は再び都に帰り、大臣に復位しやがて、（これは架空の称号なのですが）准太上天皇にまで登りつめることになります。その立場にふさわしい邸宅として、六条院の建造があります。すなわち、乙女巻から若菜巻へという経緯の中で、光源氏は六条院という、地上最高の栄華を実現するわけです。皇位に就（つ）くことの叶わなかった光源氏の身代わりとして冷泉帝が即位し、邸第の内実は、藤壺の身代わりとして紫上が女主として座ることでした。

もうひとつ次の転換点は、物語の大団円を示す六条院の中枢に、朱雀院の娘女三宮が降嫁してくることです。しかも、他ならぬ春の町の寝殿に入り込むことに意味があります。ここから物語はガラリと変わります。紫式部は狙いすましたように、光源氏・紫上という「絶対的な」関係に楔（くさび）を打ち込もうとしていることが分かります。明らかに、作者によって六条院の崩壊が企てられたわけです。

今まで光源氏に愛されてきたと信じていた紫上は、ことあるごとに裏切られたと絶望します。**少なくとも若菜巻までは、主人公は光源氏でまちがいないのですが、若菜巻から紫上がゆっくりと主人公に「成長」して行きます。やがて御法巻に至ると、もはや主人公は紫上です。つまり、この間に物語の視点が根本的に変化したのです。**

さて、ことの発端は、若菜巻に入ると光源氏は兄朱雀院は出家にあたり、わが最愛の娘を光源氏に「親ざま」に譲りたい、と依頼したことにあります。要するに、親代わりにということで結婚してやってくれというわけです。光源氏は迷った挙句、やむなく承諾しますが、最も「被害」を蒙ったのは紫上でした。というのも、女三宮は光源氏のように臣籍を賜るのではなく、皇族の身分のまま、六条院に入ってきたからです。作者は確信犯です。身分社会では、女三宮に対して、もはや光源氏は臣下であり、紫上は社会的な後見もなく、光源氏最愛の女性とはいえ、女三宮にとっては「物の数ではない」存在にすぎません。つまり、女三宮によって六条院は、一挙に地に落とされ苦しみに満ちた、叫喚（きょうかん）の世界に転じてしまうのです。

それまで、政治的にも恋においても光源氏に敗者のみじめさを味わった朱雀院が、今度は逆に、光源氏と紫上の平穏な生活をかき乱すことになるわけです。そのとき、興味深いことは、親が子を思う心の闇、すなわち親の子に対する執着——仏教にいう恩愛の罪が問われます。光源氏も、親の立場に立って考えてみれば、朱雀院の気持ちもしかたのないことだと納得しますが、ただひとり紫上は、「背（そむ）きにしこの世に残る心こそ入る山道のほだしなりけれ」（娘は修業の手かせ足かせになる）と歌う朱雀院に対して、

背く世のうしろめたくはさり難きほだしをしひてかけな離れそ

（若菜上、第三巻二五七頁）

人間、そんなに簡単に親子の情愛を断ち切ることはできません。紫式部は、無理に出家をするな、断ち切れる時期を待て、それから出家する方がよいと『紫式部日記』に書いています。

ここで紫上は、離れがたいと思うのなら、無理して娘と別れなくてもよいではないか、と朱雀院に歌を贈っています。この歌の内容は、この時代にあっては随分と過激です。畏れおおくも上皇に向かってこんな批判的なことを歌ってよいのか、と心配するくらいですが、紫上はことの一切の原因が、娘に対する朱雀院の執着にあることを見抜いているのです。朱雀院は往生を願うといいながら、娘にこだわることが妨げとなっていることに気付いていません。朱雀院の「愚かしさ」を断罪できるのは、紫式部が仏教の側に立っているからです。**紫式部は、紫上の中に、出家や修行といいつつ、根本的な精神を理解できずにいる朱雀院の愚かしさ、心弱さを批判する視点を持ち込んだのです。**平安時代の女性たちに、現代のような「行動」を期待することはできません。むしろ紫上がことの本質を見抜く鋭い認識の持主として描いたところに特徴があります。

光源氏は父桐壺帝によって皇位への道を、藤壺に対する犯しによって「復讐」しようとしたわけですが、若菜上巻から今度は、朱雀院から「復讐」されるのですが、ここに至ると、自分の過去によって「復讐」されるという皮肉な運命を生きることになります。

しかも、やがてあろうことか思いがけないことに、柏木が女三宮を犯し奉り、御子（後の薫君）をもうけるに至ります。女三宮の降嫁と、柏木の犯し、薫の誕生、これらが若菜上巻から横笛巻までの物語の骨格です。紫上は、柏木・女三宮の件について何も知りません。一方、光源氏は柏木や女三宮に「怒り」を発することはありません。なぜなら、柏木が女三宮に一方的に恋したあげく過ちをなしたなどとは、光源氏は全く知らないことで、両者の合意のもとで光源氏に対して「反逆」したと誤解したからです。このあたりのすれ違いには、紫式部の意地の悪いような企(たくら)みを感じます。

しかも光源氏は、事態のすべてを承知の上で、この薫を我が子として抱くのですが、そのときかつて藤壺と犯した過ちの「報い」がやってきたのだと確信します。

「わが世とともにおそろしと思ひしことの報いなめり。」

（柏木、第四巻一九頁）

この不愉快な出来事が、恐ろしいことに仏教で説く因果応報というものなのだと、光源氏はわが身をもって気付くわけです。この段階で、状況を一手に引き受けているのは光源氏で、正しく主人公であることは間違いありません。そのような過程の中で、物語は光源氏を中心に描いているのですが、同時に、そのような光源氏の内面を知らず孤独に傷付く紫上に、物語は注目し始めます(14)。

さらに厄介なことは、鈴虫巻に至ると、光源氏は稚拙で未熟な女三宮に失望しながらも、出家した尼姿の女三宮に執着するようになります。ただし、人物造型が矛盾していると責めてはだめだと思います。どうしようもない男として紫式部は描いているのです。その上、さっさと出家してしまったあの朧月夜や、出家の希望を口にするようになった紫上に対しても、離したくないと光源氏は執着を覚えます。これは桐壺帝の更衣に対する執着から発している問題です。これが男女間の罪――愛執の罪です。

ちなみに、この「愛執（あいしふ）の罪」という言葉は、『源氏物語』の中には、夢浮橋巻で横川僧都が浮舟に対して送った手紙の中に見えています。すなわち、薫の愛執の罪を晴るかしなさい、一日でも出家した功徳は重いものだから、それを頼みに再び俗人に戻って、薫のもとへ行くよう勧めた手紙（第五巻四二九頁）の中にあります。

この愛執の罪と対をなすのが恩愛の罪です。『源氏物語』が結局、最後までこだわったのが愛執の罪であり、最後まで否定しきれなかったのが恩愛の罪でした。

つまり、**若菜巻以降、六条院の中に起こるゴタゴタの中で、悪循環を引き起こしている原因は、親子の恩愛の罪と男女の愛執の罪だということに気付かされます。**

そのように見ると、一番最初の出来事、すなわち若菜巻の女三宮降嫁という壮大な仕掛けが、どのような波紋を広げて行くことになるのか、ということから御法・幻巻へ物語は一直線に進んで行きます。

この時代は、一般に女性は「五障の雲」に隔てられて、極楽往生は困難だとされてきましたので、光源氏によって出家を許されなかった紫上は、極楽に行くことも約束されることがなく、「中宇（ちゅうう）にさすらう」不安にさいなまれてしまいます。紫上は何も行動できずに、あたかも「檻（おり）に閉じ込められている」ように見えます。せめてという思いで「私の御願」として、六条院にではなくあえて「わが殿（私邸）とおぼす二条の院」において、滅罪のために読経と説法の法会である法華八講を開催します。饗宴の楽（がく）に参加する人々を、紫上は末期の眼をもって眺めます。この法会（ほうえ）のあたりから、物語は紫上のまなざしに即して描かれます。紫上は「われ一人行くへ知らずなりなむを、おぼし続くる、いみじうあはれなり」（御法、第四巻一七七頁）と感じています。そして、自らの亡き後にと二条院を匂宮に譲ります。その次の場面です。

（A）颪すごく吹き出でたる夕暮に、前栽見給ふとて、脇息（けふそく）によりゐ給へるを、院わたりて見奉り給ひて、（光源氏）「今日は、いとよく起き居給ふめるは、この御前にては、こよなく御心も晴れ晴れしげなめりかし」と聞え給ふ。かばかりの隙（ひま）あるをも「いと嬉し」と思ひ聞え給へる御気色を見給ふも、心苦しく「つひにいかにおぼし騒がん」と思ふに、あはれなれば、

（紫上）**おくと見る程ぞともなきともすれば風に乱るる萩の上露**

（B）げにぞ、折れかへり、とまるべうもあらぬ花の露も、よそへられたる、折さへ忍びがたきを、

（光源氏）**ややもせば消えを争ふ露の世におくれ先だつ程経ずもがな**

とて、御涙を払ひあへ給はず、宮、

（明石中宮）**秋風にしばしとまらぬ露の世を誰か草葉の上とのみ見ん**

と、聞えかはし給ふ。御かたちども、あらまほしく見るかひあるにつけても、「かくて千年を過ぐすわざもがな」と思さるれど、心にかなはぬことなれば、かけとめむ方なきぞ悲しかりける。

（御法、第四巻一八一～二頁）

便宜的ですが、ここに（A）（B）とに分けました。というのは、あたかもこの三首がひとつの場面をなしていると見えて、実は（A）の部分は紫上のまなざしが強く感じられ、場面としての独立しているように感じられるからです。ところが、（B）の部分を見ると、紫上はひとりではなく、かろうじて紫上と光源氏と明石中宮とが同じ場所に居たのだということに気付かされます。そういう構成になっています。しかも、この三首は贈答・唱和と見えて、それぞれの歌が噛み合うことなく、別の方向を向いているように見えるからです。

光源氏の言葉も届かず、ひとりの世界に引き籠り諦め果てたように見える紫上と、そのような苦しみを全く理解できず、ただ紫上に縋り（すが）つくような光源氏とは対照的です。しかも、揺るぎない権勢の側にいる明石中宮は、生死は後先の問題であって、私とて同じだというふうに二人に距離を置いています。

紫上のまなざしは、わが身を萩の葉の上の露に「よそへ」ています。これは比喩になっています。自分はあたかも秋の風に揺れる、はかなげな萩の枝の、さらにその上に置くあぶなっかしい露の様子と同じだというのです。「げにぞ、折れかへりとまるべうもあらぬ」あの「落ちそうな露こそ私だ」という、出家が許されず来世の約束されていない、**行く方知れぬ紫上の身の上の不安が表現されています。そのような深い認識こそ『源氏物語』――紫式部の発見した世界です**(15)。

ここでもう御気付きだと思いますが、紫上のこの歌は、光源氏に向けて詠まれたものではなく、まるで誰かに聞かせることもなく、呟くように詠じられています。そのことに気付いてかどうか、光源氏は、紫上に向かって「私を残して先に逝かないでくれ」と懇願することになっています。なんともやるせないすれ違いです。

私は、ここに桐壺帝が更衣に向かって発した言葉と同じだと思います。二人の関係が同じだと見えます。つまり、この物語の「最初の小さな物語」、桐壺帝と更衣の物語の主題は、藤壺から紫上へと引き継がれているといえます。

4　宇治大君と薫

紫上が明らかにしたのは、女三宮の処遇をめぐって露わになった親子の執着すなわち朱雀院の恩愛の罪と、さらに老年の光源氏の醜い愛執の罪だったと言えます。そして、それらと「戦った」のは紫上だったと言い直すことができます。

紫上の生き方の系譜を継いで登場してくるのが、宇治大君です。**血を継ぐのが系図であるとすると、本質において同じ存在が繰り返し登場する、それが系譜です。**大君もまた、自分で自分の運命を切り開いて行くような「行動力」を持ち合わせていません。しかし、**紫上と宇治大君の考える内面、考え方は共に古代という時代の究極の地点にまで達している**と思います。

若菜巻以降の紫上は、光源氏は結局口ばかりうまくて自己愛のために私を利用してきたのだと不信を抱き、男性という存在を遠ざけ、心が離れてしまったまま最期を迎えます。

その考え方を、その地点から引き継ぐことで登場してくるのが、宇治大君です。

一方、早くから自らの出生の秘密に気付いていた薫は、橋姫巻で光源氏の〈秘密の〉子として憂鬱を抱え続け、政治的な敗北から宇治に隠棲（いんせい）している宇治八宮のもとを訪れますが、思いがけなく八宮の娘姉妹を垣間見します。椎本巻から薫は大君に懸想（けそう）するのですが、大君は拒否し続けます。この拒否という行動に、大君造型の本質があります。

それでは、大君はいったい何を拒否しているのでしょうか。大君は、薫との肉体的な関係を拒否するのですが、もし薫とひとたび関係を持つと、都の社会に組み込まれてしまうことになるということなのです。大君が薫の言い分を拒否すると、薫の考え方ひいては仏教的な宿世観、因果観を拒否することになってしまうのです。

薫は、友人の匂宮に妹中君を「あてがう」ことで、自分が大君を恋人にしようとする賢しらな企みをします。

しかも、匂宮は都で大臣夕霧の六君と結婚してしまいます。薫と中君とが結ばれ自分は中君の後見になろうと考えていた大君は薫に「裏切り」を覚え、「男といふものは、空言（そらごと）をこそいとよくすなれ」（総角、第四巻四三九頁）と言い放っています。男は信用できないというわけです。**大君は薫が嫌いなのではなくて、薫の背負っている都の考え方、都の慣習、都の論理を忌避しているのです。**この拒否するという行動こそ大君の生き方なのです。

もちろん『源氏物語』の中には、幾人か光源氏を拒否する女性が出て来ます。例えば、朝顔姫君は、光源氏とかかわると、振り回されてしまう。だから、一切付き合わないでおこうと考え、生涯光源氏を拒み続けます。しかし、宇治大君と違って拒否に中味がありません。あるいは、光源氏が若き日に出会った空蝉も、関係はもってしまいますが、その後は拒み通します。空蝉の場合は、もっと若い時だったら幸せだったのにと、自分がみじめにならぬようにといった自己防衛によるものです。しかし大君は拒否に中味があります。

大君は、男の嘘を見抜いて許さなかった紫上の晩年を引き継いで登場しています。光源氏の晩年に紫上との間に生じた「裂け目」をじっとみつめていたのは、光源氏ではなく紫上でした。つまり、若菜巻以後、どのあたりからか、男性と女性との間に、埋めがたい「溝」のあることが見えてきます。

ところが、薫が大君に言った次の言葉は、現代からみると実に残酷なものです。

「何事にも、あるに従ひ、心を立つる方もなく、おどけたる人こそ、ただ世のもてなしに従ひて、とあるもかかるも、なのめに見なし、少し違ふふしあるにも、いかがはせむ。さるべきぞ」なども、思ひなすべかめれば、

（椎本、第四巻三六九頁）

女性は「あるに従ひ」、あえて自らの考えを言うことなく、おおらかなのがよい、「ただ世のもてなしに従ひ」てあるのがよいというのです。ただ、そのような考え方は、薫だけのものではありません。紫式部はあえて、紫上も宇治大君も、薫の思うような男性の女性観には馴染まない、そぐわないことを際立たせようとしているとみえます。いわば薫は、主人公ではなく、恋人としての男性というよりは、大君の「引き立て役」、大君の発言を引き出す「聞き役」という役割をもっています(16)。

例えば、第二部でも、出家するにあたって娘女三宮の処遇に困った朱雀院は、乳母に「女は、心より外に、あはあはしく人におとしめらるる宿世あるなん、いと口惜しく悲しき」と嘆きます（若菜上、三巻二一三頁）。すると乳母は「かしこき筋と聞ゆれど、**女はいと宿世定めがたくおはしますものなれば**、よろづに嘆かしく」云々（若菜上、三巻二二一頁）と述べています。乳母が言うには、失礼ながら、皇女といっても、女性は宿世が「定めがたく」ておられるので、どのような生涯を送られるか、失意に沈むことになっては気の毒だというのです。

御覧のように、『源氏物語』は、人間に対する認識というものを、人物が違っても繰り返し問い続ける性質をもっています。

紫上が出家を願う条にも、心の中で「言ひもてゆけば、**女の身はみな同じ、罪深きもとゐ**ぞかし」（若菜下、第三巻三八五頁）と呟いています。女性が不幸であるのは、そもそも女性の身が「罪深きもとゐ」（基になるもの）だからだというのです。身というのは、身体という意味ではありません。これは仏教的な文脈にあるので、身の程という意味です。身の程というのは、もって生まれた境涯、境遇や宿命のことです。このような女性観は、もともと仏教そのものがインドから持っていた思想でもあるのですが、紫上や大君を苦しめたのは、男性のみならず女性もそう考えていた、世間に普及していた宿世観でした。

すでに、朱雀院は乳母に「ほどほどにつけて、**宿世**（すくせ）**などいふなることは知りがたき**わざなれば」（若菜上、第三巻二二四頁）と言っていますが、女三宮降嫁、柏木の犯し、薫の誕生などの出来事を踏まえて、光源氏も紫上に「**宿世などいふらんものは目に見えぬ**わざにて、親の心にまかせがたし」（若菜下巻、第三巻四〇二〜三頁）と述べています。女性も男性も皆が同じことを口にしているわけです。

さらに、第三部の宇治においても、薫は大君に「**宿世などいふめるもの、さらに心にもかなはぬもの**に侍るめれば」（総角、第四巻四一五頁）と述べて懸想します。経歴の異なる人物、時を隔てた人物に、同じ言葉が出てくるのです。すると大君は、薫の言葉を逆手にとって、

> こののたまふ**宿世といふらん方は、目にも見えぬこと**にて、いかにもいかにも思ひたどられず。知らぬ涙のみ霧りふたがる心地してなん。（総角、第四巻四一五頁）

と反論しています。薫は「宿世などいふめるもの」、つまり宿世なんていうものは目に見えないんだから、思いどおりにはならない、だから悩まなくてもよい、というのですが、大君は目に見えないからこそ、あなたが言う宿世なんていうものは信用できないというのです。**当時一般に普及していた仏教的な考え方に対して、大君は懐疑的で、いわば批判したのです。これは、この時代にあっては、誰もが予想だにもし難い「恐ろしい」発言でした。これこそ紫上において準備され、大君において噴出した、紫式部の考え**だと思います。

徹底して拒否し続ける、こんな芯の強い女性に薫が魅（ひ）かれるというのも、当時の「恋物語」としては異例で、違う言い方をしますと、やはり薫は大君の思想、大君の苦悩の形を浮かび上がらせるために、都ぶりの口説き方

をする薫が、拒否されても強引に突き進んで行かないような設定がされている、と考えた方がよいと思います。

このように、思うようにならない人生を、人物たちはまた違った言い方で説明しようとします。若き日の光源氏は、息子の夕霧に我が身を引き合いに出して、「いみじく思ひのぼれども、心にしもかなはず、限りあるものから、すきずきしき心など使はるな。いはけなくより宮の内に生ひ出でて、**身を心にまかせず**ところせく」（梅枝、第三巻一七七頁）と諫めています。この考えは、晩年になって紫上の逝去の後、出家を志したときにも「「心弱き惑ひにて、世の中をなむ背きにける」と、流れとどまらむ名を思しつつむになん、**身を心にまかせぬ嘆き**をさへうち添へたまける」（御法、第四巻一八八頁）とあって、この時代にあってはいくら出家しようと考えても、そう簡単にはいかないのだと思います。

ところで、光源氏はともかく、宇治大君のいう無二の恋人——ところが大君からすると恋人とはいえない薫は、大君から何も学んでいなかったといえます。

大君もまた、薫という男君に先立ち、紫上を引き継ぐ存在として設定されます。都における豊明の神事に奉仕することなく、薫はずっと宇治にいました（総角、第四巻四五九頁）。風が強く雪の降る荒れた日でした。心を許さない大君に、薫は大君に次のように語りかけます。

（薫）「**つひにうち捨て給ひなば、世にしばしもとまるべきにもあらず**、命もし限りありてとまるべうとも、深き山にさすらへなんとす。ただいと心苦しう、とまり給はむ御ことをなん思ひ聞ゆる」と、…（総角、第四巻四六一〜二頁）

つまり、「あなたに捨てられたら、先立たれたら私は生きて行けない」と述べると、大君は居ずまいをただして「これのみなむうらめしき節にて、とまりぬべう思え侍る」と答えています。思わず桐壺更衣のことを考え合わせたくなります。ただ、ここに和歌はありません。ここは両者の気持ちの高まりがないように見えます。ところが、大君逝去の後「雪のかきくらし降る日」「十二月の月夜の曇りなくさし出でたる」とき、薫は、

おくれじと空行く月を慕ふかな遂にすむべき此の世ならねば
（総角、第四巻四六六頁）

と詠んでいます。もちろん答歌はあるはずもなく、「風のいとはげしければ」という、寒々とした風景が、薫の思いが叶わないことを伝えています。逝く女性に縋（すが）りつく男性という構図は強調され、主題化されています。

5 浮舟と薫

浮舟は、大君の「人形（ひとがた）」として登場します。この発想は、まさに古代の古代からする神話的枠組みに基いています。人形は、今でも神社で行われる六月大祓の祭祀において、身に付いた穢（けが）れを人形に背負わせ、水に流し祓（はら）うための呪具です。物語では、もともと中君が薫に、亡き大君に対する思いを捨てられるよう「人形」として浮舟を紹介したわけですが、浮舟自身が人形そのものとして水に流れるという二重の意味をもっています。

そのように、浮舟の物語は、**入水することで薫と自らの穢れを払い流そうとする前半と、入水を果たせず、横川僧都に救出され、出家を実現する後半とに分かれます。ところが、出家しても薫に居所を知られてしまい、薫から事情を聞いた僧都は浮舟に還俗（げんぞく）――出家から俗世に戻るよう勧めます。進退窮まった浮舟に薫が迫ってく**

るところで、物語は終わっています。

一般に誤解があるのは、薫と浮舟と匂宮とは、いわゆる「三角関係」だといわれることです。確かに浮舟と匂宮とは間違いなく恋人ですが、厳密に申しますと、薫にとって浮舟はどこまでも亡き人君の「身代わり」であり続けます。かつて、桐壺帝が藤壺の登場によって慰められたり、光源氏が藤壺の身代わりとして紫上に慰められたりすることがないのです。薫はもう少しシラケています。薫は、都の果て、隅っこの宇治に住む大君に対して、都の世界を背負って登場し、大君の逝去によって落胆しますが、浮舟にはむしろ後見人にすぎず、あるいは都に浮舟を連れて行けば、女房クラスの恋人の通い所になるだろうとしか思っていないように見えます。薫にとって宇治大君は、所詮「避暑地の恋」にすぎません。**薫は宇治で悲しい経験をしたはずですが、根本的には変わっていないのです。**他者を愛することのできない自己愛の性格は変わらず、誰でも自分は大切ですが、結局自分しかいないわけで、「他者が見えていない」という意味です。

光源氏物語において、女性のあり方について言及する「女は…」論（と私は呼んでいますが）は、光源氏や朱雀院のみならず、女性たちによっても口にされるもので、宇治十帖に至り、物語の行き着く地点が見通せるところまで来てもなお、匂宮の従者までもが、

「**女の道に惑ひ給ふこと**は、人の朝廷にも古き例どもありけれど、また「かかることこの世にはあらじ」となん見奉る」と言ふに、

（蜻蛉、第五巻二八二頁）

などと口にします。このことは、物語がここに至ってもなお、あの桐壺帝と更衣の物語を意識していることを表

しています。(17) 男の側の認識はあまり変わっていないように見えます。
浮舟を失う薫が「俺を遺して先に逝かないでくれ」という台詞こそ見出せませんが、同じ構図を見出すことができます。読んでいて途中で気が付くのですが、浮舟巻では匂宮、中君、薫、浮舟の四人が登場していましたが、蜻蛉巻以後、浮舟の入水（未遂に終わりますが）とともに、登場人物は薫と浮舟に絞られてしまいます。そしてここに、横川僧都が加わります。もはや出発点である、物語冒頭の桐壺巻にみられた恋物語としての性格はもはや忘れ去られたようです。同じ「女は…」論といっても、大君の時期と、浮舟の入水以前との浮舟、以後の時期では、微妙に内容が変化します。光源氏物語の、恋や愛といった時代の議論に対して、宇治大君や浮舟の物語において、明確に仏教における救いが話題になるようになると、僧都の視点からも「女は…」論は、より仏教的な意味合いが強くなります。

ところで、紫式部の著作には、『源氏物語』と『紫式部日記』と、あまり知られていませんが、もうひとつ『紫式部集』があります。紫式部の晩年（長和二（一〇一三）年ごろと言われていますが）に自撰したと考えられる、個人家集『紫式部集』の中に、次のような歌があります。実践本で示しますと、次のようです。

身を思はずなりと嘆くことのやうやなのめに、ひたぶるなるを思ひける
かずならぬ**心**に**身**をばまかせねど**身**に従ふは**心**なりけり　（五四）
心だにいかなる**身**にかかなふらむ思ひ知れども思ひ知られず　（五五）(18)

これらの歌は、家集の配列の中では、夫藤原宣孝を（疫病の大流行した長保三（一〇〇一）年四月に）失った後、道長から出仕を要請されるまでの、いわゆる寡居期――未亡人時代の鬱々とした思いを詠んでいるのだと考えられます。あるいは、出仕して後、ますますこのような思いが強くなったのかもしれません。そうすると、配列の中で寡居期から出仕期の思いを家集の前半の境目に置いたといえるでしょう。

簡単に現代語に意訳しておきますと、

「私の不幸な境遇は何ともしがたい」と嘆くことが段々ひどくなり、思い詰めた状態であることを思った歌に、

（わが身が、人並みの「ものの数」には入れてもらえないことは当然だが）崇高な仏を思うと、愚かで拙い私の気持ちになど、到底自分の人生を委ねることはできないが、いくら**悩みに悩んでも、心は、生まれもって定まっている運命に逆らうことができない。**

（もしそうなら）**私の心はいったい、どんな運命だったら満足できるのか、**分かっているように見えて、本当は何も分かっているわけではない。

という内容です。

この「身と心」という言葉は、もともと漢語として、例えば中国の『白氏文集』の漢詩に基いているという指摘もあり、そのことはその通りなのですが、これらはもっと日本化された、日本的な表現になっています。和語としての、また紫式部の使い方はむしろ、もっと仏教的な文脈で和語として用いられています。つまり、「身と

「心」は「身体と精神」というような近代的なものではなく、「身」を現実と訳す向きもありますが、もっと仏教的なニュアンスが籠められていて、

「身」は、境遇や宿命
「心」は、思惟や出家心、仏を求める志向

といった意味合いをもっています。現代語の意味とは随分と違った印象を持たれると思います。

ですから、もっと簡単に申しますと、**愚かな心がわが身をコントロールできるかというと、とてもできない。どうしても、生まれついた境遇が強くて揺るぐことはない。私の悩む心なんて、どんな境遇なら満足できるのかと、ここには出口の見えない「堂々巡り」が見えます**（本書「5　記憶の光景」参照）。

さて、『紫式部集』のこの二首の内容を『源氏物語』の人物造型、物語の方法の問題として捉えることはできないでしょうか。

もしそう考えることができるとすれば、**心が身をなんとかしたいと苦しむのが大君でしょう。一方、身が心とは関係なく先走ってしまうというのが浮舟だといえます。おそらく紫式部は、深い思索をした大君を退場させたのち、今度は逆に、悩みがあったって身が心をなきものにしてしまう浮舟を登場させたのだ**と思います(19)。それでは、紫式部は、何を確認したかったかというと、**絶対に傷付かない自己愛の薫は、誰も他者として認めることができない**ということなのです。本当に薫は、大君に恋していたのかを考えると、大君の亡きあと、大君の面影を仏像に造るなど、大君を神格化し、浮舟その人を愛することはありません。**薫は他者を他者として認めることが**

できない人なのです。言葉の通じない人、住む「言葉の世界」の違う人を、「他者」と呼ぶことができます。

それでは、光源氏物語に戻って、この「身と心」の問題はどのように描かれているか、確かめてみましょう。

例えば、先にも触れましたが、紫上を失った光源氏が出家を志す条、

思しめしたる心の程には、さらに何事も目にも耳にもとどまらず、心にかかり給ふことあるまじきけれど、「人にほけほけしきさまに見えじ。今さらにわが世の末にかたくなしく心弱きまどひにて、世の中をなむ背きにける」と、流れとどまらむ名を思しつつむになん、**身を心にまかせぬ嘆き**をさへうち添へ給ひける。

（御法、第四巻一八八頁）

晩年の光源氏は、「常なき世を思ひ知るべく仏などの勧め給ひける身」であると自覚しながら、今まで出家もできずにきたことを「身を心にまかせぬ嘆き」のゆえであると悔恨します。他に例のないほどの数奇な運命を生き抜いた光源氏にして可能な、まことに重みのある言葉です。

興味深いことは、宇治十帖に至ると、これと同じ表現が様々な人物にみてとれることです。例えば、匂宮が浮舟に、恋人としての永遠を誓う条。

「常にかくてあらばや」などの給ふも、涙落ちぬ。

長き世を頼めてもなほかなしきはただ明日知らぬ命なりけり

いと、かう思ふこそゆゆしけれ。**心に身をもさらにえまかせず**。よろづにたばからんほど、まことに死ぬべ

くなんおぼゆる。つらかりし御ありさまを、なかなか何に尋ね出でけん」……（浮舟巻、第五巻二二三～四頁）

と訴えます。いくら願ったところで、宿命によって定まった身というものは、どうしようもない、身は心でコントロールできない、と言うと浮舟は、これを受けて、

心をば嘆かざらまし命のみ定めなき世と思はましかば（浮舟、第五巻二二四頁）

どうせ信用できない男の心なんて、あれこれ嘆いたりはしない。心は頼りにならない、どっちみち命の定めない世だから、と返しています。浮舟は「心を嘆かない」と言挙げしていて、「心」のままにならないわが「身」を歎くような大君の苦悩に対して、「心」を排除した設定がなされています。さらに、その「身」を捨てようとするところに、浮舟の造型の特質があります。そうすると、浮舟のその先には、出家と救いがあるかないかしか、問題は残されていません。(20)

宇治十帖の前半が大君によって、後半は浮舟によって支えられるのですが、大君の逝去によってなぜ物語が終わらないのか。さらに、浮舟の入水後もなぜ、また物語は続くのか、と考えてみてはいかがでしょうか。

宿木巻で、薫に亡き大君の妹だということでしつこく付き纏（まと）われる中君は、異母妹の浮舟を紹介し、薫の関心を移そうとします。これは露骨な設定の変更です。あるいは大君から浮舟への強引な転換です。いずれにしても、紫式部の意図が透けて見えます。分かりやすく申しますと、**大君と浮舟は対照的で、大君を「裏返す」と浮舟に**

なる、といえます。

もう少し詳しく説明しておきましょう。

薫は中君に、亡き大君の住んだ山里に「かの山里のわたに、わざと寺などはなくとも、昔思ゆる人形をも作り、絵にも描きとめて、行ひはべらむ、となむ思ひ給へなりにたる」（宿木、第五巻四九〇頁）と述べています。ここで騙（だま）されてはいけません。

そもそも仏教では、高徳の修行者や聖人でなければ、俗人で情愛の対象とした人を仏像に作り礼拝の対象とするということはありません。宗教的というよりも、極端な偏愛嗜好（しこう）であり結局は自己愛なのではないかと思います。あるいは、他者というものが見えない、愛執の罪の深さを示すことではないでしょうか。

浮舟巻に入ると、浮舟はみずからを「浮きて世を経る身」といい、薫と匂宮との関係から逃れるために、「わが身を失ひてばや」「わが身ひとつなくなりてん」と願うようになります。大君のように「心」を悩むことよりも、「身」を失うことが救いになるという浮舟の造型は、「身」――身の程から逃れるという意味で、大君の場合とは逆転しています。大君を喪った薫に、もう一度浮舟を対偶させることで、薫に出会う女性の人物を逆転させて対偶させる理由はそこにあると思います。

まとめにかえて

宇治を舞台とする物語も、橋姫巻・椎本巻・総角巻までは、薫と匂宮、大君と中君が中心です。やがて大君が亡くなると、浮舟が登場します。ところが、浮舟巻から蜻蛉巻に至ると、もう匂宮は登場しません。薫と浮舟と横川僧都だけです。恋物語であることを捨てて、『源氏物語』は違う世界に入って行きます。

姉大君を失って消沈している中君が「来しかたを思ひ出づるもはかなきを行く末かけて何頼むらん」、いったい何を信じて生きて行けばよいのだろうか、と詠むと匂宮は、

ゆくすゑを短きものと思ひなば目の前にだに背かざらなん

何事もいと、かう**見る程なき世**を罪深くな思しないそ」

（総角、第四巻四六九頁）

と慰めます。どうせ先は分からない、今目の前のことが大切なんだ、どうせ「見る程」の価値や意味のないこの世にあれこれ悩む必要はない。こう言い切れる匂宮は、古代と中世の壁を越えてしまっています。

この文章を見る度に、私は**『平家物語』の知盛（とももり）の最期**を思い出します。新中納言知盛は**「見るべき程の事は見つ。**今は自害せん」と言い放って乳母子（めのとご）とともに入水します。極楽浄土に赴くという確信をもって海に入るわけで、単なる自死ではありません。**この世で経験できることはすべて経験した、大概のことは分かったという覚悟はすごいものです。私は、この知盛の言葉と匂宮の言葉は、まるで「同じこと」を言っているように思います。**この世のことはたいしたことではない、どうでもよい、という匂宮が言ってしまうと、紫上や大君、浮舟の苦しみや悩みは何だったのか、ということになってしまいます。蜻蛉巻以下に、匂宮が登場しないのは、「過激な」匂宮の存在など紫式部にとって不要だったからです。

『源氏物語』を読むには、古代の人々が何と戦っていたかを想像してみる必要があります。大君と浮舟は、中世の一歩手前、古代の行き着いた果てで苦しんでいます。

抽象的に言い直しますと、浮舟は浮舟巻の巻末で、薫・匂宮との人間関係の桎梏（しっこく）から逃れようとして、入水（じゅすい）を

決意します。物語には描かれている限りで、往生思想は希薄にみえます。しかしながら、次の蜻蛉巻に入ると、浮舟の企ては実現できなかったことが分かります。

ただ、この浮舟の「行動」を単純に「野卑」だとか「鄙（ひな）」の思想だと断じることはできません。身分が低いとはいえ、貴族社会では突拍子もない行動に出るのは、東国育ちだからという設定も、むしろ理由付けのようにみえます。ですから、近代的な自死と同じだと見ないほうがよいでしょう。

浮舟は、入水が叶えられず行き倒れ、今度は改めて出家をめざします。そのためにうまい具合に（まさに紫式部の仕掛けたとおり）、彼女を救うべく横川僧都が出現します。いずれにしても、浮舟は出家を自らの意思でもって「行動」します。そのことの重みはいくら強調しても足りません。

ここで、私はまた、**浮舟の出家に『平家物語』の最後に登場する建礼門院の出家を思い出してしまいます**(21)。

女院建礼門院は、清盛の娘で国母（こくも）となりますが、『平家物語』末尾の「灌頂巻」において、東山長楽寺の印誓を戒師として出家します。周囲の人々が皆戦死したり入水したりしてしまった中で、女院は、大原寂光院で、先帝をはじめとして一門の亡魂に不断の念仏を修して菩提（ぼだい）を弔（とむら）います。いわばすべての人々に対して、鎮魂をすることで物語を完結させています。

このことと比べてみますと、浮舟の入水（の試み）は必ずしも極楽往生を願ってのことではなく、結果的には蘇生して後に出家しようとします。これは、古代の物語では、極楽往生の願いと入水とを同時に描くことができなかったのか、浮舟の「無謀」な行動でしか局面は打開できなかったのかは分かりません。もう一度申しますが、浮舟の入水は、人形を流すことで罪を払う古代以来の禊祓の思想に基くものだということが指摘されてきました。物語の基層に古代的な発想が働いています。もしかすると、近代的な物差しからすると、自らの意思による「行動」とみえて、実は古代的な発想による「行動」だったのかもしれません。入水という契機や段階を踏まえることなく、自らの意思で出家を遂げようとする中世の建礼門院との違いがあるのかもしれません。

いずれにしても、浮舟は建礼門院のように死者を弔うような立場にはありませんが、紫上、大君と積み上げてきた主題を、すべて浮舟は「背負って」物語の最後に登場しているのではないかと思います。

いずれにしても、**浮舟のこの二つの行動は、あたかも古代から中世へ踏み出す可能性をもっていたのかもしれません。**入水といい、出家といい、彼女のもがきを評価する必要があります。あたかもこの世から脱出する、逃げ出すという「後ろ向き」の行動とみえるかもしれません。しかしながら、『源氏物語』の時代はまだ古代なのです。

「行動」するといったって、この時代の女君たちが家を出て、どこに出掛けることができるのか考えてみますと、紫式部のような受領女たちの旅は、和泉式部にしても赤染衛門にしても、国司の父や夫に伴われて任国に下向するか、寺社の物詣(ものもうで)くらいしか考えられません。空間的にも、思想的にも「行き場のない」彼女たちの苦しみ、「牢獄のような囚われ」を逃れようとすることを、現代から気安く批判することはできません。

ところで、『紫式部日記』は、道長の娘彰子中宮が一条帝の皇子を土御門殿で出産したという出来事を女房の立場から記録したものです。その中の最後のほうに、紫式部は、

いかに今は言忌みし侍らじ。人、といふともかくいふとも、ただ阿弥陀仏にたゆみなく、経を習ひ侍らむ。

世の厭(いと)はしきことは、すべて露ばかり心もとまらずなりにて侍れば、聖にならむに、懈怠(けだい)すべうも侍らず。

と記しています。晩年になって、その願いが叶えられたかどうかは分かりませんが、紫式部は出家を夢見ていたようです。阿弥陀仏を礼拝し、帰依したいと言うのは、極楽往生を祈念するからです。

興味深いことは、紫式部が「僧」になりたいと言わずに、「聖」になりたいと言っていることです。この言葉は『源氏物語』でも使い分けがなされています。「僧」は奈良の東大寺の戒壇院か、比叡山延暦寺で戒を受けるか、（その他、下野国の薬師寺、筑紫の観世音寺などで）僧籍を得るには厳格な手続きが必要でした。しかし**紫式部は、私度の僧、すなわち教団の仏教ではなく、私に出家して修業する「自由」を思い描いていたようなのです。ここには、既成の教団仏教に対する紫式部の不信があると思います**(22)。

横川僧都は、当時、比叡山の天台宗でも新しい動きを見せる浄土教を牽引した、新進気鋭の源信をモデルにしていると指摘されてきました。

私は、むしろこの僧都に僧の内面を描いてみせた、僧都にもなお克服できない葛藤を描いてみせたところに紫式部の意図があるのかもしれないと考えています。つまり、出家を望む浮舟に僧都は、風の音の心細きさまに、「あはれ、山伏はかかる日にぞ、音は泣かるぞかし」（手習巻、第五巻三九八頁）と呟(つぶや)いています。

さらに、横川僧都は、出家を望む浮舟に説法する条、

「まだいと行く先遠げなる御程に、いかでかひたみちにしかは思したたむ。かへりて罪あることなり。思ひ立ちて心を起こし給ふ程は強く思せど、年月経れば**女の御身といふもの、いと怠々しきもの**になむ」との

給へば、（手習、第五巻三八七頁）

と人間の弱さを知る人間として描かれています。一方、薫の話から、自分が出家させた女性が薫の探している女性だと知った横川僧都が動揺する条、

「髪、鬚を剃りたる法師だに、あやしき心は失せぬもあなり。まして**女の御身といふものはいかがあらん、**いとほしう罪得ぬべきわざにもあるべきかな」と、あぢきなく心乱れぬ。（夢浮橋、第五巻四二二〜三頁）

相手は違えど、僧都は殆ど同じことを述べ、考えています。当時の仏教の側から女性を救い出せるような認識は出て来ないことを紫式部は明らかにしたと思います。もしかすると、僧として浮舟を救うことはできないかもしれませんが、それでも浮舟を僧都と突き合わせたのは、人として共感、共鳴できるところにあるのだと言いたいのかもしれません。しかしながら仏の前に、身分を超えて男も女も等しいという思想は、鎌倉新仏教まで待たなければならなかったのでしょう。

紫式部は、そのような僧を浮舟と対面させる物語を書こうとしたのですが、浮舟は救われたとはいえず、むしろ世俗に負けてしまいそうになっているという印象が否めません。**浮舟の物語によって、仏教に対する大君の懐疑からいえば、もはや仏教不信へと展開しているとみえます。横川僧都ですら、浮舟は救えない、物語はそう確信、あるいは確認したようです。**[23]**あるとすれば『紫式部日記』に記されているように、教団から離れ、貴族社会から離れて「自由」に修行のできる「聖」となる以外にない、と紫式部は女君たちの生き方を通して、自らの生**

き方を模索していたのではないかと思います。つまり、浮舟にとってこれ以上苦しまなくてもよい「向こう」の世界はなお遥かに遠く、いまだ夢でしかないという意味で、最後の巻は夢浮橋巻と呼ばれた所以（ゆえん）だったと思います。

注

（1）本書「1　花鳥風月」参照。『表現としての源氏物語』武蔵野書院、二〇二一年。

なお、石井正己氏が早く「後れ先だつ」という語に注目して、光源氏と源義経とを重ねて読む、興味深い試みをされていることを知りました（「光源氏と源義経」『足跡』（私家版）二〇二〇年。初出、二〇一四年五月）。私は、後れ先だつという語が『源氏物語』では男女関係の中に置かれていることに注目しています。

（2）山岸徳平校注『日本古典文学大系　源氏物語』第一巻、岩波書店、一九五八年。三〇～一頁。以下、本文の引用はこれに拠ることとします。なお適宜表記を整えました。

（3）「桐壺更衣の物語と和歌の配置」『『源氏物語』系譜と構造』笠間書院、二〇〇七年。初出、一九八六年九月。

（4）益田勝実『火山列島の思想』筑摩書房、一九六八年。

（5）清水好子「源氏物語の作風」『源氏物語の文体と方法』東京大学出版会、一九八〇年、四八～五〇頁。「『源氏物語』の作られ方」『古代物語としての源氏物語』武蔵野書院、二〇一八年。初出、二〇一七年。

（6）注（4）に同じ。

（7）「『源氏物語』繰り返される構図」、注（1）『表現としての源氏物語』武蔵野書院、年、四〇五頁。

（8）駒尺喜美『紫式部のメッセージ』朝日新聞社、一九九一年、六二頁。

（9）「『源氏物語』の皇統譜と光源氏」、注（5）『源氏物語』系譜と構造』笠間書院、二〇〇七年。初出、二〇〇四年。

（10）「光源氏の生き方から見る『源氏物語』」『日本古典文学の研究』新典社、二〇二〇年、九～一〇頁。

（11）藤井貞和「六条御息所の物の怪」『源氏物語の世界』第七集、有斐閣、一九八二年。「『源氏物語』「物の怪」考」、注（5）『古代物語としての源氏物語』初出、二〇一八年三月。

（12）「『源氏物語』は誰のために書かれたか」『古代物語としての源氏物語』武蔵野書院、二〇二一年。初出、二〇一五年一一月。

（13）「文学史としての源氏物語」、注（5）『文学史としての源氏物語』武蔵野書院、二〇一四年。同「『源氏物語』存在の根拠を問う和歌と人物の系譜」、注（5）『古代物語としての源氏物語』。

研究者の中には、物語を書く間に作者が「成長」したと考える立場もありますが、構想とか構成ということからみると、私は紫式部がある程度物語の全体を見通した上で一気に書いているように感じます。ですから、私は**この若紫の発言はむしろ、登場人物の成熟の度合いによって、人物の成長段階に適した思想や思惟を、紫式部が与える、投げ入れて行くという物語の性格によるもの**だと考えています。

（14）「『源氏物語』における人物造型」、注（12）『文学史としての源氏物語』武蔵野書院、二〇一四年。初出、二〇一四年一二月。

（15）「『源氏物語』における「ゆかり」から他者の発見へ」『源氏物語』系譜と構造』。初出、一九七七年一〇月。

（16）「『源氏物語』存在の根拠を問う和歌と人物の系譜」、注（5）『古代物語としての源氏物語』。

現在の『源氏物語』では、光源氏物語の後、匂宮巻・紅梅巻・竹河巻という竹河三帖が置かれているのです

が、これには、かつてさまざまな成立論が交わされましたが、それは今措くとして、その中の匂宮巻に薫が、

おぼつかな誰に問はましいかにして始めも果ても知らぬわが身ぞ　（匂宮、第四巻二一三頁）

と「ひとりごたれ」て詠んだ歌があります。これに続く宇治十帖では、柏木と女三宮との過ちによって柏木巻で生まれた薫が、出生の秘密を抱えたまま宇治に出掛けるわけですが、物語の方法としては、薫に対して大君ひとりではなく、あえて弁御許（後には弁尼）と大君という二人を対応させていることは、物語の行く方においては、大きな分岐点だったのかもしれません。**もし、出生の秘密を抱える薫が自らの苦悩を、宿世観を疑う思いを抱えていた大君が真正面から引き受けて、苦しみを共有できていれば、物語の展開はもっと深いものになっていたと思います。もしかすると、それは紫式部にとって「本当に書きたかった物語」**なのかもしれません。ただ、そのことを証明することはできません。もしそうであれば、平安時代の恋物語の枠組みを超えて、泥々の内容になってしまったと思います。それを回避しているところにこの物語の「可能性と不可能性」とがあります（本書「あとがきにかえて」、注（14）参照）。

この薫の歌と若紫の歌「かこつべき」とは、「私は誰か」と自己の存在根拠identityを問うことにおいて共通しています。それはまちがいなく紫式部自身の問いでもあると思います。その答は、紫式部が書いた『源氏物語』『紫式部日記』『紫式部集』の中に重層性として表現されていると思います。

（17）注（12）「『源氏物語』は誰のために書かれたか」。

（18）陽明本の初句は「かすならぬ―見せ消ち「て」」、「心なりけり―見せ消ち「涙」」と異同があり、定家本だけで議論してよいか問題は残ります（「『紫式部集』「数ならぬ心」考」）。もし陽明本の「かずならで」「涙なりけり」が古態だとしますと、「かずならぬ身」という手垢に汚れた表現を避けて、「かずならぬ心」と直した定家本の

新しい表現は、もしかすると他ならぬ定家の発明したものかもしれません。「かずならぬ心」という表現が、紫式部の創り出したものかどうかが問われることになります。

(19)「『源氏物語』宇治十帖論」、注(3)『『源氏物語』系譜と構造』。注(13)「文学史としての源氏物語」『文学史としての源氏物語』。

(20)廣田收「『紫式部集』「数ならぬ心」考」及び「話型としての『紫式部集』」『『紫式部集』歌の場と表現』笠間書院、二〇一二年。

もし『紫式部集』第五五・五六番歌の歌をもって『源氏物語』と突き合わせますと、**この第五五・五六番歌二首の抽象度が高いことから、『源氏物語』宇治十帖を支える原理的な枠組みの転換と関係していることが明らかになります**。すなわち、心が身(境遇)に縛られる人君から、身を失うことによって身に縛られることから逃れようとする浮舟が登場する必然性を理解することができます(「文学史としての源氏物語」、注(12)『文学史としての源氏物語』三〇七頁)。

(21)石井正己氏は、浮舟と建礼門院との間に「奇妙な一致」をみて「入水しても死ねずに生き残って歌を詠む女性」に「日本の文学史に通底する重要な思想」をみてとっておられます(「浮舟と建礼門院」『足跡』(私家版)二〇二二年、初出、二〇一七年三月)。私は、両者の共通性を認めた上で、浮舟の出家が建礼門院と比べたとき、古代と中世との違いがあることを重視したいと思います。

(22)注(16)に同じ。

(23)「平安京の物語・物語の平安京」、注(1)『表現としての源氏物語』一七〜二〇頁。同「『源氏物語』表現の重層性をどう見るか」同、五五〇頁。ちなみに、民間市井の「聖」は『日本霊異記』や『今昔物語集』『宇治拾遺物語』などにたくさん登場します。

3 『源氏物語』表現の重層性

はじめに

滋賀県にある石山寺は、春は桜、秋は紅葉で有名ですが、紫式部が『源氏物語』を執筆したという、本堂廂の間の部屋と、八月一五夜琵琶湖に浮かぶ名月を見て、忽然として紫式部が『源氏物語』の須磨巻を構想したという、有名な伝説のあることは、よく知られています(1)。

とはいえ、ひとつのアイデアだけでは、ひとつくらいの場面が描けたとしても、あるいは蟄居している光源氏の逼塞した心情くらいは描けたとしても、とてもあの長い物語の全体を描くことはできないと思います。こんなことを気まじめに「反論」するなんて大人気ないと思われるかもしれませんが、やはりこの伝説は、御寺と紫式部とは何かしら縁があることを記憶している、まさにいわゆる伝説にすぎません。なぜ石山寺に伝わっているのか、その理由や意味については別途考える必要があるでしょう(2)。

言い換えれば、**紫式部が物語を書こうとしたとき、物語の屋台骨を支える何か枠になるものがなければ、全体に及ぶ構成ということはできません**。いわば物語には構成力とか構想力というものが必要だということが右の伝説には抜けているからです。言い換えますと、『源氏物語』の全体を構成する発想と申しますか、構成する力というものを紫式部がどこから学んだのかということが問題だということです。

紫式部は学者であった父藤原為時の家で育ちましたから、漢文で書かれた歴史書、例えば『史記』や『漢書』

などを読む機会もあったでしょうし、読む力はおのずと備わっていたでしょうから、彼女の教養が物語を書くのに役に立ったはずだ、ということは間違いありません。中国文学に詳しい『源氏物語』研究者の中には、もっと極端に『源氏物語』は漢詩・漢文の換骨脱胎、もしくは「翻案」だとまでと言い切る方もあります。

そうすると、思わず「なるほど」と納得してしまいそうになるのですが、そこまで言われますと、やはり大きな誤解があると思います。なぜなら、紫式部は漢文で『源氏物語』を書いたのではなく、「ひらかな」を基本とする和文で書いていますから、漢文を受容した日本の側というべきか、国文学としてはこちら側の受け止め方、紫式部の側の工夫や発明の説明ができなくては、分かったようでよく分からない、隔靴掻痒（そうよう）の感は否めません。おそらく物語の根幹をなす構成力、構想力というものは、漢詩・漢文だけではなく、目には見えないかすかな神話の働きがあり、そうであれば、漢詩・漢文は神話より表層に属するものだと思います。

1 紫式部は歴史書に物語を見る

そもそも一口に受容といっても、当時の男性貴族は漢文に、政治や法律、倫理や規範を読み取ったのでしょうが、**紫式部は漢詩文に「物語」を読み取ったのではないかと思います**。

例えば、『源氏物語』の前半には、なんと光源氏が畏（おそ）れ多いことに藤壺后を犯し奉り、しかも生まれた御子（みこ）が、あろうことか帝として即位するという荒唐（こうとう）無稽にして奇想天外な構想がみられます。

ところが、平安時代末期に興福寺の僧が編纂したとされる『今昔物語集』全三一巻には、およそ一千話に及ぶ天竺・震旦・本朝の説話が集められ、説話集の全体として仏教の東漸とその正統性が確かめられるように企図されています。ところが、この膨大な物語群の中には、后を僧が過（あやま）つ物語はいくつか見られるのですが、『源氏物語』のような恐ろしいアイデアや構想を、見付け出すことができません。

長い間、私は「帝后に対する犯しと、生まれた皇子の即位」という顛末（てんまつ）を伝える物語の出典を探し出すことができずにいたのですが、司馬遷の『史記』には、あの焚書（ふんしょ）坑儒で有名な秦始皇という皇帝の事蹟が伝えられています。その異伝として、始皇は、母が臣下と通じて生まれた子だという伝承が記されている（「呂不韋列伝」）ことを知りました。おそらく、これが『源氏物語』のひとつの源泉だと思います。(3)

ただ、さらに面倒なことを申しますと、これは面白い、これを使ってみようという「源泉」を見付けただけでは、『源氏物語』を描くことはできません。「光源氏の物語」を具体的に描いて行くためには、

←表層					深層→
伝説				仏教	神話
政治的敗北	**后への犯し**	**皇位継承**	**后への犯し・皇位継承**		
源高明 菅原道真	在原業平 交野少将	源融	秦始皇帝	権者	スサノヲ おのが母犯せる罪 母と子と犯せる罪

というふうに、あれもこれもと重層的に構成して行くことが必要である、ということができます。

この考察のポイントは、人物像の重層性というよりも、人物の物語の重層性、テキストの重層性だということ

です。しかも、その利用される物語は、部分的で断片的に利用されて構わないのです。光源氏物語はともかく長いので、さまざまな物語を幾重にも組み合わせ、あれこれと繋ぎ合わせて『源氏物語』は構成されているという考え方なのです。

例えば、光源氏のモデルは誰かということを手がかりにみますと、一番上の段に「源高明」「菅原道真」と書いております。須磨に赴く光源氏を描くには、安和の変で失脚した源高明の配流や道真左遷の故事や伝説を下敷きにしていることはすでに指摘されてきました。例えば、光源氏が政変を恐れて須磨に向かうときに、高明が左遷された日と同じ日付けになっておりまして、光源氏は他にも道真の漢詩を誦したりしますから、須磨の光源氏には高明や道真の印象があります。

さらに、后を過つ男の人物像として、『伊勢物語』における二条后とかかわりのあった在原業平の印象があります。后や斎院・斎宮を過つ危険な存在として、光源氏が業平を襲っていることはまちがいありません。さらに『大鏡』が伝えるように、ひとたび臣下に落とされながら、なお即位への野望を捨てられなかった人物像が源融です。融は、光源氏の六条院のモデルとされる河原院の主ですから、関係がないとは言えません。

事実かどうかとはかかわりなく、『源氏物語』の中で光源氏が活躍する「小さな物語」には、このような人物の生きざま、人生が物語として幾重にも踏まえられていたといえます。このとき「小さな物語」同士が乱反射を起こしたり、矛盾が生じたりしても構いません。それを許すおおらかさ、曖昧さこそ物語の特性なのです。

問題は、そのような重層性を根底で支えているのが、一番下の欄にある基層の神話性です。御気付きのように、光源氏像の深層には荒ぶるスサノヲがあるでしょう。(4) さらに「六月晦大祓祝詞」にいう「おのが母犯せる罪」「母と子と犯せる罪・子と母と犯せる罪」などがあると思います。旧大系は、後者について「まずある女に通じ、次のは逆に、その女の子と通ずる罪、逆に、まずある女と通じ、後にその女の母と通ずる罪」と注を付けています。(5) これらの枠組みは、桐壺更衣、藤壺、若紫だけでなく、夕顔、玉鬘、六条御息所と斎宮というふうに、光源氏にとって恋をめぐる重要な人間関係の基層に働いていることが見えてきます。

かつて、光源氏と藤壺との関係について、近親相姦だと批評した研究者もありましたが、二人は血縁関係にありませんから、近親相姦ではないという反論もありました。

私は、光源氏と藤壺との物語の深層に、近親相姦があるというふうに考えています。「おのが母犯せる罪」といったタブーの枠組みが働いていると考えるわけです。そうすると、光源氏／夕顔・玉鬘や、光源氏／六条御息所・斎宮といった物語の深層に「おのが母犯せる罪」や「母と子と犯せる罪」などというタブーの枠組みが働いていることが見えてきます。ただし、光源氏と斎宮女御との間に男女関係はありませんが、それは中宮擁立という主題のために禁じられただけであって、やはり物語の深層には、この枠組みが働いているといえます。

聡明で博識な紫式部が、どれくらいこのような神話を知っていたかどうかですが、それは分かりませんが、神話の枠組みは意識するとせざるとにかかわらず働いているようにみえます。そのようなかすかな働きが神話です。

そのように考えることが「物語の深層に神話がある」「物語は神話を下敷きにする」ということです。

光源氏の場合、光源氏と夕顔・玉鬘との関係はもちろんですが、藤壺への犯しに母桐壺更衣への思いが隠されており、若紫への恋に藤壺への思いが隠されているとすれば、(物語の系図には、ヲバとメイの関係になっていますが) 物語の深層に、祝詞に伝えているようなこれらの罪を読み取ることは可能でしょう。(6)

ちなみに、右の表の深層に「権者」とありますが、「権」は「仮に」という意味です。若紫巻では、北山を訪れた光源氏が帰途につこうとした離別の宴で、僧や聖たちが光源氏を仏の再来だ、仏が仮にこの世に姿を現わしたと讃美しています。光源氏が神の顕現であり、仏の顕現だという認識が光源氏像の深層にあるわけです。

つまり、歴史上の事件や言い伝え、世間の噂話など、右の表の上部に該当する伝説を、深層にあたる下部における祝詞や神話の枠組みが支え、重なり合っているとみることができます。

ですから、まとめて申しますと、**『源氏物語』の前半をなす光源氏の物語は、秦始皇帝の伝説を基層として、その上に、様々な歴史的な人物の事蹟や逸話、人生を伝える物語が、部分的、断片的に重ねられて複合、融合しています。さらに、それらを深層において支えているのが、神話だということです。そのような重層性は『源氏物語』の重層性であるとともに、表現者としての紫式部の重層性でもあるのです。**

2 古代には神話があった

日本の側にいて中国の文芸を**受容するということには、こちらの側に「理解」のための何か基準といったものがなければなりません。**私の貧しい経験から考えても、そもそも今まで見たり聞いたりしたことのない現象や出来事に直面したとき、こちらの手許に、もし判断する物差しがなければ、理解不能のパニックに陥ってしまいます。初めて見るような、全く知らないものでも、こちらに何か物差しがあれば「あぁそうか、今まで知っていることで言えば「あれ」と同じだな」とか「なんだか「あれ」に似ているな」というふうに理解が「できる」からです。

つまり、受容し理解するということが成り立つためには、こちら側に何か似たもの、同様のものが存在しなければならないと思います。

そこで、**私が考えるのが日本の側の神話の存在です。**ところが、神話といいますと、困ったことに、国文学の研究者の中には、すぐ紫式部が『古事記』や『日本書紀』を読んだか読まなかったか、などといった矮小化した議論をすることがあります。そんな狭苦しい問題ではありません。ややもすると、神話は具体的な文献やストーリーといった姿をとっているはずだと考えがちですが、おそらく形をもたないエネルギーのようなもの、と考えてはいかがでしょう。

神話は、神話を記した本を読んでいても読んでいなくても構わないので、むしろ幼い時からいつの間にか身に付けた記憶の枠組みそのものです。発想とか考え方、感じ方、認識の仕方などということと関係しています。神話を学的に捉えようとしますと、狭義では、本来の神話は、言語によっては表現できない、一度限りの宇宙の初まりを説く秘義そのものです。秘義は、明るい陽の下で公開されると秘義でなくなるという、危うい存在です。広義では、神々の物語をいうと考えてよいと思います。ここでは、私は神話を広義のものとして、神話的思惟、神話的モティフ、神話的な話型を包括的に広くとり、総称したものとして捉えておきたいと思います。

例えば、祭を体験すると、言葉に出すことはなくとも、神の来訪と帰還を実感するでしょう。本来の神話とは、そのように身体における記憶です。祭は毎年執行される必要があって、しかも今まで通りにしなければならない。なぜかというと、祭には毎年欠かさず、神と人との関係を「はじまり」に戻って確認し直すという目的があるからです(本書「あとがきにかえて」参照)。

3 古代日本の代表的な神話

古代神話を考えるとき、私が注目するのは、古代『風土記』です。もちろん、神話は『古事記』や『日本書紀』の中にも含まれています。一言で申しますと、『古事記』は神統譜から皇統譜を引き継ぐ、古代天皇制の正統性を保証する神学の書です。神話を組み立てた古代天皇制の「神話」の書です。『日本書紀』は歴史書です。これに対して、『風土記』は、中央政府から地方の諸国に報告するように命じられた地誌だといえます(8)。各風土記は、国内の地名の由来や地勢、特産物、在地の古老の伝承などを記しています。この書物の中に、短くてコンパクトな在地の古代神話が認められます。

例えば、益田氏が分析されたように、葦の芽のつのぐむさまを表象する語のレベルから、国土そのものが国造大神の身体だという原初的な神話、国土の創成神話の一部をなす国引き詞章、巡行する神の伝承まで、神話にも幾つかの層が認められます(9)。国々の在地伝承の性格の違いとともに、風土記の神話は多様です。

物語の研究に役立つように、現存する『風土記』の記事の中から、改めて話型をもつ在地の神話の事例を挙げますと、

話型	神の形姿	昔話の話柄
隣爺型(10)		鳥呑爺、瘤取爺、花咲爺など。
蛇婿	蛇	蛇婿
天人女房	鳥	天人女房、鶴女房など。
猿神退治	猿	猿神退治。祟り神から護り神への転換(11)。

というふうに、比較的簡潔な形で見出すことができます。

具体的な事例としては、隣爺（となりのじじい）型は『常陸国風土記』富士・筑波神の伝承（「大歳の客」）や『備後国風土記』

蘇民将来の伝承、蛇婿は「常陸国風土記」哺時臥山の伝承、天人女房は『近江国風土記』逸文、猿神退治は『常陸国風土記』「夜刀の神」などを挙げることができます。(12)

そう申しますと、（窮屈な考え方をする）国文学者の中には、『風土記』は漢文で書かれている、だから「ひらかな」で書く物語の参考にはならない、と反論するかもしれません。

確かに、『風土記』から古代の伝承を取り出そうとしても、伝承は文献の中ですでに加工されています。地方の古老による、当時の方言による在地の語りも、残念ながら古代行政を担った官僚の「得意な」漢文で記されているからです。言い換えれば、この奈良時代では、古代の地方官僚は漢字を用いて「記録」するしかなかったといえます。それでも、工夫を凝らして記録しようとしたのだと思います。ただ、伝承の語り口（表現）は失われているかもしれませんが、伝承を支える枠組み（話型）は保存されていると考えてよいでしょう。

もう少し申しますと、古代の人々が『風土記』を読んでいても、読んでいなくても構わないのですが、物語を支えるこれらの枠組みは、我々の推測以上に、古代の人々の中に浸透していたのではないかということです。風土記の記事は、在地の神話が語られていた痕跡です。神話はもともと秘義ですから、語られるその場限りで公開されてしまうと同時に消失してしまうという性質をもつ口承の表現です。これは、殆ど文献に記録されないものです。ですから、想像するしかないのですが、口承の伝承は溢れるほどに古代の人々を取り囲んでいたと思います。類推しますと、口承の伝承の受容は、**文献から直接学べなくても、耳学問や聞き伝え、噂話、受け売りといった受容の形だってあるからです**。(13)

そのように申しますと「そう言われても、なんだか信用できない」とか「いいかげんな仮説じゃないか」と思われるかもしれません。しかし口承の伝承を受容する形は多様です。私たちが「桃太郎」や「浦島太郎」の話をどのようにして記憶しているか、考えてみてください。文献で読んだり絵本を見たり、幼いころ読み聞かせで聞いたりしながら、また時には人の知識と突き合わせるなどしているうちに、おおよそ昔話の共通理解が形成されてくるからです。繰り返し耳に触れると「あぁ、あれか」と大枠で「理解」した気になるでしょう。そのことをもって話型の受容が固定されたのだといえます。

4 隣爺型の神話と物語と昔話

例えば『常陸国風土記』の富士・筑波伝承は、隣爺型という話型をもっています。**隣爺型とは、前半と後半が対照的に語られることで、善と悪とか、正直と邪悪とかといった価値的な対立というよりも、元型的にいえば、何が本物で何が偽物かを伝える、神話的な構成方法です。**前半だけでも、後半だけでも、伝承としては独立して成り立つと思いますが、前半・後半が対照的に繰り返されることで、成功と失敗、幸や福と災いとが、何によって分かれるのかを明確に示すことができるからです。

今、『常陸国風土記』にみえる富士・筑波伝承を成り立たせている文 sentence から、「主語＋述語」をひとつの単位（事項）として事項を取り出し、これを整理すると、次のような最も基礎的な事項群が取り出せます。

神祖尊が福慈神に宿りを求める。　**1**
福慈神が神祖尊を断る。　**2**
神祖尊が筑波神に宿りを求める。　1
筑波神が神祖尊を祭る　2

福慈神は災いを得る。　**3**
筑波神は栄える。　3

この事例の場合、**1・2**、1・2、**3**・3というふうに繰り返されることで、神を神と祭ることのできる者と、神を神と祭ることのできない者とが、前半・後半と対照的に語り分けられています。(14) このような話型は昔話でも物語でも共有されています。

隣爺型は、昔話では多くの話柄（わがら）typeをもっています。その中からひとつ、例えば昔話「鳥呑爺（とりのみじい）」は次のようです。

爺が山に行く。　**1**
爺が鳥を呑み込む。　**2**
爺が黄金をひる（殿様から褒美を貰う）。　**3**
隣爺が山へ行く。　1
隣爺が鳥を噛んで食べる。　2
隣爺が糞を出す（殿様から罰せられる）(15)　3

前半では、爺が直接「黄金をひる」ということの方が原理的だと思うのですが、私の調べた限りでは、そのような事例は、昔話が実際に採録された範囲では、今のところ見出せてはおりません。殿様から褒美をもらうというふうに、現在の昔話採録の事例では歴史化され世俗化されて表現されるものが多数を占めています。

一方、『源氏物語』で、この話型を端的に見出せるのが花散里巻です。もちろん『源氏物語』の本文では、麗景殿女御の妹が花散里だというふうに、人間関係が分岐され複線化していますが、最も単純化すると、和歌をめぐって次のように構成されています。

1　光源氏が中川女を訪ねる。
2　光源氏が中川女に歌を詠む。
3　中川女は返歌しない。
4　光源氏は中川女に拒絶される。

1　光源氏が花散里を訪ねる。
2　光源氏が花散里に歌を詠む。
3　花散里が光源氏に返歌する。
4　光源氏が花散里に迎えられる。

昔話と『源氏物語』との間には、直接的な「影響」関係は（確認も論証もでき）ないのですが、このように叙述（語り）を構成する原理を共有しているということができます。

参考までに、『伊勢物語』にも隣爺型の章段は幾つも認められます。いうまでもなく『伊勢物語』では和歌をめぐって、対照的に語り分けられるところに、特徴があります。例えば「筒井筒」と呼ばれる第二三段を見ておきましょう。すべての事項群を挙げると繁雑ですから、その核心部分だけを挙げますと、次のようになります。

昔男が高安女（たかやす）のもとに通う。　1
女が優れた歌を詠む。　2
昔男が女のもとに戻る。　3

昔男が高安女に通う。　1
高安女が下品な振舞をする。　2
昔男が高安女のもとを去る。　3

もちろん『伊勢物語』の具体的な語りには、このような反復的な枠組みに、「田舎わたらひ」するといった歴史的な条件や、「化粧じて」といった民俗的な条件において付加されるものがあります（これには「懸想じて」と解釈することもできます）が、ひとつの和歌を中心に状況が転換するという構成は、この物語の最も基層をなすもので、隣爺型と呼ばれる神話（的枠組み）です[16]。

5　神話がなければ物語は描けない

このように考えてきますと、おそらく**神話を踏まえずに、古代の作者は物語を描けなかったと思います。神話というのは、物語を書こうとしたときに無意識に選び取る機制、気付かないうちに利用してしまう、緩やかな枠組みのようなものだったと思います**。それは、昔話の構成、人物設定においても同様です。貴族か貴族でないか、階層を問わず、それしか範型 model となるものがなかったと思います。

かつて益田勝実氏が、『古事記』『風土記』などにみえる古代の「想像力」は、それ以後の日本列島の可能性のすべてが出揃っている、つまり日本人の発想は、すでにここに出尽くしている、と悲観的な発言をされたことがあります。(17)それで、益田氏の書物を大学に入学してすぐ読んだ私は、「ふーん、そうなのか」と絶望的な気分になってしまいました。

しかし、この指摘を「ひっくり返し」て、前向きに捉え直しますと、**古代日本人は新しいものを生み出すには、絶えず神話に拠るしかなかった、ということができます。あるいは、文芸を制作するとき、常に神話という「はじまり」が噴出した、といえます。言うならば、神話は古色蒼然たる過去の出来事ではなく、絶えず立ち戻る「はじまり」だったと考えることができます。**つまり、古代人にとって、神話は物事を考える時や新しいものを生み出そうとするとき、基礎となる発想、思考の基準であり、創造の源だったのです。

ですから、物語を深く掘り進めますと、根底に神話がある、そう考えてはどうでしょうか。繰り返しになりますが、そこにいう神話は、確認できる限りでは、物語の型だとかストーリーだとかという次元ですが、根っこにあるのは、創造性に溢(あふ)れたエネルギーの塊(かたまり)だったといった方がよいかもしれません。

6 和歌は『源氏物語』の特質である

ところで、中国の文芸を念頭に置いて比べてみると、日本古典である『源氏物語』の独自性を考える上で、もうひとつ大きな問題があります。それは和歌です。

『源氏物語』は、大きく申しますと「語り」と「歌」とから成り立っています。語りの一番盛り上がった極点climaxに歌が置かれているので、語りの方が基層をなし、語りに歌が組み込まれているという関係にあるとみ

た方がよいと思います。

なぜなら、『源氏物語』には七九五首の歌が組み込まれていますが、これは漢詩・漢文に還元できない問題だからです。漢文学に詳しい研究者の中には、『源氏物語』は漢詩・漢文の「翻案」にすぎないと主張される方がいることは先に申しましたが、両者に内容の上で類似がみられるということは、何かしら影響関係――伝播と受容の交渉があった可能性はあります。ただ、それを検証することもなかなか困難ですが、そのことよりも、和歌の存在はそう簡単に云々できない重さがあります。

平城京から出土した木簡（もっかん）の中に、一字一音の漢字で和歌の記されたものがあることはよく知られています。よく話題となる「難波津」の歌は、平安時代には手習（てならい）の御手本とされたことも有名です[18]。

面白いことに、奈良時代に書かれた『風土記』の中でも、例えば『常陸国風土記』には、なぜかは分かりませんが、歌謡が漢詩で表わされ、和歌が一字一音の萬葉仮名で書き分けられている箇所が幾つかあって、伝承を記録する側にも、このときにはもう歌謡と和歌とは区別して意識されていることが分かります。

これらのことから何が分かるのかというと、『風土記』の段階で歌謡はすでに在ったし、和歌もすでに在ったことになります。さらに、歌謡と和歌とは区別されていたといえます。**むしろどのようにして記録するのか、という工夫が施されていた**ということです[19]。古代の歌は伝承性が強いので、『源氏物語』が『伊勢物語』を襲う、といえるのは、『源氏物語』の構成する「小さな物語」が、和歌を不可欠として同じ枠組みを共有するからです。

7 中宮御前の御冊子作り

ところで、紫式部が宮仕えする前に「習作」を書いていたであろう、それは若紫巻だったのではないか、という学説もあります。そのとき、世間の評判で「文学少女」として紫式部は有名であったため、道長の目にとまった（噂で聞いた）可能性があります。出仕以前の段階では、若紫巻のような独立性の強い物語は、一巻読み切りの形式だったとも言われています。[20]やがて、その巻も含めて長編性を備えた『源氏物語』に転ずるためには、別の要件の働きが必要だったと考えられます。それは、おそらく出仕後になって、物語を書く目的に変化が生じたからです。内容でいえば皇位継承の問題であり、身代わりの「ゆかり」の系譜だったと思います。

ところで、『紫式部日記』には、中宮御前における「御冊子作り」と呼ばれる記事があります。[21]そこには、中宮彰子が『源氏物語』を制作したと書かれています。それは、そうなのでしょう。大坂城を造ったのは秀吉だというのと同じです。つまり、当時の社会では、『源氏物語』の製作者は中宮だということは必ずしも誤りではありません。

ところが、著作権を重視する現代の感覚で申しますと、中宮の膝元で藤原道長の実質的な経済的・物質的援助を受けて、「原作者」紫式部が書いた原稿を、（表現をどこまで整えたかは不明ですが）紫式部に協力する周りの女房たちが仕上げ、美麗な料紙に清書し、献呈すべく製本・装丁するといった、ということが「実態」だったかもしれないと思います。いうならば、スタジオ・ジブリ説です。そうすると紫式部は宮崎駿の立場に立つことになります。[22]

もっと穿ったことを申しますと、道長はわが娘彰子中宮が、一条天皇のもうひとりの中宮、中関白家の擁する中宮定子との寵愛争いに打ち勝つべく、後宮政策の一環として巷間話題となっていた才媛紫式部を招聘した、そして中宮教育を依頼した。それに応えようとしたのが、和歌をふんだんに盛り込んだ物語の執筆であり、中宮のための和歌教育だった、と思います。それでは、紫式部が具体的に何をしなければならないのか、結果的には

紫式部の依頼された事柄は、中宮に代わって和歌を代作したり、中宮に学問を進講したり、文化の理解を進めたり、和歌を中心に据えた「中宮学」を進講することだった(23)と思います。

8 中宮学とは何か

古代日本における権力奪取や皇位継承争いに勝つ方法は、壬申の乱にみられたような武力衝突だけではありません。当時の感覚でいえば、娘を差し出す／娘を召し上げる婚姻の形をとり、子を産ませることで、流血の闘争なしに婚姻を用いて味方に取り込む「平和的」な方法は、平安時代の特徴かもしれません。

『竹取物語』において、かぐや姫が貴公子たちの求婚を退け、男たちが皆傷つくと、帝はかぐや姫にまず、勅使を派遣して出仕を要請します、次に親の翁に要請します。それがだめだと知るや、帝は出向いて直接求婚というよりも――出仕を強要する。帝が武力を行使しようとしたのは、月の都の人がかぐや姫を迎えに来るとなったときです。

先頃の『文芸春秋』(二〇二二年二月)には、天皇が学ぶべき書物が紹介されています。米田雄介氏は、まず『群書治要』、それから唐の太宗の『貞観政要(じょうがんせいよう)』を挙げています。さらに日本の神事にかかわる、順徳天皇の『禁秘抄』を挙げています。この本は宮中儀式や、芸能として管絃と和歌が中心だった、とされています(24)。

『紫式部日記』には、皇子誕生後の儀式に、「文(ふみ)よむ博士」が読み上げる文献は、四書五経や『漢書』などの歴史書だったと記されています。日記の本文には、「史記文帝の巻」と記されていますが、萩谷朴氏は、それが『漢書』巻一の「孝文本紀」のことだと注釈しています(25)。

また、『紫式部日記』には、紫式部が中宮に「楽府(がふ)といふ書二巻をぞ、しどけながら教へたてきこえさせて侍る」云々とあり、気配を知った道長が豪華本を用意させたとあります。萩谷氏は、この「楽府」について、『白氏文集』巻三・四の「新楽府」のことで「胎教のテキスト」だったと注釈しています（同書、下巻三〇三～五頁）。

そのような時代に、帝の後宮に入り、帝の寵愛を獲得するために、中宮に何が求められたでしょうか。すなわち、まとめて言えば、日本古代の中宮は、国母たる身の処し方と、皇子を帝として擁立すべく守り抜くことが求められていたと思います。特に、中宮に求められたものは、和歌の教養や文化と、その精神性だったと思います[26]。

それでは、紫式部は中宮がどうあるべきか、模範的なありかたを物語を通して描き続けたのかと申しますと、私は、中宮が重要な役割を果たす若菜巻以前は、藤壺の生き方が象徴的である、と思います。ところが、別の章（「2　女君の生き方」）に申し上げておりますが、物語の後半、若菜巻以降になると『源氏物語』は少しずつ方向を変えて行きます。主題を担う中心人物が、男君光源氏から紫上、宇治大君、浮舟へと軸が移ってしまうのです。『源氏物語』の前半から後半へ、物語のめざすべき主題こそ紫式部自身が描きたかったことだと思います。

そうすると、第一部から第二部、第三部へといった展開には、中宮学から離れて紫式部「個人」の興味に即した移行だとみえるかもしれませんが、そのことも含めて中宮の教育に資するものと考えたいと思います。

9　物語は場面の集積である

一般に物語と申しますと、男君とさまざまな女性たちとが繰り広げるストーリーを想像されるかもしれません。ところで、興味深い指摘があります。すでに清水好子氏は、物語は場面単位で出来ているというのです[27]。しかも、そのひとつひとつの場面は、突き詰めると「男と女と和歌とから出来ている」というのです。これは蓋し、名言です。

私が何を言いたいのかと申しますと、そもそも物語は小説ではないので、場面性が強く、「場面の積み重ね」によって、まるでストーリーがあるかのように見えるだけなのだということです。繰り返しますと、物語の全体にも、神話は働いていますが、その**ひとつの場面、もしくは場面を構成するひとつの「小さな物語」もまた、神話や神話的発想、神話的モティフ、神話的な構成に基いています。**

ここで「小さな物語」というと、先にも述べましたように、ひとつの構成の単位で成り立っている事例で申しますと、例えば、有名な『伊勢物語』第二三段や『源氏物語』花散里巻などが分かりやすい事例です。これらは**前半と後半とが、対照的、対称的に語り分けられるという構成**をもっています。このような構成は、神話や昔話では、隣爺型と呼ばれるものです(28)。このような構成は、神話・昔話・物語を貫く原理的なものです。

ところで、話型よりも表層をなす次元もあります。『源氏物語』の葵巻には、光源氏の正妻葵上が急逝し、光源氏は悲哀に満ち溢れ嘆き悲しみますが、直後の場面は若紫の新枕（にい）です。極端に明と暗の対比なのですが、これが物語の性質です。かつては、こういう箇所に対する「違和感」をめぐって、光源氏は支離滅裂だとか、人格として統一性がないとか、散々に批評されたことがあります(29)。そのような短絡的な解釈は、小説的な文学観による認識の誤りです。というのは、各々の場面で光源氏は全力で生きています。そのことにおいて、光源氏は主人公と呼ぶことができます。

それでは、場面同士の繋がりはないのか、というと、多くの場面をよく見ると、基層的で神話的な場面と、各場面をつなぐ表層的な「説明的部分」とから、物語は構成されているということです。内容においてみますと、凹凸はあるし、行きつ戻りつもするのですが、それは欠点ではなくて、物語の特性なのです。場面という小さな物語が集積されると、緩やかに大きな物語が一代記として構成される、というふうに『伊勢物語』や『源氏物語』は成立しているといえます。

10 紫式部の愛読書は『伊勢物語』と『竹取物語』

清少納言は『枕草子』第二一二段で「物語は住吉、宇津保」（物語なら、なんと言っても住吉物語と宇津保物語が最高！）と言い切っています。

すなわち、同時代において、これらの継子いじめの物語は、最後にはハッピーエンドになるわけで、世間に受け入れやすく人気があり、評判の流行作品だったということです。それに比べますと、紫式部の『源氏物語』、特に若菜巻から宇治十帖までの後半は、もはや「恋物語」と呼ぶことはできません。思想的、哲学的、宗教的に過ぎ、実に「重たい」内容だったと思います。

それでは紫式部はどんな物語を推していたかと申しますと、絵合巻において、明らかに『伊勢物語』と『竹取物語』を評価しています。

それでは、紫式部が、なぜ『伊勢物語』や『竹取物語』を愛読したのかを考えてみますと、「同じ匂い」を嗅（か）ぎ取っていたからではないか、と思います。

ここにいう「同じ匂い」とは、二つの理由があります。ひとつには、話型です。『源氏物語』は深いところで『伊勢』や『竹取』を踏まえているということです。簡単に申しますと、似ている箇所が沢山あることが証拠で、おそらく物語の内容に共感、共鳴したからこそ、結果的には似た物語を書いているのだと思います。大きな類似を幾つか挙げますと、

（源氏物語）	（竹取物語）	（神話的枠組み）
北山に行き若紫を発見する	野山に交じり輝く少女を発見する	聖性顕現
玉鬘を貴公子たちが求婚する	かぐや姫を貴公子たちが求婚する	難題求婚
浮舟が入水し出家する	かぐや姫が月に帰還する(30)	昇天

などがすぐに思い付かれます。

光源氏は、北山の僧坊で「垣間見」をして、少女を見出すとともに、その少女が憧れてやまない藤壺と似ていることに気付きます。物語において主人公の登場を用意する「垣間見」の仕掛けは、神話的な枠組みです(31)。

ところで、『源氏物語』では、紫上は光源氏によって藤壺ゆかりの女性として光源氏に独占されるので、他の男たちの求愛の対象とはなりません、ところが、光源氏の友人である頭中将の元の恋人夕顔の娘玉鬘は多くの男たちの求婚を受けます。この部分は、『竹取物語』の難題求婚の枠組みを継承しているとみられます。両者の人物設定の対応関係を整理すると、次に掲げたように上下で対応関係のあることが明らかになるでしょう。

（竹取物語）	（源氏物語）
かぐや姫	玉鬘
翁／娘	光源氏／花散里
貴公子Ⅰ　石造りの皇子　（拒否Ⅰ）	夕霧　（拒否Ⅰ）

Ⅱ　蔵持ちの皇子　（拒否Ⅱ）
Ⅲ　右大臣阿倍御連　（拒否Ⅲ）　　柏木　（拒否Ⅱ）
Ⅳ　大伴大納言　（拒否Ⅳ）
Ⅴ　石上中納言　（拒否Ⅴ）　　蛍兵部卿宮　（拒否Ⅲ）
帝　　光源氏
月の都の人　　鬚黒大臣　（奪還[32]）

こうして上下に並べてみますと、**『竹取物語』は短編ですから、『源氏物語』の全体をまるきり支えているというわけではなくて、物語の部分を緩やかに支えており、相違において『源氏物語』の独自性もみえてきます。**

つまり、『源氏物語』は深層において神話を踏まえているだけでなく、同時に構成の次元で『伊勢物語』や『竹取物語』をも踏まえています。神話を踏まえる『伊勢物語』や『竹取物語』を『源氏物語』を踏まえていますから、「神話を抱える物語」という枠組みとしては重なり合うわけです。

もうひとつは主題です。

紫式部が『伊勢物語』『竹取物語』を評価する点は、古めかしい物語とみえて実は、平安時代における現代的な課題を抱えていることです。すなわち、初冠（うひかうぶり）の章段でいえば、昔男は「ひとりよがり」で女性に歌を贈っても女性には通じていない。『竹取物語』では、男たちがかぐや姫に求婚しても通じていない。他者であって「言葉の通じない人」「世界の違う人」がいる、という認識です。かぐや姫にとって貴公子も帝も他者であり、翁たちもときに他者だったりするのです。

つまり、逆説的とみえるかもしれませんが、**紫式部は、当時の感覚で言うと、最も「古い」タイプの物語の中に、最も現代的な課題を見つけていたのだと思います。**

11 紫式部が書こうとしたことは何か

『源氏物語』の前半は、桐壺帝によって臣籍に降下させられた光源氏が、あろうことか后を過つことによって、生まれた皇子が父光源氏に代わって、冷泉帝として皇位に就くという、奇蹟的な運命を実現して行く物語です。この困難な課題を実現するために、中宮藤壺は出家する（賢木巻）ことによって、光源氏との男女関係を絶ちつつ、皇子が即位するまで、右大臣家から皇子を護り抜きます。藤壺の崩御（薄雲巻）ののち、光源氏は六条院という邸宅を造営します（乙女巻）。これは冷泉帝の后秋好（あきこのむ）中宮（父は故前坊、母は六条御息所）と、明石中宮（父は光源氏、母は明石君）という二人を住まわせています。六条院は、冷泉帝・今上帝という二代の帝の中宮を擁することによって、光源氏が長きにわたって政治的に確固たる勢力を確保するための仕掛けでした。一方で、最愛の紫上を中心に据える邸宅です。中でも明石中宮は、光源氏から次の世代の匂宮たちを、あたかも永久に支える栄華を予感させるような存在です。

つまり、**このような基本軸こそ、紫式部が中宮教育のために意図した理由のひとつです。**

ところが、物語の真ん中、すなわち若菜巻以降になると、主人公は光源氏だけでなく、紫上・宇治大君・浮舟へと、女君たちに焦点が当てられて行きます。紫式部がもうひとつ「本当に」書きたかったことは、この女君たちの系譜だった、と私は思います。当時の仏教の教えである「宿世」、すなわち因果の思想に従うかぎり、女君たちはみずから「堂々巡り」の思考に縛られて行きます。まず、女三宮の一件をめぐって、光源氏の「裏切り」

に疲れ果てながら、出家を許されなかった紫上。見えない宿世というものによって身動きでないと嘆く大君には、当時の仏教に対する疑いが滲んでいます。さらに、入水を試み出家を熱望しながら、薫の前でみせる僧都の逡巡に、教団の仏教もまた自らを救えないと思う浮舟には、時代の仏教に対する不信が見てとれます(33)。

残念ながら『源氏物語』はそこまでで閉じられていますが、紫式部が書いた『紫式部日記』の中に、晩年の思いが次のように記されています。

いかに、今は言忌みし侍らじ。人、と言ふともかく言ふとも、ただ阿弥陀仏にたゆみなく経を習ひ侍らむ。世のいとほしきことは、すべて露ばかり心もとまらずなりにて侍れば、聖にならむに、懈怠すべうも侍らず。

とあります。

ひとくちに仏道修行といっても、「聖」は「僧」や「法師」といった語とは違います。正式の受戒をせず私に出家した者をいいます。つまり、**紫式部は既成の教団や宗派に属することを嫌い、しかも僧を介さず直接「阿弥陀仏」から経を習いたいという考えを示していますが、**ここでは案外ストレートに紫式部の心情が記されているのかもしれません。

この記事には、物事の核心に迫りたいという紫式部の本質的な志向と自負がうかがえます。

他にも指摘はあると思いますが、『源氏物語』**宇治十帖と『紫式部日記』のこの記事とは響き合っていて、紫式部が実際に出家できたかどうかは分かりませんが、おそらく浮舟の物語を書き終えるころの紫式部の思いはこ**

ういうものだったのでしょう（本書「2　女君の生き方」参照）。

まとめにかえて

私たちは、人を批判するとき「言動が矛盾しているからだめだ」ということがあります。ただ、いかに合理的、論理的に一貫性をもって自分が生きているつもりでも、人間というものはそんなに単純ではありません。まして紫式部は「古代」の人です。つまり、人を複合的、重層的に捉えた方が分かりやすいのではないかと思います。例えば、私たちが病原菌を洗い流すために、意識して手を洗っていますが、そのような行動の深層には、無意識のことですが、古代以来の禊の伝統がある、という人もいます。そのように考えて、**私は、紫式部が「古代の古代」を引き継ぎつつ「古代の近代」を生きた人なのではないかと思います。**

古代文芸の場合、新しいものを生み出すには、伝統 tradition ＝伝承 tradition を引き継ぎつつ、新しい主題を描いて行く他はなかったと思います。このとき、伝統といい伝承というのは、神話、神話的枠組み、神話的思惟だったと考えられます。

出来上がった作品群は、優れたものであればあるほど、後から眺めますと、深みがあります。その深みとは、いずれも神話を共有していること、もしくは踏まえているということが分かります。ところが、**ひとつひとつの作品が生成する局面ごとに見ますと、「新たな」作品は絶えず「はじまり」＝神話に立ち戻る必要があるといわなければなりません。「はじまり」とは、ものごとを生み出すエネルギーの源泉としての神話だったといえます。**

一般にわが国文学や国語学では、表現というと、語彙のレベルでということが多いようですが、私はこのような意識・無意識の総体を表現と呼びたいと思います。そのように『源氏物語』は重層的に構築されているとすれば、そのことがすなわち、表現者である紫式部という存在の重層性でもあるわけです。

注

(1)伊井春樹『源氏物語の伝説』昭和出版、一九七六年。江戸時代の注釈書『湖月抄』は、石山寺縁起を紹介し、古くからあった説としてこの伝説を記しています。一方、室町時代の注釈書『花鳥余情』は、上東門院彰子から、つれづれを慰める物語を新たに書けという命があり、紫式部が献上したという伝説を記しています。いずれにしても、書けと言われたところで、ひとつのアイデアだけで書けないことに変わりがありません。

(2)確たる証拠はないのですが、『源氏物語』に石山寺が出てきますから、紫式部が実際に石山寺に参詣した可能性はあると思います。そこから、その参詣が物語制作の機縁となったという趣旨の伝説が生まれたのかもしれません。あるいはもしかすると、のちの時代にであっても、例えば、石山寺に『源氏物語』が奉納されたことを機に、このような伝説が生まれたのかもしれません。

(3)野口定男「始皇帝の出生と呂不韋」『史記を読む』研文出版、一九八〇年。野口氏は、歴史的事実を推測することを目的としておられるのですが、呂不韋列伝はひとつの物語と理解してよいと思います。「『源氏物語』の方法―『河海抄』「準拠」を手がかりに―」久下裕利・田坂憲二編『源氏物語の方法を考える―史実の回路―』武蔵野書院、二〇一五年。後、『古代物語としての源氏物語』(武蔵野書院、二〇〇九年)に所収。

(4)「『源氏物語』の方法的特質」、注(3)『古代物語としての源氏物語』。光源氏とスサノヲとの関係については、山口昌男『天皇制の文化人類学』立風書房、一九八九年。「『源氏物語』における人物造型の枠組み」、注(3)『古代物語としての源氏物語』一四二頁。

（5）倉野憲司・武田祐吉校注『日本古典文学大系　祝詞』岩波書店、一九五八年、四二二〜六頁。「権者」としての光源氏については、「『源氏物語』の古層と光源氏の造型」『『源氏物語』系譜と構造』笠間書院、二〇〇七年、四一〇頁、及び「『源氏物語』の皇統譜と光源氏」同。

（6）「『源氏物語』の二重構造」『文学史としての源氏物語』武蔵野書院、二〇一四年。もしかすると、『源氏物語』における男女関係の基層に、兄妹婚の神話を認めることができる場合があるかもしれません。その検討は今は措くことにします。

（7）「神話とは何か　伝承の古層と基層」『講義日本物語文学小史』金壽堂出版、二〇〇九年、三八頁以下。あるいは「『源氏物語』和歌の方法」、注（5）『『源氏物語』系譜と構造』一四四頁。初出、一九八五年。

（8）『続日本紀』和銅六（七一三）年五月二四日条の詔に「山川原野名号所由」や「古老相伝旧聞異事」を諸国に報告するよう命じています。これはあまり検討されないことですが、『古事記』『日本書紀』の神話的世界観と、『祝詞』の神話的世界観とは違っていますが、『風土記』の神話的世界観とは全く違っています。

（9）益田勝実『火山列島の思想』筑摩書房、一九六八年。

（10）『常陸国風土記』にみられる隣翁型の話柄 type は「大歳の客」と呼ばれるものです（『民間説話と『宇治拾遺物語』』新典社、二〇二〇年、九三頁以下）。

（11）「昔話「猿神退治の日韓比較」『入門説話比較の方法論』勉誠出版、二〇一四年。隣翁型が物語と同じ話型を共有することは他章でも述べましたが、これまで様々に論じられてきましたように、蛇婿は夕顔の物語、天人女房は藤壺の物語、猿神退治の祟り神から護り神への転換は、六条御息所の物語と同じ話型をもっています。

（12）「第二講　神話とは何か　伝承の古層と基層」、注（7）『講義　日本物語文学小史』四三頁以下。「『宇治拾遺物

語』の説話と伝承」『説話・伝承学』第二二号、二〇一四年三月。

(13)「『風土記』の在地神話と昔話、そして中世説話」、注(10)『民間説話と『宇治拾遺物語』』。

(14)注(13)に同じ。

(15)注(13)に同じ、廣田收「昔話と唱え言・昔話の唱え言」。

(16)「『源氏物語』伝承と様式」、注(6)『文学史としての源氏物語』。初出、一九八五年。なお「化粧」については、関根賢司『物語空間　ことばたちの森へ』(桜楓社、一九八八年、五一頁以下)に、『伊勢物語』の読みの可能性が示されています。

(17)注(9)に同じ。

(18)「はじめに」廣田收・辻和良編『物語における和歌とは何か』武蔵野書院、二〇二〇年。

(19)注(18)に同じ。秋本吉郎校注『日本古典文学大系　風土記』岩波書店、一九五八年、四一・四三頁など。

(20)風巻景次郎、玉上琢彌、秋山虔などの諸氏に見解があります。

(21)池田亀鑑・秋山虔校注『紫式部日記』岩波文庫、一九六四年、四三～四頁。

御前には、**御冊子つくり**いとなませ給ふとて、明けたてば、まづむかひさぶらひて、色々の紙選(え)りととのへて、物語の本どもそへつつ、所々にふみ書きくばる。かつは綴(と)ぢあつめしたたむを役にて明かし暮らす。云々

以下、道長の援助を具体的に記しています。

(22)「補講①　言葉としての物語」、注(7)『講義日本物語文学小史』。

(23)「『源氏物語』は誰のために書かれたか」『表現としての源氏物語』武蔵野書院、二〇二一年。

(24)米田雄介「天皇を鍛えた男たち」『文芸春秋』二〇二二年二月。

(25)萩谷朴『紫式部日記全注釈』角川書店、一九七一年、上巻二六一頁。

(26)「『源氏物語』は誰のために書かれたか」、注(4)『古代物語としての源氏物語』。

(27)清水好子「源氏物語の作風」『源氏物語の文体と方法』東京大学出版会、一九八〇年、四八〜五〇頁。

(28)他の構成法で、ひとつの例を挙げますと、**反復によって状況が転換する構成**は、昔話では「三枚の札」や「勝々山」「嫁比べ」などを挙げることができます。『源氏物語』では、桐壺更衣の逝去をもって幕を閉じる小さな物語は、このような三回繰り返しの叙述法を踏まえています。「桐壺更衣の物語と和歌の配置」『源氏物語系譜と構造』笠間書院、二〇〇七年。

(29)和辻哲郎「源氏物語に就きて」『思想』一九二二年一一月。後、『日本精神史研究』(岩波書店、一九七〇年)に所収。

(30)河添房江氏、小嶋菜温子氏など、浮舟物語に『竹取物語』の影響、引用を指摘する論考は多い。

(31)「『源氏物語』「垣間見」考」、注(6)『文学史としての源氏物語』。初出、二〇一四年。

(32)「『源氏物語』の中の『竹取物語』」勝山貴之・廣田収『源氏物語とシェイクスピア』新典社、二〇一七年。

(33)「平安京の物語・物語の平安京」、注(23)『表現としての源氏物語』。

4　『紫式部集』詞書の文体

はじめに

紫式部が自らの家集を編もうとしたとき、わが半生をどのように描こうとしていたのでしょうか。ここで「どのように」というのは、何をめざしてなのかということと、どういう表現方法でということと、二つの問題があると思います。

現行の『紫式部集』を対象として、この家集の編纂の問題を考えようとするとき、現存の本文がそのまま紫式部のものだ、と言えれば簡単なのですが、そうもできません。

今の研究状況からすれば、自撰か他撰かという問題を、あれかこれかというふうに単純に考えることができません。あるいは、自撰と他撰とがどのように複合しているか、と問い直してみても、複合のしかたは何次かにわたって層をなしていると考えられ、直ちに答を導き出せそうにありません(1)。

ただ、この家集には、同時代の歌人の家集『和泉式部集』や『赤染衛門集』など他の私家集にはあまり存在しない、全体を通して認められる幾つかの特徴があります。そのひとつが詞書の性格です。ここに考察の切り口が見出せるでしょう。

家集の編纂という局面で考えると、編纂の具体性は、編者の側から申しますと、

1　どの歌を選び、歌群としてどう配列するか。

2　歌を選び歌群の配列の中で構成を考えるとき、詞書をどう与えるか。

という問題に集約できるにちがいありません。本章では、特に詞書に焦点をあて、その特徴について考えてみたいと思います。

まず清水好子氏の著作を取り上げたいと思います。なぜ今、清水氏にこだわるのかと言われるかもしれません。かつて清水氏は、岩波新書『紫式部』[2]において、紫式部という人物を明らかにしようとされており、清水氏の意図とは少しずれるかもしれませんが、私は清水氏が、家集をひとつの編纂物として強く認識して論じておられることに敬意を表したいと思います。そこで、家集編纂に関して言及されている箇所を、幾つか拾い出してみましょう。この書は啓蒙的な性格の強いものですが、滋味溢れる文章で、繰り返し読めば読むほど、造詣の深さが感じられます。

1　彼女自身の手によって排列されたと思われる紫式部集の冒頭十数首に向き合っていると、……（二頁）

2　紫式部は、たぶん源氏物語の執筆が相当進んだか終わったころ、自分の生涯の点検を試みた。（四頁）

3　式部集は本来彼女自身の手によって編まれたのであろうけれども、非常に早い時期に破損があり、また何らかの事情で、これも非常に早い時期に式部以外の人の手で編まれた部分も混入していたりして、そう簡単に排列の順に考えてゆけない場合がある。（五頁）

4　前半の大部分は自纂、年代順の配列と考えてよいと思われるので、（六頁）

[5]　紫式部集が、はじめから歌そのものを残すために編まれているのではない、長い別離のあと、突然変貌の姿をあらわし、たちまち遠い国に去る幼友だちを書き残すことに焦点が置かれていることがあきらかになる。**式部が家集に残そうとしたのは歌そのものではなくて、式部の過去をともに築いた人々の像である。**少なくとも彼女の眼はそちらのほうに次第に強くそそがれている。（一二頁）

[6]　式部はこの歌（歌「あひ見むと」「ゆきめぐり」——廣田注）を最後に、以後時間を遡らせて、越前下向の旅詠を排列する。ということは、彼女が過去の自作や贈答の歌を他律的時間順序によって編もうと意図したのではなく、ここで、神かけた誓いの歌でもって、**一人の友人との友情の歴史を完璧な形で遺そうとした、一首一首の歌ではなく歌に宿る人と、人間関係を見詰めていた、**といえるのではなかろうか。（三四頁）

7　ただ、あきらかなことは、宣孝との交渉は、式部が越前に下る前からあったはずなのに、彼女はその資料を越前下向以前の歌群には用いなかったことである。なぜなのか、それはわからないし、逆に、それだからほかの男とやりとりした歌も、実際には式部の手許にあったかもしれないという想像が成り立つ。
（三七頁）

[8]　式部の国府での生活は一年ほどつづくから、まだほかにも歌は詠んだであろうが、私たちは式部集からこの地の風物を歌った作に接することはできない。家集の編纂に当って、自身で捨て去ったのであろう。（略）編纂方針が、過去の歌であれば何でも並べるというのではなく、**彼女自身の内面の歴史を構成しようとするもの**だったからだと思う。（五二〜三頁）

9　家集の編纂は彼女の宮仕え以後と考えられるので、当然、この歌の選択や注釈は夫の死後の仕事になる。

（六一頁）

10 式部集は今まで見てきたところ、詞書その他からして、作者自身の手でだいたい年代順に排列されていると考えてよいけれども、きわめて早い時代に損傷もあり、作者以外の人の手で編纂のし直しが行われ、それは詞書にも及ぶものがあるので、（略）現存の式部集がすぐ原型に繋がるとは考えられない。その現象はとくに後半部に集中的に見られるため、帰路の歌群が後のほうにあるのも、あるいはもとの姿ではなく、それらは本来宣孝との婚前の贈答歌のあとに引きつづき置かれていたのではないかと考えることもできるが、それでは式部集がたちまちおもしろくなくなってしまうのである。（六二頁）

11 実際には、新婚の歌の前に帰路の歌が詠まれていたのだけれども、それをここに置けば、事実通りにはなるが、宣孝の像は散り散りに分散してしまう。式部はやはり他律的な時間の支配を拒み、**彼女自身との内面的な関係を見詰めること**によって、家集を編纂している。（六四頁）

12 （歌「花といはば」について—廣田注）詞書の書き方如何で、歌を産んだ詩心がこうも見えもし隠れもするかという恰好（かっこう）の例に、この歌はなると思われる。それゆえ、この詞書は作者自身の心から溢れて書かれたもの、つまり式部集のこのあたりの歌は作者自撰と私は判断するのであるが、二つ並べると歴然たるものがある。（八四～五頁）

13 式部集では、夫の死を直接に悼む挽歌は見出せない。（八七頁）

14 娘は若い継母がそういう人であることを知っていたのである。それは、この歌（歌「散る花を」—廣田注）がいわゆる贈答歌の形式で採録されていないことからも解明されるであろう。（略）継娘の歌にたいする式部の返歌が載らないのは、なぜか。式部はおそらくこのような歌をもらった場合、実際には適切な返歌を返しているはずである。（略）それは式部が他人の歌を、自己の歌との贈答の一端としてではなく、まったく独立したものとして、それ自体の意味において自分の家集に記録したことになる。（九五頁）

15 常識的にいうなら、家集編纂にあたって編者はここで、「亡くなりし人の娘の」といえばよいのである。（略）この普通ならば不要な一首と詞書によって、継娘なる人物は、「亡くなりし人の娘」という外題的規定を超えた内的充実をもって、紫式部集に定着することができる。（略）歌を集め並べながら、いつか**歌よりは人間が、そして自他を巻き込んだ人生の出来事が泛び上ってくる**のである。（九七頁）

16 こうして日記や家集のなかから、彼女の資質を語るものを抜き出してくると、いずれも源氏物語のような作品を書くに叶った能力を潜めているように思われる。（一五八頁）

17 源氏物語は、光源氏の一生を描くという緩い構成を持った長篇として出発している。

（一六〇頁、傍線・廣田）

18 臨終に際し、天皇が「露の身の草の宿りに君を置きて塵を出でぬることをこそ思へ」と、源氏物語のなかの歌を引いて詠んだのは、ただ中宮の身の上を案じたというだけでなく、道長が今後、中宮にどんな扱いをするか信頼が置けなくて詠まれたのかもしれない。（略）これをもってみても、源氏物語が中宮彰子のために作られたもの、中宮のものという感を強くする。（一七三頁、傍線・廣田）

いずれも、考えれば考えるほど深い、味わいのある指摘ばかりです。

右に掲げた中で、自撰・他撰について清水氏は、原則は自撰だと考えておられ（4）、自撰と確信できる箇所を指摘するのが（1・12）です。また編纂において歌の取捨選択を配慮すべきだと指摘されるのが（7・8・14）

です。そして、この家集の成立過程の複雑さ、難解さを指摘するのが（3・14）です。これらはこの家集の分析上、まことに示唆に富むものですが、今その検討は措きましょう。

私が大切だと考えるのは、家集編纂の目的や意図にかかわる重要な指摘で、番号に□印を付けた箇所（5・6・8・11・15）です。ここで清水氏が重ねて指摘されることは、この家集が「人々の像」（5）や、「一人の友人との友情の歴史」（6）、「人と、人間関係」（6）、あるいは紫式部「自身の内面の歴史」（8）、「内面的な関係」（11）、また「人生の出来事」（15）をめざして編纂されているとされることです。これらの指摘は、清水氏が目ざされた紫式部の精神性や紫式部像などの解明といった目的が強く出ていると思います。私は、少し違う角度から、この家集に貫かれている編纂の原則は「記憶の風景」ではないか、という仮説をもっていますが、その考察は他章（「5　記憶の光景」）に譲りたいと思います。

ちなみに、『紫式部集』と『源氏物語』との共通性についての指摘（16）も重要です。この点に賛意を表したいと思います。さらに、『源氏物語』の属性について「緩い」と捉える認識（17）は読み飛ばしそうな、さらりとした指摘ですが、まさしく慧眼のなせるわざだと思います。私は、『源氏物語』をこのような理解に基いて読むべきだと考えてきました。[3] また、中宮のために書かれたとする理解（18）を支持したいと思います。私の中宮学は、紫式部が中宮の教育係になったとすれば、『源氏物語』に何を求められているか、ということから推認したものです。[4]

このように清水氏の指摘は多岐にわたるものですが、ここでは清水氏の指摘を踏まえて、この家集を編纂物、編纂されたものだという基本的な視点に立って、詞書から考えることとして以下、考えてみましょう。

そこで、次に『紫式部集』の詞書に関して言及されている論考をみておきましょう。

まず、久保木寿子氏が早く『紫式部集』の詞書は「主格表現を多く持つ点で物語的に展開しようとする傾向」が「いわゆる歌集的な形に詞書を収束させようとする」性格があることに注目され、この傾向が「自撰部分に顕著であって、後人の増補と考えられる部分はそれ程の特徴を見せない」といわれています。しかも「主語を説明する部分がかなり長い」ことに特徴があり、例えば一五番の詞書について「第三者の視点からする詞書表現」が「詠者の視点からの表現」に「収束する過程」をみておられます。

さらに久保木氏は、左注が「増補部分」には見られないとして、「紫式部は詠歌時の自分に立ち帰った視点から家集を構成しようとはしない。彼女は、編者として、現在の位置から過去の自身の詠草を眺める」という「語り手の視点」の働いていることをいわれています（傍点・廣田）。

さらに「詞書から歌への接続」において「「終止形＋歌」の形をとる詞書」に注目され、「歌の詞書としては、散文部分が自立しすぎている」といわれています。確かに『紫式部集』の詞書は、歌うべき内容をすでに示していることになります。

そうして「紫式部日記の中での散文部分から歌人への連接の形態と、紫式部集という歌集の、詞書から歌への連接の形態とは、異質」であるとされます。そして「「現存紫式部日記」或いは「日記歌」との関係からはじき出した増補部分が、紫式部集の本来の詞書の表現方法に照しても」「異質の詞書表現の方法に依ったもの」だとして「増補部分」が「本来の紫式部集（自撰と思われる）の詞書表現とは異質である」ということを論じておられます(5)。

久保木氏の論点を、私に整理すると、

1　詞書の主格表現
2　左注
3　詞書の終止形終止、詞書の独立性

などがポイントとなるでしょう。

また、森本元子氏は、私家集の詞書に「筆者が作り出す個性」を捉えようとして、二番歌における「終止形を用いた叙述」、五番歌における「挿入句的叙述の説明」、六番歌における「主格の助詞「の」で示す形」を取り上げておられます。そして「挿入句的な添えがき風の叙述」が他の私家集には例の少ないこと、また「後文」が「前がきである詞書を補捉するために書かれた」ものであり「散文による説明の効果」が重視されたものであることを述べられています。特に「文末が終止の形をとることは、一旦そこで事実なり所見なりについて確認することであり、それだけ叙述の内容に対し重視すること」だと述べています。

その他「詞書の文中に会話や心内語が多いこと」をいわれ、これも「女流の私家集」に例が多いと指摘されています。そうして「紫式部集の魅力は、勿論(もちろん)選ばれた個々の歌のうまさやおもしろさにあるだろう。しかし、それだけではない。個々の歌を配列する一つの歌集としてのあり方も無視できまい」と評されています。(6)

森本氏の指摘された論点を、私に列挙すると、

1　詞書の終止形終止

2 詞書における挿入句的文体
3 左注（「後文」）。1・2・3が、『紫式部集』の詞書の「個性」を作り出している。
4 詞書に会話や心内語が用いられていること
5 歌の配列の問題

などが、この家集の「魅力」だとされていると思います。

このように久保木氏、森本氏の指摘を辿りますと、『紫式部集』の詞書を分析する上で主たる論点はもはや出尽くしている感があります。久保木氏の論点2・3や、森本氏の論点1・3・5については、他の機会に私見を述べたことがありますが[7]、ここでは御二人の注目された点の中から、『紫式部集』にあって他の私家集にあまり見られない特質が何かということについて、特に「終止形終止」、「挿入句的表現」などをめぐって、愚見を述べてみましょう。『紫式部集』の詞書の性格を明らかにするために、詞書の文体と和歌との関係を考える手がかりにしたいと思います。

1 『紫式部集』の詞書を文体から考えると

なぜ詞書が問題なのか、改めて考えますと、『紫式部集』は、紫式部が晩年において自撰した、あるいは（もしくは、それに加えて）彼女の没後に何者かによって他撰されたということがあるとしても、家集の素材としてはまず編者の前に「歌ありき」だったからです。少なくともこの家集の編纂が編年的な構成でないことは明らかですから、**素材としての和歌や、贈答・唱和の記録や記憶の断片に対して、どう詞書を与えるのか、という家集**

編纂の局面を考えることができます。すでに私は、この家集の基層に、緩やかに一代記的な枠組みが働いていると考えてきました[8]。なぜそうなのかといいますと、**紫式部は物語作者だったからだ**、としか言いようがありません。**「生きられた」自分が在るという確信を得るためには、事実を記録するよりも、家集という仮構した半生の物語が必要だった**のでしょう。

そのとき、歌の具体的な配列においては類聚性や対照性といった構成原理が働いています[9]。このような概念や方法もまた、御分かりのように物語のものです。さらにいえば、この家集が自撰であるならば（少なくとも自撰部分の範囲では）、記憶を回想するといった条件も家集の全体に及んでいます。和歌について申しますと、**自撰の原則は自讃であると思います**。ただし、和歌を残すにあたって、お気に入りの和歌なのか、忘れ難い場面や光景なのか、いずれにしても詞書や和歌の背後に、われわれには見えない次元の仕組みや仕掛けがあるに違いありません。

ただ、この家集が、初発の時において自撰でありつつ後代に他撰の営みが加えられた（可能性があるとすると）つまり少なくとも成立に二段階を抱え持つとすれば、後代の編者の目前には、紫式部の古き姿の家集が在ったことになります[10]。

さて、そのような問題が予想される一方、残されている家集の現在形から考えますと、これは経験的な感想なのですが、『紫式部集』の詞書は、他の私家集には見えない、独自の文体があります。さらに言えば、成立の前後関係からみると、編者は『源氏物語』を書いた（読んだ）ことを（意識しているか否かは問わず、あるいは程度の差こそあれ）踏まえていると考えられますから、すでに在った歌に対して、どのような詞書を与えて『紫式部集』が成り立たせているか、というふうに問いを立てることができます。

そう考えますと、**この家集の詞書は、避け難く物語の文体をもつ**にちがいありません。詞書によって歌をどう伝えたいか、伝えようとしているのか、ということ自体、編者は物語の表現者なのではないかと思います。すなわち、家集の詞書は心魅かれた景物に触発されたことについて、あるいは「散文的」な事柄や出来事に対して、どう歌に詠みおおせたのかを示しているでしょう。言い換えれば、私家集であればこそ、（最小限に切り詰めた言葉で「歌の場」を記す一方）歌の「みごとさ」を自讃するものであるに違いありません。

そのとき、比較する対象として、私家集の中から『和泉式部集』や『赤染衛門集』などの詞書を据えてみることが有効でしょう。なぜなら、またもやそれらが自撰、他撰のいずれかを問われるとしても、歌人である和泉式部や赤染衛門たちは紫式部と同時代を生きた女性であり、共に中宮彰子に仕えた女房だったからです。いうならば、『和泉式部集』は、（とり急ぎ正集に限ってみても）何より和歌そのもの（歌だけ）が大切だと考えているようにみえますし、『赤染衛門集』はどちらかというと、具体的に「いつ・どこで」歌ったかを「記録」しようとしているように見えます。翻（ひるがえ）って言えば、『紫式部集』は歌の内容や「読み方」を、なぜか詞書で先に示してしまうのです。少なくとも『紫式部集』の詞書は、その叙述の姿勢において、他とは全く違っているといえます。

ところで、文体という用語については、手慣れた用語を用いて、詞書の「構造」と呼んでもよかったのですが、もっと表現に即して考えた方がよいと思いますので、今のところ「文体」という用語が適当だと考えています。この「文体」という概念については、使う人によって違いますし、使い方が曖昧だと嫌がられることが多いのですが、私は糸井通浩氏の定義(11)が適切だと考え、これに従って「文体」とは、「どのように表現されているか」という様態である、というふうに定義しておきたいと思います。

その上で、きわめて恣意的かもしれませんが、幾つかの論点を取り上げて、『紫式部集』の詞書の特徴について考えてみましょう。

2 （Ⅰ）終止形によって言い切る形態

先に示しましたように、清水氏、久保木氏や森本氏の所説には、着眼点にしても分析の方向にしても、示唆されることばかりです。以下、それらの論考に導かれて論じたいと思います。今仮に陽明文庫本（以下、陽明本と略す）で検討してみましょう。次は二番歌です。

その人遠きところへ行くなりけり。
秋の果つる日きてあるあかつき、虫の声**あはれなり**
鳴き弱るまがきの虫もとめがたき秋の別れやかなしかるらん(12)

最初の「その人」云々の一文、「なりけり」は種明かし、謎解きの働きをもっています。これは陽明本では、冒頭歌の左注であるとともに、二番歌の詞書につながっています。『紫式部集』の左注については、すでに触れたことがありますので、その検討は別に譲りたい(13)と思います。

そこでまず、最初に取り上げたいことは、右の二番歌の詞書が、家集の詞書としては珍しく「むしの声あはれなり」と終止形で結ばれていることです。この現象についても、すでに触れたことがありますが(14)、要は、詞書の示す状況と歌の内容とが釣り合っているということなのです。言い換えますと、「**私**」**個人の心情の表明である**

と同時に、詠者の歌が状況そのものを表現しているということです。それは、歌の紹介というよりはまず、状況の提示であると言えます。

冒頭から順番に、陽明本で幾らか詞書の末尾を少し見ておきますと、

一　帰りにければ
二　虫の声あはれなり
三　とある返りごと
四　やるとて
五　にやありけむ
六　人のむすめの
七　返りごとに
八　をりておこせたる
九　かへし
一〇　又その人の
一一　返りごとに、しも月ばかり
一二　かへし
一三　かたをかの木ずゑをかしうみえけり
一四　はかせだちをるをにくみて
（以下を略す）

など、詞書は、およそ経過の説明であり、詠歌に至る事情を記しています。

この範囲でみますと、二番歌や一三番歌の詞書は、他から少し浮き上がってみえます。今二番歌に注目しますと、**詞書は和歌と等価である**、と言えます。自らの歌一首でもって、贈答の場における、**あたかも「詠じようとするとき」の記憶、「詠じた場の現在」をそのまま記し置こうとしたといえる**からです。つまり、歌の詠まれた状況が置かれた歌そのものであり、歌が状況の全てを象徴するとみえるからです。すなわち、二番歌が詠まれるにあたって、「秋果てる日の離別」という「詠歌の場」が示され、景物（けいぶつ）として「虫」が取り出されることになっています。すでに検討したこともあるのですが、**『紫式部集』のこのような方法は、『源氏物語』の文体・表現とも共通する**ものです。

今度は『紫式部集』において、歌の直前の一文が終止形で終止するような詞書と歌との関係を探してみましょう。ここは分かりやすくするために、実践女子大学本（以下、実践本と略す）を基準に陽明本を対照させてみますと、次のようです。

一三　かたをかのこずゑおかしく見えけり

一六　返しは西のうみの人なり

三一　もとより人のむすめえたる人なりけり（左注）

三二　む月十日ばかりのことなりけり

四三　思ひいでたるなり（陽明本、四三、左注）
六八　おりゐてながめゐたり（陽明本、六一、異文）
七六　たまはせたり（陽明本、六九）
九一　九月つごもりになりにけり（陽明本、八二）
九六　わづらふことあるころなり（陽明本、八七、左注）
一〇九　七月ついたちのころあけぼの成けり（陽明本、一〇四）

このように同様の事例を並べてみると、検討の詳細は略しますが、歌の直前に置かれた終止形の一文は、詞書の中でまず述べたことに加えて、さらに補充する機能があるとみえます。あるいは、次に導かれる歌のどこに注目すべきかを導くものともいえます。

まとめて申しますと、詞書と歌との関係において、二番歌においては、人物の動作だけでなく、人物の心情の説明が終止形で示され、詞書と釣り合う同等の関係で歌が置かれるという構成をもつことにおいて、特に印象的なものです。

ただこれだけでは、事例が少ないために、確実なことは言いにくいとみえるかもしれませんが、同様の現象が代表的な伝本二本において、前半だけでなく、後半にも共有されているとすれば、実践本・陽明本の二本における配列の異同は、物理的な錯簡（さっかん）によってもたらされたにすぎないか、もしくは後半にも前半と同様の文体を残す箇所が部分的に残されていると考えられることになります。

今度は、終止形の文末で歌を導く詞書と同様の事例が、『源氏物語』の中にはしばしばみとめられることをみておきましょう。その中から典型的なものを幾つか挙げてみたいと思います。特に、人物の動作で終止する事例を除き、人物のまなざしや人物の心情を表象するものを探すと、次のようなものがあります。

1　今日ぞ冬立つ日なりけるもしるく、うちしぐれて**空の気色いとあはれなり**。~~ながめくらし給ひて~~、
　過ぎにし今日別るるも二道に行くかた知らぬ秋の暮かな　（夕顔、第一巻一七四頁）(15)

2　女（空蟬）も、人知れず昔の事わすれねば、**とりかへして物あはれなり**。
　行くと来とせきとめがたき涙をや絶えぬ清水と人は見るらん　（関屋、第二巻一六四頁）

3　道のほど、人やりならず心ぼそく思ひつづくるに、空の気色もいたう曇りて、**まだ暗かりけり**。
　（夕霧）霜氷うたてむすべる明けぐれの空かきくらし降る涙かな　（少女、第二巻三〇六頁）

4　かれがれなる前栽の中に、尾花の物より殊に手をさし出でて招くが、をかしう見ゆるに、まだ穂に出でさしたるも、露を貫きとむる玉の緒、はかなげにうち靡きたるなど、れいの事なれど、**夕風猶あはれなりかし**。
　（匂宮）ほに出でぬ物思ふらし篠すすきまねくたもとの露しげくして　（宿木、第五巻一〇三頁）

このように、『紫式部集』において、この「終止形で心情を伝える一文に続いて歌を置く形式」は、『源氏物語』とも共有される叙述法であることは明らかでしょう。

なお、1の事例で見セ消チにしている「ながめくらし給ひて」の部分は、いわば過剰の説明ですから、「いと

あはれなり」で直ちに歌が置かれていてもよいといえます。そうであれば、これも『紫式部集』が『源氏物語』から引き継ぐ叙述法の一例であるといえます。

参考までに、今仮に『和泉式部集』正集で、詞書の文末が終止形をとる事例を探してみましょう（文末が終止形か連体形か判断がしがたく、詞書が和歌を修飾すると読める事例は除くことにしました）。『和泉式部集』では歌群ごとに編纂過程が異なるようですが、終止形で終わる事例は、次にみるように、B群とE群とに限られています。さらに言えば、殆どが人物の動作を示して終止するものが多く、『紫式部集』や『源氏物語』にみられるような、心情をもって状況の提示をもって終止する事例は希薄です。

なお、番号は『新編国歌大観』に付けられたもので、（　）の番号は岩波文庫の校訂本文に拠っています。[16] また、歌群の区分は、清水文雄氏の「解説」に拠っています。

A群　なし。

B群

一九一（一九二）　遠き山を人こゆ

一九四（一九五）　山のふもとに家あり、もみぢ散りて人なし

一九五（一九六）　人山をこゆるに、前にはしあり

一九六（一九七）　はまの松原に、ふるきあまの家あり

二三一（二三二）　みやより、…つとめてきこゆ

二五四（二五五）　まさみちの少将、あり明の月をみておぼしいづるなるべし
二五九（二六〇）　かたらふ人のきたりけるを、かういひやりたり
C群　なし。
D群　なし。
E群
四三三（四四二）　よのふることなり
四五六（四六五）　ゆひつけてたちぬ
六四七（六五六）　ものいみにてえあはず
六七二（六八一）　都鳥なく
六七三（六八二）　きぬのぬれたるもあはれなり
七〇三（七一二）　とほくいにし人を思ふ
八二〇（八二九）　さきたるところなり
八二一（八三〇）　まゆみいろづきたり
八四二（八五一）　いへにまろうどおほかり
八四四（八五三）　ある山をすぐ
八四五（八五四）　山をかすみ、はなをかくす
八四六（八五五）　ながめてゐたり
八四七（八五六）　人人おほくよりてみる

八四九（八五八）　とほき山を一人ゆく
八五〇（八五九）　あそびしたり
八五二（八六一）　わたりわづらふ
八五三（八六二）　もみぢかかりたり
八五四（八六三）　もみぢふりしけり
八五五（八六四）　あま人もみえず
八五六（八六五）　たかすゑたる人あり
八七一（八八〇）　あるやうあり
八八三（八九二）　いでてきこえさす

これをみると、やはり『和泉式部集』（『国歌大観』で全八九三首。続集六四七首は除外しています）では、成立過程の異なると予想される歌群ごとに詞書の性格が異なっているようにみえます。御覧のように、詞書が終止形で結ばれる事例においても、歌の直前の一文は、人物の動作をもって終わるものが圧倒的に多く、『紫式部集』の事例とは全く様相が異なります。

一方、『赤染衛門集』で探しますと、全く同じとまでは言えませんが、類似した事例は次のように存在します。と同時に、逆に『紫式部集』二番歌の詞書の特徴も浮かび上がってきます。

一七六　又、むまづといふ所にとまる。夜かりやにしばしおりてすずむに、こぶねにをのこふたりばかりのりてこぎわたるを、何するぞととへば、ひやかなるおもひくみに、おきへまかるとぞ云ふ

奥中の水はいとどやぬるからむことはまなゆを人のくめかし

一七九　まうでつきてみれば、いと神さびおもしろき所のさまなり。あそびしてたてまつるに、風にたぐひて

もののねどもいとどをかし

ふえの音に神の心やたよるらんもりのこ風も吹きまさるなり

二四五　おくりにきたりし人人、京へかへるをみて、とまりにし人の、おぼつかのうおぼゆるに、うらやまし

ければ、雪降りし日なり

ゆきかへり人に心をそへたらばわがふるさとはみてもきなまし

三一九　帰るみちに、あしおほかる所に、水とりさまざまにあそぶ

水とりはをしもたかべもかよひけりあしがものみはすまぬなるべし

五六五　人のいへうるを見にゆきて、かへりてともかうもいはねば、あれより、みおとりしたるか、おともせ

ぬは、といひたるにやる、くさふかく、はぎおほかりし所なり

しげかりしはぎのやぶこそ恋しけれしかばかりだに我がやどはなし

右の中で、『紫式部集』一二番歌の詞書のように、終止形終止によって心情を提示することで和歌と釣り合うとい

う形態は、『国歌大観』で全六一四首中、一七九番のわずか一例にすぎません。

　ちなみに、詞書における終止形終止の他の事例は、『紫式部集』と同様に、詞書に述べたことに補足するとか、和歌のどこに注目すべきかを導く機能をもつものです。例えば、二四五番歌と三一九番歌をみておきましょう。

　二四五番歌の場合、赤染衛門を見送りにきた人が都へ帰るのを見て、都に残してきた娘たちを思うと、帰る人が羨ましかった、というものです。もし詞書が「うらやましければ」まであっても、歌を詠む事情は説明できます。赤染衛門が歌うとすれば、望郷の思いを主題とすることになるでしょう。ただ、そのとき「雪」が降っていたことを付加することで、雪を景物として示すとともに、掛詞や縁語などの修辞を導くことができます。その意味で、この一文は歌の注目点を示すものです。

　三一九番歌の場合は、二四五番歌と違い、主題は葦のはえた水辺に鴛鴦(をし)や小鴨などの水鳥が遊ぶのに、「葦辺なのに葦鴨だけがみられない、と気付いた即興か(17)」と理解できます。この場合、詞書は歌に詠まれる「葦」と「水とり」というふうに、景物の取り合わせを示すものです。

　かくして『赤染衛門集』は、それが雪の日だったとか、水鳥が遊んでいたとか、事物を提示し、それを受けて詠むのに対して、『紫式部集』は虫が鳴くことを、歌に詠むことは詠むのですが、「虫の声あはれなり」と心情に覆われた風景、心情の浸透した風景に託された思いやまなざしを記すところに特徴があります。「詠歌の場」からみますと、二番歌は行く秋を惜しむ、九月尽日の惜秋の歌の場が想定できるのですが、季節の別れと友人の別れとが重なり合っています。

　いずれにしても、詞書における心情を提示する事例は、『和泉式部集』や『赤染衛門集』には希薄であることが分かります。裏返しますと、かすかな手がかりではありますが、『紫式部集』の二番歌や一三番歌の事例にみられるような、**場面性、記憶の風景が『紫式部集』の根底に潜んでいることを傍証できる**のではないでしょうか。[18]

3 （Ⅱ）圧縮された表現

箏の琴しばしとひたりける人、まゐりて御手より得むとある返り事に
露しげき蓬がなかの虫の音をおぼろけにてや人の尋ねん

右は実践本ですが、この三番歌の詞書については、岡一男氏が紫式部を「悪文家」と批評していますが[19]、その評価の是非はいま措くとして、よく見ると歌の贈答、消息のやりとりの経過を折り畳み、圧縮して書いていることが分かります。単文を積み重ねるのではなく、文を切らず、一気に歌へと導く文体です。この詞書の内容を解きほどいてゆくと、この詞書から、

1　以前「人」から消息・歌が贈られてきた。
2　そのときは（私は返歌）返事をしなかった。
3　繰り返し「人」から消息・歌が贈られてきた
4　ようやく私は「人」に歌「露しげき」を送った。

というように、経緯が畳み込まれていることが分かります。[20] 言い換えれば、右の1から4の事柄は、それぞれ四

箇の単文で示されていてもよいはずです。例えば、『竹取物語』の場合ですと、単文が積み上げられる場合と、長い文でも三文が「そしてそれから」の機能で積み上げられて一文になっている場合があります。[21]『紫式部集』の詞書の場合、主語を修飾する条件節や、挿入句が用いられて複線化していることがあります。もちろん、詞書の中には、時に一文にまとめ切れない例もありますが、それは少数にすぎません。[22]

さて、三番歌の場合、右のように1から4と、単文に戻して経緯を辿りますと、友人から重ねて問いかけがあったのに、返事をせずにいた、それでも友人は重ねてまた問いかけがあったので、感謝の気持ちを伝えるべく返歌をした、という経過を読み取ることができます。なぜ返事しなかったかというと、私がふさぎこんでいたからであり、とても返事できる気分ではなかったからであると考えられます。

なぜそんなふうに経緯を辿れるかと申しますと、「露」「蓬」「虫の音」という語が伝統的な歌語であることから分かるのです。注釈の詳細は他に譲らざるを得ませんが、涙にぬれた荒れた邸宅に鳴いている虫の声、つまり泣いている私を、並み大抵のことで訪うてくれる人があるだろうか（そんな人はいない）。ありがとう、御厚情に感謝申し上げます、という意味なのです。つまり、これらの語の用例と意味とから。寡居（かきょ）期の詠と見なせるわけです。[23]つまり、相手の問いかけは弔問であり、紫式部の気持ちを慮（おもんぱ）かって連絡をとってくれたことになります。いうならば、楽器を口実に私に連絡をくれた相手に対して、私の歌は、心からの謝意、御礼を述べる「挨拶」の歌だといえます。挨拶の歌ですが、紫式部の心情が滲（にじ）むところに、三番歌の特徴があります。

家集の詞書の機能ということから申しますと、すぐに気付かれるでしょうが、『赤染衛門集』なら、それまでのやりとりの歌を省かず、詠んだ歌をそのまま並べて示すでしょうし、『和泉式部集』なら、自分の歌だけを記して、しばしば経過を捨象しがちになっていると思います。

そのように**贈答のやりとりの経過を纏（まと）めるべく、複文を用いて一気に語るところに、物語作者としての紫式部独自の文体が出現している**ように思います。

今、他の箇所で複文について考える事例を、陽明本で挙げてみましょう。

亡くなりし人のむすめの親の手かきつけたりける物を見ていひたりし
夕霧にみしまがくれしをしの子のあとをみるみるまどはるるかな

この四二番歌の詞書・歌の解釈をめぐっては、諸説があります。ただ、簡単にまとめて解説を加えると、次のいずれかになるでしょう。

A　継娘が、親宣孝の書き付けたものを発見して私に送ってきた、と理解すると、四二番歌は、継娘の詠となり、紫式部の歌は載せられていないことになる。この点は、『紫式部集』の他の箇所からみると、違和感が残る。

あるいは、

B　継娘が親の筆跡を真似て手紙を寄こした、と理解すると、歌は紫式部のものとなる。

右の傍点の箇所が、それぞれ解釈の要点となるところです。

この「書き付く」という表現は、『源氏物語』の用例からみますと、単に「書く」という表現に比べて、「新たにあえて書き記した」というニュアンスが強いといえます。(24) 解釈の参考までに「書きつく」について、幾らか例を挙げますと、

1　姫君もおぼろげならで、し出で給へるわざなれば、物に**書きつけ**て置き給へりけり。

（末摘花、第一巻二六五頁）

2　（光源氏）世に知らぬ心地こそすれ有明の月のゆくへを空にまがへて

と、**書き付け**給ひて、おき給へり。

（花宴、第一巻三〇九頁）

3　（紫上）千尋ともいかでか知らんさだめなく満ち干る潮ののどけからぬに

と物に**書きつけ**ておはするさま、らうらうじきものから、若うをかしきを、

（葵、第一巻三二五〜六頁）

4　絵をさまざま書き集めて、おもふ事どもを**書きつけ**、返し聞くべきさまになし給へり。

（明石、第二巻八五〜六頁）

5　（光源氏）はちす葉をおなじうてなと契りおきて露のわかるるけふぞかなしき

と御硯にさしぬらして、香染なる御扇に**書きつけ**給へり。

（鈴虫、第四巻七九頁）

などがあります。すなわち、歌の「をしの子のあと」は継娘の筆跡ととることと合わせて、家集四番歌において、「おやの手」はすでに書かれていたのではなく、娘がまさしく親の手を（真似て）書き付けたと読むことができます。

そのように考えますと、このＡＢの見解の対立は、この詞書の文体の特性を理解することで解決できるでしょう。特に、「なくなりし人のむすめのおやのてかきつけたりけるものを見て」とありますが、見解の別れるところは、「むすめのおやの」とある、その二つの「の」が、いずれが主格か連体修飾格か迷うところです。結論から申しますと、この箇所は、

亡くなりし人の娘が、（親の筆跡で書き付けたものを）見て、私（紫式部）が歌った。

と理解することができます。

そのように理解すれば、歌の内容が継母（紫式部）から継子を思いやるということも無理なく受け止めることができるでしょう。また紫式部の詠歌だとみると、家集の中に例外を作る必要がなくなり、整合性はとれます。こういう文章法、叙述法は、『和泉式部集』や『赤染衛門集』には希薄である一方、『紫式部集』にはしばしば認められるとともに『源氏物語』の場合と共有すると考えられますから、この家集の詞書の特徴の一つと捉えてよいでしょう。

4 （Ⅲ）和歌の内容を予示する機能

この家集では、離別歌、哀傷（あいしょう）歌、賀歌などは、詠歌の場が定まると、それぞれ伝統的な詠み方があるので、一定程度どのような歌が詠まれるかが定まってしまうのです。

まず哀傷歌の事例からみましょう。陽明本でみますと、

世のはかなきことをなげくころ、みちのくに名あるところどころかいたる絵を見て、しほがま

見し人のけぶりになりし夕べより名**ぞむつましき**しほがまの浦　（実践本「けぶりとなりし」）

この四八番歌は、周知のように『和泉式部集』に類歌があります。

はかなくてけぶりとなりし人により雲ゐの**くものむつましき**かな（二七三）

参考までに、『後拾遺和歌集』（哀傷、五九二）も並べてみましょう。

十月ばかりにものへまゐりはべりけるみちに、一条院をすぐとてくるまをひきいれてみはべりければ、ひたきやなどの侍けるをみてよめる　赤染衛門

消えにける衛士のたく火のあとをみてけぶりとしなりし**きみぞかなしき**(25)

この三者を並べてみますと、赤染衛門歌のように亡くなった人が「けぶりとなりし」ことで「悲し」と詠ずるのは、勅撰集に採られているように哀傷歌の基本的で常套的な形式でしょうが、紫式部歌と和泉式部歌とが、共に亡くなった人のゆかりの景物を「むつまし」と感ずるというのは、少しばかり奇妙に感じられるかもしれません。これは神道的な穢れの意識とは別なのかもしれません。ただこの両者はともに、死者を忌むのではなく、親和的だという点は共通していますが、和泉式部歌が荼毘にふされて煙の昇って行った雲井を「なつかし」と歌うのに対して、紫式部が「名ぞ」と、言葉に対して興味を寄せるところに決定的な違いがあります。

ところで、同様の事例を求め『源氏物語』に類歌を探しますと、

1　見し人のけぶりを雲とながむれば**夕のそらもむつましきかな**　（夕顔、第一巻一六九頁）

2　のぼりぬる煙はそれとわかねどもなべて**雲井のあはれなるかな**　（葵、第一巻三四〇頁）

3　「おなじくは、（女三宮に）いま一きはおよばざりける宿世よ」と（柏木）なほおぼゆ。（柏木）もろかづら落葉を何にひろひけん**名はむつましき**かざしなれども と書きすさび居たる、いとなめげなるしりう言なりかし。　（若菜下、第三巻三七八～九頁）

などを見出すことができます。つまり、ここで興味深いことは、『源氏物語』若菜下巻の事例と『紫式部集』と同じく、言葉に対する指向性を見出せることです。それだけ、紫式部は言葉に関心が深いということなのかもしれません。

そもそも哀傷歌には、故人にゆかりのある物を、遺された者が偲ぶよすがとするという形式は沢山あります。それが基本です。『紫式部集』においては、四八番歌の場合、親しい人が亡くなり、絵に触発されることがあると、愛した者が煙となって昇った雲や雲井に届いたさまを親しいものと見るという哀傷歌の形式を見出してよいでしょう。『紫式部集』の四八番歌も、そのような哀傷歌の伝統に立つのですが、それだけではありません。「雲」や「煙」という景物ではなく、地名という言葉になつかしさを覚えるというところに紫式部歌の新しさ、あるいは独自性があります。(26)

今度は羇旅（きりょ）歌の事例をみましょう。陽明本では、

津の国といふ所よりをこせたりける
難波潟群れたる鳥の**もろともに**たちゐるものと思はましかば

かへし

（欠歌）

とあります。この一七番歌の返歌は、現存の実践本も同様に欠歌となっていますが、残された詞書と歌とから、相手はおそらく西国へ下向する際、津の国難波から改めて船に乗るとき、望郷の思いを詠んだものと推測されます。離京するにあたり、歌の「あなたと一緒にいたい」という形式は、離別歌、羇旅歌の典型です。

ちなみに、ここに見る「もろともに」という語は、急いで用例を集めた結果、離別歌、哀傷歌、恋歌などに多く用いられます。

1『古今和歌集』離別、三八五

藤原のちかげがからもののつかひに、なが月のつごもりがたにまかりけるに、うへのをのこども、さけたうびけるついでによめる　　ふぢはらのかねもち

もろともになきてとどめよきりぎりす秋のわかれはをしくやはあらぬ

2『拾遺和歌集』別、三一七

源よしたねが参河のすけにて侍りけるむすめのもとに、ははのよみてつかはしける

もろともにゆかぬみかはのやつはしはこひしとのみや思ひわたらん　赤染衛門

3『和泉式部集』八三八

みちのくにのかみにてたつをききて

もろともにたたましものをみちのくの衣の関をよそにきくかな

などを挙げることができます。哀傷歌、恋歌などと同様、離別歌においても、本来「もろともに」を用いるとき、一緒にあるべきだが今それがかなわない、という形式をとるところに儀礼性があります。

これらを参考にしますと、一七番歌「難波潟（なには）」の場合、要点は、津の国から「をこせたり」とありますから、相手は旅中の途次にあることが分かります。詞書に示された行政上の律令語である「津の国」という語に対して、歌では歌語として「難波潟」と詠み換えています。これは案外よくあることで、二一番歌のように、詞書で「鶴」を歌では「田鶴」と詠み換え、八〇番で詞書の「猿」を歌で「まし」と詠み換えています。

詞書は、歌の詠まれるまでの事情を説明します。ひとたび歌に至る事情を示しますと、離別なら離別歌が、羇旅なら羇旅歌が、歌語や伝統的な形式に基いて、どのように詠むのかが「期待」されることになります。**形式からすれば、旅における饗宴の場においては、典型的な離別歌、羇旅歌を詠むことが求められますから、詠まれる歌について、挨拶としての形式はすでに定まっている**と考えられます。

平安時代は、国司下向の折、宿泊地として一時的に造られる「仮屋」や、貴人の参詣の途次、食事のために

「幔」（幔幕）が設営されます。前者は『赤染衛門集』に、後者は『蜻蛉日記』の初瀬詣の条や『宇治拾遺物語』の藁蘂長者の説話などによくみられます(27)。そのような設営において催される饗宴の折、歌を詠む必要があったのだと思います。

ところで、羇旅歌の「**詠歌の場**」というとき、「場」は右のような設営された設備や空間をいうものではありません。例えば、『伊勢物語』第九段、いわゆる東下りにおいて、

> 三河の国、八橋といふ所にいたりぬ。そこを八橋といひけるは、水ゆく河の蜘蛛手なれば、橋を八つわたせるによりてなむ八橋といひける。その澤のほとりの木の蔭に下りゐて、乾飯食ひけり。その澤にかきつばたいとおもしろく咲きたり。それを見て、ある人のいはく、「かきつばたといふ五文字を句の上にすゑて、旅の心をよめ」といひければ、よめる。
>
> 　から衣きつつなれにしつましあればはるばるきぬる旅をしぞ思ふ
>
> とよめりければ、皆人、乾飯のうへに涙おとしてほとびにけり(28)。

とあります。ここから「詠歌の場」を取り出しますと、昔男一行は（名所「八橋」を見物し、馬から降りて）木の蔭に腰を下ろして（おそらく車座に座って）ささやかな饗宴を催した。そのとき旅中の歌を詠むということが求められるわけです。この場合は、折句の条件が付けられ、技巧としての要求水準は高くなっていますが、基本的には目前の景物である「かきつばた」を用いて、羇旅歌を詠むことが求められています。あるいは折句は遊戯性の極みかもしれません。

あるいは、むしろそのような歌を物語に組み入れるときに、望郷の思いを参加者一同が共有する饗宴の場を文脈に即して構成しているといえます。**旅の一行の共有する望郷の思いを詠じる目的、意図こそが「詠歌の場」です。場はいわば文脈 context の謂です。**

そこで、『紫式部集』の羇旅歌を挙げると、陽明本で、

二〇　近江の水海にて、三尾が崎といふところに網引くを見て
三尾の海に網引くたみのてまもなく立ち居につけて都恋しも

があります。この場合、個性的というよりも、一見平凡と見えるこの歌は、人々の共感を得る集団性の表現であって、羇旅歌を詠む場は、独詠的な場ではなく、旅行く一行が飲食する饗宴のものであるとみられます。この「三尾の海」は、個人的な心情というよりも、集団の思いを共有している伝統的な表現であることが明らかな事例です。(29)

これに対して、紫式部に贈って寄こした友人の歌は、

六　筑紫へ行く人のむすめの
西の海を思ひやりつつ月見ればただに泣かるるころにもあるかな
(返歌以下を略す)

とあって、歌「西の海を」は伝統的な形式によらず、ただただ心情を吐露（とろ）しているだけです。いわば、紫式部に対して甘えを吐露しているだけで、歌として稚拙であるとみえますが、それほど取り乱してしまっているともみえます。この場合は、饗宴における晴（はれ）の歌ではなく儀礼性、挨拶性の希薄な褻（け）の歌そのものであることが明らかになるでしょう。

翻って、これに比べますと、『紫式部集』一七番歌「難波潟」は、羇旅歌の伝統的な形式を用いており、儀礼的な挨拶の歌であることが明らかになります。

このように、詞書で明記されていないとしても、歌の形式からみると、歌が晴のものか褻のものかが判別できます(30)。ところが、**詞書と歌と御互いが支え合う相関関係において成立しているところに、『紫式部集』の独自性があります**。他の私家集では、詞書が歌を一方的に説明しているのに対して、『紫式部集』は詞書と歌との往復運動のもとに読まれることを期していると思います。短い詞書であり、削れるだけ削っているようにみえますが、歌の方からも詞書の内容を支えていることを言う必要があります。

5 (Ⅳ)「人」という人称

すでに話題として横井孝氏と議論したこともあるのですが(31)、実践本八三番歌の詞書は「人の」とだけあり、陽明本七四番歌には詞書がありません。この場合、「人」が誰をさすのか、かねてより議論されてきたという経緯があります。すなわち、この「人」は宣孝のことかどうか、注釈では難解な表現とされてきました。

この前後の歌の配列は、次のようになっています。

実践本

80 ましもなを
81 名にたかき
82 こころあてに
83 **けちかくて**
84 へたてじと
85 みねさむみ

陽明本

71 ましもなほ
72 名にたかき
73 心あてに
74 **けちかくて**
75 へだてじと
76 みねさむみ

陽明本でいえば、七一番歌から七三番歌は旅の歌群ですが、七四番歌は歌の形式でみれば、恋歌だとみられます。考え方としては、陽明本七四番歌が詞書を脱落させたという可能性もありえます。想像を巡らせますと、実践本の編者は、八〇番歌から八二番歌の羇旅歌群と、八三番の恋歌とを截然と区別したいがために、八三番歌の詞書として「人の」を加えた可能性もあると思います。

そこで、「人」という語が認められる箇所を、今度は陽明本から取り出してみました。今、自撰である可能性の高い、家集の前半に限って調べてみましょう。

陽明本

1 はやうよりわらはは友達なりし人に、
2 その人遠き所へ行くなりけり。

実践本

1
2

3　さうの琴しばしといひたりける人●　3
4　方たがへにわたりたる人●の　4
6　つくしへ行く人●のむすめの　6
8　はるかなる所へゆきやせむゆかずやと思ひわづらふ人●の　8
10　又その人●の　10
11　物思ひわづらふ人●の　11
[15]　姉なりし人●亡くなり、また**人**●のおとうしなひたるが、　15
16　返しは西の海の人●なり。　16
28　から人見に行かむといひたりける人●の　28
29　近江のかみのむすめけさうずときく人●の　29
31　文のうへに朱といふものをつぶつぶとそそきて、涙の色をとかきたる人●の　31
31　もとより人のむすめをえたる人●なりけり　31
39　とほき所へゆきし人●の　39
40　こぞの夏よりうすにびきたる人●に　40
[40]　夕ぐれに**人**●のさしおかせたる　40
42　なくなりし人●のむすめの　42
43　おなじ人●　43
43　おもひたえせぬとなき人●のいひける事を　43

49　門たたきわづらひて帰りにける人の　49
52　さしあはせて物思はしげなりときく人を人につたへて　欠歌
54　世をつねなしなど思ふ人のおさなき人の　53

語義からみると、「人」が指示する機能は、不特定の人物から話題にのぼる特定の人物まで多様な事例がみられます。話す相手から恋人まで、対象は一律ではありません。

右の事例の殆どは、「人」がどのような人であるかを示すために、説明を上接させるものです。例えば、冒頭歌の場合、「はやうより童友達なりし人」という表現は、単に「童友達」という表現とは異なっています。

つまり、経過や状況を圧縮することで詞書を一文にまとめてしまうことになっています。つまり、人物紹介の方法の特徴は、状況を一気に示すものだということです。

このような複文的な修辞を冠する「人」の事例が多い中で、単独で「人」が用いられる事例は、太字で示しましたように、「15番歌の二例目、40番歌」などに限られています。誰を指すかということから言えば、

15番歌は、女友達。

40番歌は、女院詮子（円融帝女御、道長の姉）に近侍する女房か、知人か。


とされています。

これまで、陽明本で申しますと、三二番歌「とぢたりし」から三五番歌「たけからぬ」まで一連の歌群は、宣

孝との贈答・唱和とみなされてきました。心を許した男との間ではそもそも「人」という語が必要とされていません。歌のやりとりで、男女の親密さは分かりますから、宣孝だということは分かりきっている相手の男を、しかも同席している男ですから、わざわざ誰と明示しなくともよい、という文脈です。今この現象を、適当かどうかは分かりませんが、仮に「無人称」(32)と呼んでおきましょう。いわば、

28番歌「春なれど」　から人見にゆかむといひたりける人の

29番歌「みづうみに」　近江のかみのむすめけさうずときく人の

31番歌「くれなゐの」　文のうへに…涙の色をとかきたる人の

などの贈答では「人」と表現されていますが、複文化されている事例です。ところが、30番歌「四方の海に」では、宣孝は無人称で表現されています。これらに挟まれている30番歌にわざわざ人と明記することは無用なのでしょう。「無人称」になっているのは、「人」と呼ばれる存在から、男女関係に変化が生じ、すでに親密な夫婦関係に入っていることを示しています。

これらを考えるわずかな手がかりになるでしょうか、実践本八三番歌の詞書には「人の」とだけあるのに、陽明本に詞書がないという異同について、考え直してみますと、実践本三七番では「返し人」とあって、陽明本に「返し」としかない異同はどう理解すればよいでしょうか。想像を逞(たくま)しくしますと、陽明本で「人」という人称と無人称とは使い分けがあるのに、実践本ではあえて恋歌であることを強調するために（おそらく藤原定家に

よって）八三番歌と三七番歌には、詞書として「人」という語が書き加えられているのではないかと考えられます。

すでに『源氏物語』における「人」の表現性については、倉田実氏に膨大な研究の蓄積があります。倉田氏は浮舟巻で「いとさまよう心にくき人」や「時の間も見ざらむに死ぬべしと思し焦がるる人」という表現を取り上げ、「言わばこれで一語とでも言えそうな凝集性を持っている」とし、「異常に長い修飾語を「さま」とか「けはひ」などの名詞で受けて纏めさせようとするこの物語の文体の在り方」に注目しておられます(33)。いわば、単文の集積を避け複文化し圧縮する傾向は『源氏物語』と『紫式部集』とに共有されるといえます。

まとめにかえて

本章では、偶々気付いた幾つかの問題を取り上げ、それぞれ『紫式部集』の独自性について考えてきましたが、いうまでもなく詞書は、そもそも歌の詠まれるに至った状況のすべてを記録する性格のものではありません。次に置かれる歌の説明、いわば誘導に向かっているからです。いずれも、同世代の歌人の私家集『和泉式部集』『赤染衛門集』と比べても、この家集の詞書は独自の文体をもつことが明らかになったといえます。すでに指摘されていることですが、『紫式部集』には歌合の歌や題詠がない。その代わり、殆どの歌は人事の詠ばかりだという事実があります。紫式部は必ずしも勅撰集の規範に倣（なら）うことなく、個人歌集を編む、歌詠みの家の集を編むことを目指してはいますが、撰じた歌を単に記録するというよりも、物語として構成するところに、『紫式部集』の独自性の一端があるといえます。

注

（1）清水氏は「式部集は本来彼女自身の手によって編まれたのであろうけれども、非常に早い時期に破損があり、また何らかの事情で、式部以外の人の手で編まれた部分も混入していたりして、そう簡単に排列の順に考えて行けない場合がある」といわれています（『紫式部』岩波書店、一九七三年、八頁。傍点・廣田）。この発言は、印象だけを述べたようにも見えますが、抑制されているだけで、考察を踏まえて提示されたものだと思います。

（2）岩波文庫『紫式部』は、実践女子大学本を底本（そこほん）とする校訂本文を用いておられます。

（3）「『源氏物語』の方法―『河海抄』「準拠」を手がかりに―」久下裕利・田坂憲二編『源氏物語の方法を考える―史実の回路―』武蔵野書院、二〇一五年。後、『古代物語としての源氏物語』（武蔵野書院、二〇一八年）に所収。

（4）「『源氏物語』は誰のために書かれたか」、注（3）『古代物語としての源氏物語』。

（5）久保木寿子「紫式部集の増補について（上）」及び「同題（下）」『国文学研究』一九七八年三月・六月。

（6）森本元子「詞書の個性」『和歌文学新論』明治書院、一九八二年。

（7）『家集の中の「紫式部」』新典社、二〇一二年。

（8）早く三谷邦明氏は、この家集を一代記とみています（「源氏物語の創作動機」『物語文学の方法Ⅱ』有精堂出版、一九八九年、七三頁）。『『紫式部集』歌の場と表現』笠間書院、二〇一二年、二九七頁。また、三谷氏は、初期物語から源氏物語へという展開に「それからどうした」という論理から＜なぜ＞という論理の変化を認め、それがロマンスからヌヴェルへという展開を認めています。しかしながら私は、『源氏物語』もなお「それからどうした」の積み重ねが基本だと思います（「『伊勢物語』と『紫式部集』一代記の方法」、注（2）『講義日本物語文学小史』）。

（9）「『紫式部集』における歌群構成」および「旅の歌群の詠み方」横井孝・廣田收編『紫式部集の世界』勉誠出版、二〇二三年。同「『源氏物語』繰り返される構図」『表現としての源氏物語』武蔵野書院、二〇二一年。

（10）現在の代表的な伝本である実践本と陽明本との異同から、何次かにわたる成立過程が予想されるところですが、合理的で説得力のある仮説を立てることは、現状では困難です。

（11）糸井通浩「源氏物語の文体」『源氏物語研究大成』三、風間書房、一九九八年。

（12）本文は、横井孝・久保田孝夫・廣田收編『紫式部集大成』（笠間書院、二〇〇八年）に拠ります。ただし、分かりやすさを考えて、一部表記を改めている箇所があります。以下も同様です。

（13）「『紫式部集』左注とは何か」横井孝・久保田孝夫・廣田收編『紫式部集からの挑発』笠間書院、二〇一四年。

（14）「冒頭歌群」『家集の中の「紫式部」』新典社、二〇一二年。

（15）山岸徳平校注『日本古典文学大系　源氏物語』第一巻、岩波書店、一九五八年。以下、本文の引用はこれに拠っています。なお適宜表記を整えました。

（16）清水文雄校注『和泉式部集』岩波文庫、一九五六年、「解説」三三二頁。清水氏によると正集の歌群について、A群（一-九八）とB群（九六-二六八）C群（二六九-三一一）をIとし、D群（三一二-三九九）E群（四〇〇-九〇二）をⅡという「結合過程」を想定しておられます（三二二頁）。

（17）関根慶子他『赤染衛門集全釈』風間書房、一九八六年、二九〇頁。

（18）『紫式部集』には、冒頭歌の「雲隠れにし夜半の月」の沈み行く、あるいは沈んだ風景、また「その人とをきところへ行く」「秋のはつる日来たる暁」に「虫の声あはれなり」という喪失の風景があると思います。それは『源氏物語』における先立つ者と遺された者という構図に相渉（わた）るだけでなく、『紫式部集』においても、繰り返される構図であり、あるいは紫式部の根底にある原風景なのかもしれません（「平安京の物語・物語の平安京」『表現としての源氏物語』一八頁、注二九頁、同「『源氏物語』繰り返される構図」四一五頁、注四二二頁、同「源氏物語表現の重層性をどう見るか」、注五五六頁）、（本書「5　記憶の光景」参照）。

また、風景の概念については、「『源氏物語』宇治十帖論」『源氏物語』系譜と構造』笠間書院、三一一頁。「『源氏物語』における風景」『文学史としての源氏物語』武蔵野書院、二三九〜四〇頁・二五七〜八頁。

（19）岡一男『源氏物語の基礎的研究』東京堂出版、一九六六年、

（20）上原作和・廣田收共編『新訂版　紫式部と和歌の世界』武蔵野書院、二〇一二年、補注、一〇二〜三頁。「『紫式部集』離別歌としての冒頭歌と二番歌」『『紫式部集』歌の場と表現』笠間書院、二〇一二年。注（14）『家集の中の「紫式部」』五一頁。

（21）物語の文体がandの積み重ねだとする認識は、早く三谷邦明氏にあります（注（8）参照）。「『竹取物語』の文体と構成」『表現としての源氏物語』武蔵野書院、二〇〇一年。

（22）『紫式部集』の詞書が、一文ではなく、二つの文から構成されている事例は、左注を除くと、実践本で①一五番歌「北へ行く」、②四七番歌「さをしかの」、③六八番歌「かげ見ても」、④九九番歌「おほかりし」、⑤一二二番歌「こひわびて」など四例があります。

（23）注（20）「『紫式部集』における和歌の配列と編纂」『『紫式部集』歌の場と表現』、「冒頭歌群」『家集の中の「紫式部」』（新典社、二〇一二年）など。

（24）家集二五番歌の詞書では、実践本で「こよみにはつゆきふるとかきたる日」、陽明本では「暦にはつ雪降るとかきつけたる日」とあります。従来、この条は具注暦に記されている節季の「小雪」のことと注釈されてきましたが、

陽明本の場合は、『源氏物語』の用例から考えて、紫式部自身が越前において、新たにわざわざ書き付けたと読めるので、詞書の意味するところはいささか異なってきます。ちなみに私は、陽明本の方が古態だと考えています。なお、最近、勝亦志織「和歌を「書きつくこと」が示す関係性」『平安朝文学における語りと書記』（武蔵野書院、二〇二三年）という興味深い御論を拝読しましたが、踏まえて論じることができませんでした。

(25)『新編国歌大観』第一巻、勅撰集、角川書店、一九八三年、一二三頁。

(26)四八番歌の解釈については、他に譲りたいと思います（「『紫式部集』の地名」、注（20）『紫式部集』歌の場と表現』。初出、一九八九年）。

(27)『赤染衛門集』一七二番歌、一七五番歌には、尾張の国に下向するにあたり、仮屋を利用したことがみえています。「文献説話の話型と表現の歴史性」『民間説話と『宇治拾遺物語』』新典社、二〇二〇年。

(28)大津有一校注『伊勢物語』岩波文庫、一九六四年、一四頁。

(29)注（9）「『紫式部集』旅の歌群の読み方」。

(30)益田勝実氏は、歌に「け」と「はれ」の区分を提案しています（「和歌と生活」『解釈と鑑賞』一九五九年四月）が、私は「褻」の下位区分としてさらに「褻の中の晴」と「褻の中の褻」と分けるほうが、『源氏物語』の和歌を考える上で有効だと思います（「『源氏物語』の作られ方」『古代物語としての源氏物語』一〇八頁、「『源氏物語』における詠歌の場と表現」『表現としての源氏物語』二五二頁）。

(31)横井孝・廣田收「対談『紫式部集研究の課題』」、注（9）『紫式部集の世界』。

(32)ここで用いる「無人称」という用語については別途、外国語の文法も含めた検討が必要だと思いますが、今とりあえずの仮称にすぎないもので、必ずしも専門的な用語ではありません。『源氏物語』でも、例えば帚木巻の冒頭に「寝られ給はぬままに」（旧大系、第一巻五三頁）とあります。「給ふ」敬語で待遇されていますから、主語は明記されていませんが、動作主が光源氏であることはまちがいありません。

私に言い換えますと、**物語における語り手と濃密な関係にある対象人物は、あえて呼び名や待遇する人称が必要ないという意味です**。すでにさまざま論じられているように、日本語が述語中心であるという属性をもつとすれば、必ずしも主語を不可欠とはしないという点とかかわるかもしれません（『『源氏物語』の叙述法」『源氏物語』系譜と構造』笠間書院、二〇〇七年、三五六～七一頁）。

それでも、なお問題は残ります。二八番歌・二九番歌・三一番歌左注・四三番歌左注などの「人」は、宣孝と思しき人ですが、五二番歌では「世を常なしなど思ふ人」のように、紫式部みずからのことをも「人」と表現していますので、これらの全体をどう捉えるかが問題です。『紫式部集』の場合、単に「人」とあっても、いわゆる三人称とみてよいのか、むしろ「他でもないあの人」と、どうも親しみをこめて言っているようにもみえて困ります。さらに、自撰・他撰がどう絡むのかどうかです。

（33）倉田実「源氏物語の「…人」の表現性」『中古文学』第三九号、一九八七年五月。

5 『紫式部集』記憶の光景

はじめに

『源氏物語』や『紫式部日記』は、これらを書くように要請した道長の意図や目的といったバイアスが少なからずかかっていますが、その点『紫式部集』は特に自撰部分においては、意識・無意識を問わず彼女独自の精神性や表現を取り出せるはずです。

それでは、『紫式部集』の表現というものを考えようとするとき、同じく紫式部が書いたという以上に、『紫式部日記』や『源氏物語』との間に、どのような共通性があるでしょうか。そして、そのことはどのような意味を持っているでしょうか。今仮に、陽明文庫本でこの問題を考えてみましょう。

すでに触れたことがあるのですが、『源氏物語』における既視感(デジャヴュ)、すなわち「この箇所はどこかで読んだ気がする」という印象が、物語の中で何度も繰り返される、という経験はありませんか。それは同語の反復だったり、モティフの反復だったり、主題の反復だったりするのですが、誰もが気付いていることなのかもしれませんけれども、そのひとつが「逝去する女性と遺される男」という構図（対偶関係）です。『源氏物語』は最初の場面、桐壺帝と更衣の「小さな物語」から始まります。この場面は更衣の立場と帝の立場とが、視点を交互に替えて叙述されるのですが、その後、更衣を喪った帝の悲しみが癒(いや)されないでいることから長編物語が始まって行きます。やがて、呼び出された先帝四宮に、たちまち光源氏が引き寄せられ、あってはならない過ちが起きてしまいます。

その物語の行く方については、別の章（「2　女君の生き方」）でも述べていますが、私は、この「逝去する女性と遺される男」という構図が、単なる人物設定の問題だけでなく、『源氏物語』**内部において、主要な人物が愛する者を喪った心の傷の深さを問われ続け、主題が継承されるということ**に興味をもっています。すなわち、

（先立つ女性）	（遺される男性）	
桐壺更衣	／桐壺帝	桐壺巻
藤壺	／光源氏	薄雲巻
紫上	／光源氏	御法巻
宇治大君	／薫	総角巻
浮舟	／薫	蜻蛉巻

という構図の繰り返しは、明らかに系譜をなしています。まさしく同様の構図が繰り返されるところにこそ意味があります(1)。

『源氏物語』における、このような問題を、改めて『紫式部集』のこととして問い直すことによって、『紫式部集』の編纂と紫式部の精神性に迫ることはできないでしょうか。

1　『源氏物語』と『紫式部集』に繰り返される構図

面白いことに**『源氏物語』桐壺巻から始まる、そのような構図は、『紫式部集』にも認められます。『紫式部**

集』では、冒頭歌の「逝った童友達と遺された私」というふうに同様の構図が認められます。そう申し上げると、きっと『源氏物語』の枠組みに対して、『紫式部集』の場合、男女の対偶関係ではなく同性の対偶関係ではないか、という反論もすぐに予想されますが、何が同じなのかというと、何よりも『紫式部集』は編纂物です。単に童友達との個別の別れと死だけでなく、この家集の配列において冒頭歌は、その後の近親・知人そして夫との別れや死などが、幾重にも重ねられています。つまり、冒頭歌は、彼女の人生の経験を集約したものとして置かれている、とみることができます。詳しく言えば、このあとの配列において、受領女たちが続々と父や夫に伴われて国司下向に同道したにもかかわらず、この童友達と思しき友人のひとりについては、三九番の詞書で地方に客死したという訃報を聞くことになるからです。

逆に言いますと、**『紫式部集』から透かし見える彼女の心の深い傷が、『源氏物語』の根底にも通じているのではないか、**ということなのです

例えば、幼いころの童友達との離別の場における冒頭歌「めぐりあひて」は、やがて（おそらく紫式部が）晩年となって臨んだ家集編纂の場において、冒頭歌として据えられるに至った理由があるはずです。歌の意味は、場の違いによって違ってきます。歌「めぐりあひて」を、幼き日に最初に詠んだとき、童友達に「雲隠れ」という不吉な言葉をもって詠んだことは、それほど深刻なこととして意識されなかったかもしれないのですが、編纂時にこの歌を冒頭に据えたときには、後々友人の死を引き寄せることになったと、この語の意味するところは、この時代の言霊思想をうかがい知るひとつの事例かもしれませんが、その当否よりも不吉な友人の死を予示していただけでなく、親しい者たちとの離別を繰り返し強いられた自らの人生全体を象徴するものとして、まちがいなく意識されていると思います。

さらに何よりも、三番歌が夫宣孝を喪った寡居期のものであるとすれば、この家集が冒頭歌群からして暗い影を落としていることになります。結婚して間もなく夫を喪った悲しみの記憶が根底にあるのではないか[2]と推測されるからです。晩年における家集編纂時に、人生を顧みて、わが人生は「出会い」よりも「別れ」であったという思いを象徴する歌が、まさに「めぐりあひて」の内容だったと感じていたからだと考えられます。

そのことに比べると、**和泉式部は、家集の詠歌を見るかぎり、亡くした夫を想って泣いていますし、夫を喪ったことを泣いていますが、紫式部は夫の急逝によって、むしろ自らが呪われた運命に囚われていことを嘆くようになった**のだと思います。あれから私の人生は歯車が狂ってしまった、と。つまり、紫式部は思考の回路からして和泉式部と異なっているのです。なぜ私は不幸なのか、…。この違いは、二人の資質の違いからくることでもあるでしょうし、天性の歌人と物語作者との違いからくることでもあるでしょう。

ここにいう運命的なものについての認識は、五四・五五番歌にみえる、苦悩の根幹にある「身」とは、身体というよりも、「身の程」のことであり、宿世に規定された自らをいいます。心は物事についての思惟であり、認識です。結局この悩みのもとになっているのは、身と心の関係なのだ、という理解は、『紫式部集』のみならず『源氏物語』の苦悩する登場人物たちの系譜、とりわけ宇治大君と浮舟に造型化されていることにうかがえます[3]。仏教の教える根本思想――因果律は本来、救済を求めるはずの教理教学でしょうが、それがインドから東方に至り、世俗化され宿世観として普及したわけですが、この考え方によって若菜巻以降、光源氏にしても宇治大君にしても、それぞれの人物の悩みが、出口のない「思考の堂々巡り」となってしまい、あたかも「囚われた牢獄」に、いわば檻の中に閉じ籠められてしまうものとみえるのです[4]。そのような苦しみは大君・浮舟において、焦点化され、解決されることのない物語の行く方、最終段階を迎えていたといえます。

繰り返しになりますが、忘れてならないことは、歌集は編まれたものだということです。そのとき、編者（おそらく紫式部）の手許にあったのは、歌を記した消息や書き付けなどだったでしょう。しかし、この家集の構成のためには、それらを組み立てる物語的な枠組みが必要だったと思います。(5) さらに言えば、さらに家集の底に、振り払いがたき思い出の記憶があったのではないかと思います。**晩年、家集の思い出の記憶の中心をなす歌を記し置くことが、自らの自己同一性 identity を表すことになる**に違いありません。

そもそも自撰家集とは基本的に自讃歌を選び出すものだと思います。ただ、その営為のわけは、愛すべき自らの歌に対する評価だけではないでしょう。これは必ずしも検証できるわけではありませんが、家集の根底にあったのは、歌を伴って光景の形をとって記憶されたものだと思います。『紫式部集』の詞書と歌の中に、そのような光景をみることができるとすれば、自撰であることにおいて、それは主に視覚的なものですが、ときには聴覚的、あるいは嗅覚的な記憶だったと思います。すなわち、繰り返されるのは骨格としての構図だけではありません。癒しがたい喪失の記憶であり、忘れ難い光景の記憶だったと思います。

物語では、景物を組み合わせることで風景が描き出されます。今ここでは、風景は物語の内部に構成される叙述法と捉え、光景は記憶のものとして区別しておきましょう。(6)

『源氏物語』の風景の特徴は、しばしば光源氏や薫など、登場人物のまなざしの捉えたものであり、人物の心情と外部の風景とが融合しているところにあります。これと同様に、『紫式部集』の詞書の中で、そのような風景の一端をのぞかせるのが、この二番歌です。家集の詞書は歌が詠まれるに至る事情を説明することが主たる機能ですが、表現されている詞書と歌の背後に作者の記憶する光景があると思います。

よく評されることですが、紫式部は、和泉式部と比べると、愛する夫を失った慟哭（どうこく）の歌がないと評されることがあります。その事実を直ちに、理知的とか理性的とかといった彼女の精神性に由来するものとだけ断言してよいかどうかは、いささか躊躇（ちゅうちょ）されます。

夫宣孝の急逝はおそらく、流行した疫病によるものだと考えられますが、次のような想像もできます。例えば、有名な『春日権現験記絵』(7)には、屋根の上から疫病神である鬼が、家の中の罹患（りかん）した男のさまを覗き込んでおり、もうひとり病に倒れた烏帽子（えぼし）の男が家の外に隔離され、地上に寝かされたまま祈禱（きとう）を受けて臥している絵があります。

このような事例を思い合わせますと、疫病に罹患した貴族の処遇と治療の実態について、私は寡聞（かぶん）にして承知していないのですが、笠井昌昭氏が示す歴史資料の中で『本朝世紀』正暦五（九九四）年四月二四日条が参考になります。

> 京中路頭構二借屋一覆二莚薦一、出二置病人一。或乗二空車一。或令レ人運二送薬王寺一云々。然而死亡者多満二路頭一。往還過客掩レ鼻過レ之。烏犬抱レ食。骸骨塞レ巷。(8)

笠井氏の言葉を借りれば、ひとたび疫病に襲われると、「京中の路頭に仮屋を構えて莚（むしろ）や薦（こも）で覆って病人を放置する」他なかったといえます。**もしかすると、疫病に倒れ隔離されたまま落命した夫の最期を、宣孝の正妻では**

なかった紫式部は直接看取ることができなかったのかもしれません。そうであれば、夫の記憶は、二九番歌から三七番歌のように、ありありと蘇る懐かしくも悲しい蜜月時代の記憶と、**四〇番以下のように、夫の死後耳目に入る事物や、周りの人々からもたらされる断片的な記憶の中にしか夫を想うよすがないこと、それゆえ大切な記憶を家集に集めようとしたことも、しかたないことだったかもしれません**。

さて、ここまで『紫式部集』には『源氏物語』と同様に、繰り返される同じ構図があり、歌に底流する記憶があることを述べてきました。家集の編纂時に、紫式部は思わず知らず一定の方向をもって歌を集め配列したと考えられます。その問題は、実践本と陽明本との間の違いでいえば、むしろ家集後半の撰歌方針の差に強く表れているのではないかと思います。

2 繰り返される構図と底流する記憶

それでは、『源氏物語』の「逝去する女性と後に遺された男性」の問題は、『紫式部集』の「逝った童友達と遺された私」とどのようにかかわるのでしょうか。根拠となる箇所を次に並べてみましょう。

冒頭歌・二番歌　童友達との別離と死

　はやうよりわらは友達なりし人に、年ごろ経て行きあひたるが、ほのかにて、十月十日のほどに月にきほひて帰りにければ

めぐりあひて見しやそれともわかぬまに**雲隠れ**にし夜半の月かな

　その人遠き所へ行くなりけり。秋の果つる日きてあるあか月に、虫の声あはれなり

泣き弱るまがきの虫もとめがたき秋の別れやかなしかるらん

三番歌　**宣孝の死**

さうの琴しばしといひたりける人、まゐりて御手よりえむとある返りごと

露しげきよもぎがなかの虫の音をおぼろけにてや人の尋ねん

一五　姉の死

姉なりし人亡くなり、また人のおとうとうしなひたるがかたみに、…

三九　友人の死

とほき所へゆきし人のなくなりにけるを、おやはらからなど帰りきて、かなしきこといひたるに

四〇　**宣孝の死**

こぞの夏よりうすにびきたる人、女院かくれたまへる又の春、…

四二　**宣孝の死**

なくなりし人のむすめの、おやの手かきつけたりける物を見ていひたりし

四三　**宣孝の死**

おなじ人、あれたるやどの桜のおもしろきこととてをりておこせたるに

四四　**宣孝の死**

絵に、物の怪のつきたる女のみにくきかたかきたるうしろに、鬼になりたるもとのめを、こほしのしばりたるかたかきて、おとこは経よみて、物の怪せめたるところをみて

なき人にかごとをかけてわづらふもをのが心の鬼にやはあらぬ

返し

ことはりや君が心のやみなれば鬼の影とはしるくみゆらん

四八　**宣孝の死**

世のはかなき事をなげくころ、みちのくに名あるところどころかいたる絵を見て、しほがま

見し人のけぶりとなりし夕べよりなぞむつましきしほがまの浦

五一の次の詞書　**宣孝の死**

さしあはせて物思はしげなりときく人を、ひとにつたへて、…

五三　**宣孝の死**

世の中のさはがしきころ、あさがほをおなじ所にたてまつるとて

きえぬまの身をもしるしるあさがほの露とあらそふ世をなげくかな

五四　**宣孝の死**

世を常なしと思ふ人のをさなき人のなやみけるに、からたけといふ物かめにさしたる女房のいのりけるを見て

わか竹のおい行くすゑをいのるかなこの世をうしといとふものから

五五・五六　宿世観の認識

身をおもはずなり、なげくことのやうやうなのめに、ひたぶるのさまなるを思ひける

かずならで心に身をばまかせねど身にしたがふは涙なりけり(9)

心だにいかなる身にかかなふらむおもひしれども思ひしられず

六四・六五・六六　小少将の死

新少将のかきたまへりしうちとけ文のもののなかなるを見つけて、かがの少納言のもとに

くれぬまで身をばおもはで人の世のあはれをしるぞかつはかなしき

たれか世にながらへてみむかきとめし跡はきえせぬかたみなれども

かへし

なき人をしのぶることもいつまでぞけふのあはれはあすの我が身ぞ[10]

というふうに、陽明文庫本（以下、陽明本と略す）に即して拾い出してみますと、出仕期歌群までこれほど人々の死の影を引きずるということは、喪失の記憶の光景が、特に前半の家集の底に持続的に流れている可能性があると思います。そして思った以上に、宣孝の死が色濃く影を落としていることが分かります。

例えば、そのような光景の核をなす景物（けいぶつ）は、冒頭歌では「夜半の月」です。それ以後、沈む夜半の月を見るとあの童友達との別れが思い出されてならない、あるいは、夜半の月とともに童友達との別れは記憶されているに違いありません。立ち去った童友達を想うよすがが夜半の月です。二番歌では、聴覚的な印象をもたらすのが「虫の音（ね）」です。夜通し暗闇の中で鳴き続ける虫の声、行く秋と友人との惜別（せきべつ）を鳴き弱る虫が引きとめがたい、逆らい難い別れに運命的なものを感じる、というような光景です。

そして実は、「めぐりあひて」と「鳴き弱る」の二首が、もともとは友人との離別と死といった個別の出来事を詠んだものでありつつ、冒頭歌・二番歌として据えられることによって、宣孝の死もまた重層化され包摂され

ているようにみえてきます。

さて、簡単に申しますと、右の引用の中で傍線を引いた箇所は、紫式部の離れ難い苦しみがうかがわれるところですが、一覧して明らかなように、宣孝の死の影を引きずると判断できる箇所がずっと並んでいます。宣孝を喪った心の傷がいかに深いものであるかが、配列の中で強く印象付けられるということが分かります。

なお、四〇番歌については、「こぞの夏より薄鈍（うすにび）なる人」が、宣孝ではないという解釈もありますが、「薄鈍」を着て喪に服することが、夫に対する情愛の深い浅いの判断で解釈の分れるところですが、私は、紫式部が律令の規定を守って夫の死に「薄鈍」を着ているという、南波浩『紫式部集全評釈』の説[11]を支持したいと思います。

さらに五四・五五番歌は、身と心という抽象的な表現をとっていますが、身と心との葛藤は『源氏物語』の登場人物がしばしば発言するときの思考のキィワードであるとともに、人物造型の原理でもあります[12]。その意味では、五四・五五番歌は若き日から結婚に至るまで、不幸な出来事から迷い込んだ苦しみの時期を経験して宮仕えしたというふうに、家集における歌群配列において、少女期・寡居期から出仕期へという、転換に伴う媒介的な役割を果たしているといえます。

ところで、拙速（せっそく）に印象だけをもって仮説とする軽率さは戒（いまし）めなければなりませんが、実践女子大学本（以下、実践本と略す）と陽明本とを指標として考える限りでは、極端に単純化して申しますと、定家本（実践本）は古本のもつ「日記歌」や『紫式部日記』から歌を取り出し、挿入・補訂したもので、若干の部分的錯簡が二次的に生じているかもしれません。いや、もしそうであるとしても、配列の「混乱」がなぜ後半に集中するのかを説明しないといけないのですが、これはなかなかの難問で、今すぐ答を用意できているわけではありません。ただ、考えられる可能性を示しますと、諸本間の対立を、陽明本・実践本に象徴化させれば、（Ⅰ）どちらかというと、**陽明本より実践本の方が、後半は紫式部歌をより多く蒐集しようという傾向がみえる、**ということなのです。

推測するに、おそらく出仕以後はそれ以前に比べて、詠歌の機会も公私にわたって多かったでしょう。そうすると、両本に共有されている前半部分をみるかぎり、編者としての紫式部は歌を捨てるに潔いといえます。これに対して、実践本の後半における歌の蒐集（しゅうしゅう）は、むしろ多くを残そうとする意志をもっているとみえます。また、実践本の編纂を紫式部ひとりのしわざと認めることは難しいと思います。あるいは、紫式部によって歌が厳選されているとしても、後半部分には、さらにその後、娘大弐（だいに）三位によってなのか、鎌倉時代の藤原定家によってなのかは分かりませんが、増補された可能性があります。

あるいは、もしかすると、代表的な伝本間に共有されている（Ⅱ）**このあたり**（陽明本五五・五六番歌の二首から、六二・六三番歌の二首までの付近）をもって、**この家集のある段階で一旦、家集が「閉じられていた」のかもしれません。というのも、後半は出仕期の歌ばかりが並ぶので、第一次の家集が出仕以前までの範囲で編まれていた可能性もある、**とみえるからです(13)。

付言すれば、この（Ⅰ）（Ⅱ）**という二つの考え方は**矛盾しません。少なくとも『**紫式部集**』**の成立は、**（Ⅱ）**の段階を経た上で、改めて**（Ⅰ）**の現象が生じたというふうに、複合的に考えて行くこともできます。**これは今後の課題です。

以上の内容を簡単にまとめますと、今のところ、空想的な仮説にすぎませんが、もし**この家集の前半が一次的（もしくは暫定（ざんてい）的）にひとつの纏（まと）まりをもって成立していたとすると、出仕以前・出仕以前で分けるときに、陽明**

本五五・五六番歌（実践本五四・五五番歌）が境、ひとつの境をなすのではないか、と言うことです。

なぜここがひとつの区切りだと考えられるかというと、現存『紫式部集』陽明本の五五・五六番歌「身と心」の歌は、他に見ない抽象度を持っていることが重要です。この二首は、出仕前後の苦悩の形を示すとともに、『源氏物語』の人物造型や主題にもかかわるものですから、この二首は出仕期前後までの半生を総括するとともに、後半生の思考を表象する役割を持たされたといえます。このことを思い合わせますと、外在的な徴証となるかどうかは分かりませんが、元禄板本で、上・下巻が「身」と「心」の歌（「心だに」陽明本五六番、実践本五五番）で区切られてい[14]ることにも成立上の痕跡があるかもしれません。

そうであれば、概観するかぎり、**陽明本も実践本も、一番歌から五五番歌までは、歌の配列はほぼ共有されているので、おそらくここまでの部分は、家集の「古い姿」をそのまま伝えていると考えられます。**ただ、陽明本には五一番歌の後に、詞書があるものの「一行空白」があって、ここでは歌が欠けています。実践本は歌「をりからを」を欠くので、この部分は陽明本の方が「痕跡としての古態」を記憶しているとみられます。

3 『紫式部集』歌の多様性と重層性

前節においては、二系統それぞれの最善本とされる陽明本・実践本二本は、家集前半において紫式部の心の傷が共有されているということを申しました。この印象は、実践本後半における紫式部歌の増益によって稀釈化されています。あるいは、見方を変えれば、この家集の後半は、紫式部の内面と外面、内部と外部、私と公というふうに、対照化が際立っているともみえます。このような印象の異なりを手がかりに、定家本の成立には、前半と後半とがさらに『紫式部日記』からの歌の挿入や配列の変更など、複合的な要因が働いている可能性があることについては、かつて触れたことがあります(15)。

一方、『源氏物語』の歌の機能や役割については、改めて検討するしかないのですが、『紫式部集』の範囲で、「紫式部にとって歌とは何か」を考えますと、次のように図式化できるでしょう。

従来から指摘されていますように、「歌人」としての紫式部の歌は人事の歌ばかりで、歌合への参加や屏風歌、題詠（だいえい）などの痕跡が家集には見られません。それでは、なぜそうなのか、紫式部が（あるいは後人が）家集編纂時に家集から排除したのか、もともと紫式部がそういう世界とは縁遠かったのか、紫式部は清原元輔（もとすけ）や曽祢好忠（よしただ）のような、世に「歌詠み」として認められていなかったと考えられますが、その理由についての判断は簡単にはできません。しかしながら、歌合の歌や題詠の歌が残っていたところで、紫式部歌全体の中でそれらは、必ずしも重い位置を占めるものではなかったと思います。そのような歌は、次に示した〔表〕の中では2・3という、どちらかというと表層の次元に属するものと考えられるからです。

もちろん『紫式部集』の歌は、詞書とともに絵画的もしくは視覚的、あるいは映像的な印象を与えるものが多いのですが、それだけではありません。旅中の詠歌のように、秀句のような言語遊戯的なものもあります。ただ、それらも紫式部の歌においても、表層に位置するものです。歌群配列という視点からみるかぎり、紫式部歌は並列的で平面的なものと映るかもしれませんが、紫式部歌の軽い重いはどのようにして測れるでしょうか。

今試みに、『紫式部集』歌を「言語化」の視点から層序化すると、次のようになるでしょう。先に光源氏物語の重層性をみる上で、人物の伝記（物語）の重層性を概観する〔表〕を作りましたが、左の表は紫式部の歌の重層性を見るもので、視点が違いますから両者を単純に併せることはできません。

〔表〕

層	意識	番号	項目	内容
↑表層 表現	↑意識的	1	**会話**	日常語
		2	**技巧**	表現技巧 修辞 言語遊戯 讃美
		3	**規範**	言忌み 禁忌 挨拶 儀礼性
		4	**思惟**	身と心との葛藤 思考の堂々巡り 思考の罠／囚われた牢獄(16)
表現以前		5	**言挙げ**	呼びかけ 訴え
深層↓	無意識的↓	6	**記憶**	**生の不安 喪失の記憶**

このように、『紫式部集』の歌は多様であることが明確になりますが、『源氏物語』の歌を対照させて簡単に説明を加えておきましょう。1は、紫式部の日常において、私的な人間関係の中で交わされる会話的な機能をもつ歌で、和歌のもつ儀礼性が最も希薄なものです。(17) この場合は、日常語、生活語が用いられるので、音数律を保ってはいるものの歌の属性の稀釈化された会話的な歌――和歌であるかないかは、境界的なものに傾いているといえます。

2は、贈答・唱和の機会であっても、行事や儀式の場であっても、詠まれる場と歌には晴（ハレ）か褻（ケ）かという相違が存在します。中でも、褻の歌よりも晴の歌や、少しばかりあらたまった褻の晴の歌においては、より整えられ飾られた表現が求められます。これには、饗宴(きょうえん)の場における言語遊戯的な秀句(しゅうく)なども含まれます。

[3]は、離別歌・哀傷歌・賀歌など、もともと儀礼的な場を踏まえた饗宴の場で披露(ひろう)されるものですから、伝統的な儀礼性が求められるので、典型的な形式に基くとともに、修辞や技巧など装飾的な側面が強く求められます[18]。ただ、『紫式部集』のみならず『源氏物語』における和歌は、儀礼性を踏まえつつ「言忌み」を破るような相において詠まれることがあります[19]。

[4]は、主としてまとまりをもつまでには至らない思考や思惟という、表現の基盤をなす水準です。先にも述べましたように、紫式部にとって、身と心との葛藤は、『源氏物語』の中でも、とりわけ女君によって繰り返されるキィワードです。身は「身の程」の謂で、宿世や宿命的なるものであり、心は認識の謂です。恐らく当時の仏教語でいえば、法相宗(ほっそう)の中心的教義である唯識(ゆいしき)の影響を受けていると思いますが、「数ならぬ身」という表現に対して、実践本五四番歌のように、あえて「数ならぬ心」というときには、出家志向あるいは仏に救いを求める心情をいいます。そのような身と心との葛藤を主として担うのが、主として「紫上・宇治大君・浮舟」などの女君たちであり、彼女たちの人物の系譜は、『源氏物語』の主題性にかかわっています[20]。

この問題を、紫式部の思考に照らしてみると、『紫式部日記』において、紫式部が出仕した土御門(つちみかど)殿のすばらしさを見るにつけて、「まして思ふことの少しもなのめなる身ならましかば」よかったであろうと思いながら、「ただ思ひかけたりし心の引くかたのみ強くて、もの憂く思はずに嘆かしきことのまさる」ことが苦しい。それならいっそのこと「いかで今はなほもの忘れしなむ。思ふかひもなし。罪も深かんなり」と苦悩しています。そのような思考の反芻(はんすう)、堂々巡りは、晩年の紫上や宇治大君の苦悩と重なり合うものであり、いっそ思い切って悩みを捨ててしまおうとする諦念（ていねん）は、浮舟の行動の基盤だといえます。これらの人物造型が、身と心という語句で言語化されるところに、紫式部の思考のキィワードがあります。もう少し言いますと、4の思惟の水準において、言葉にのみ囚われている人物が大君です。一方、表現の深層に至る、柴舟や浮舟といった選び取られた景物をもって表象され造型されるのが浮舟だといえます。他の歌人で詠歌にこのような重層性を認めうるか、よく考えてみなければなりません。

いずれにしても、従来、紫式部歌の特徴としてよく議論されてきたのは、主として思想性を担う4の次元でした。そのような次元の、さらに深層にあるのが5歌というものの原初的な属性です。若紫巻において、光源氏に自分が誰のゆかりなのかと問い質（ただ）す若紫の「かこつべき」の歌、須磨巻における光源氏との別れにわが命と引き換えに目の前の別れを止めたいという紫上の「惜しからぬ」の歌、若菜上巻において朱雀院に対する諫言（かんげん）や批判とすら見える紫上の「背く世の」の歌など、時に暴発するような正述心緒の歌を詠む若紫、もしくは紫上の歌には、歌の根源的な訴え（と呼ぶことのできる機能）が噴出したものともみえます。

さらに、**私がここで注目したいと考えるのが、6の次元の問題です。これは無意識の領域における不安の衝動であり、言語の未分化の領域です。**

この家集を覆う多くの友人や夫、親しい人々を失った喪失の記憶は、実に重いものです。さらにここにいう不安とは、まず天変地異によるこの時代を覆（おお）っていた空気、雰囲気であり、世界がどうなってしまうのか分からないというような不安と想像できます。繰り返しになりますが、特に『日本紀略』『扶桑略記』などが伝えるように、正暦年間（九九〇～四年）や長保年間（九九九～一〇〇三年）は疫病の大流行した時期でした。[21] すでに指摘されているように、夫宣孝が急逝した理由が、疫病に罹ったことにあることは間違いないでしょう。それらの時期に、疫癘が蔓延していて人々の不安――いつ自分が罹患するか分からない、いつ落命するか分からないといった空気が、時代と社会を覆っていたであろうことは想像に難くありません。その不安とは、形のない不安、地に足の着かないような不安であってこそ、「浮き世」であり「憂き世」であることは成立します。

いずれにしても、**この家集全体を覆う暗さは、時代の空気を反映したものであると同時に、紫式部の心情から滲み出たものだといえる**でしょう。『紫式部集』の旅の歌群にみえる、一二番歌「かき曇り」における「浮きたる舟」の「静心なき」感覚は、和泉式部歌や赤染衛門歌の中で舟に乗ったときの不安、舟に寄せた不安の感覚とは比較になりません。紫式部歌の「浮きたる舟」の感覚は、『源氏物語』宇治十帖に繰り返し出てくる、柴舟の光景を媒介として、さらに浮舟として言語化され人物造型の基盤をなしています。[22] さらに、『紫式部集』は冒頭歌・二番歌に始まる、「夜半の月」や「鳴き弱る籬の虫の音」をめぐる喪失の記憶、光景が『源氏物語』において繰り返される構図を基盤としているといえます。

これを家集の問題として考えてみますと、現在の歌群配列の中で、宣孝との新婚時代の歌群には全く暗い影は差していませんが、疫病による夫の急死以降、家集でいえば四〇番以降、受領の妻としての人生は狂ってしまい、さらに晩年になって若い日々の記憶を辿ってみると、わが死生観や宿世観などが前景化してきたというふうに構成されているとみられます。[23]

ちなみに、[6]にかかわる事例として繰り返される「行く方なき」「行く方知られぬ」という表現も、浮舟の語の印象、不安の表象、生の感覚を示すものです。一方、この表現は、紫上の晩年にもみられます。そうであれば、紫上や浮舟は[5]・[6]の水準から発する人物といえるゆえに重いわけです。

さらに5・6の関係について付言しますと、未分化な光景や感覚を、言語行為として呼びかけ、訴えることにおいて両者は、裏表の関係にあるといえます。形のないものに形を与えて行くのが言語行為であり、具体的にいえば景物を用いることだからです。

ちなみに、この〔表〕には明示していませんが、さらに最下層に7として精神の闇や混沌の世界を想定することもできますが、221頁の〔表〕は、言語化の層をみるものと考えて、ここでは除外しています。

いうまでもなく221頁の〔表〕は、『紫式部集』の和歌の重層性を説明しようとするものですが、『源氏物語』の重層性とも幾らか重なるところがあります。この、物語と和歌とを含む表現の全体像の検討については、他日を期したいと思いますが、ただ私は、別の章で触れましたように、物語の基層には神話を想定しています。それは物語が叙述という説明の原理をもつからです。いうまでもなく、歌は説明ではありません。歌の根底にあるのは、言挙(ことあ)げとしての衝動5であり、まだ言語化されてない記憶である6です。

まとめにかえて

私が大学院生の頃、『古事記』や『日本書紀』における古代歌謡の専門家であった恩師土橋寛は、バラバラにみえる現象について、例えば、調べて報告した用例や事例を御覧になるや、まず「分類してみよ」とよく申しておりました。何も考えずにじっと見つめていると、古いものと新しいもの、軽いものと重いもの、本質的なものと派生的なもの、というふうにおのずと分けられるというのです。つまり、事柄の認識は分類をすることだというわけです。

とはいえ、このように粗忽（そこつ）な整理を試みたのは、分類することが目的ではなく、『紫式部集』の歌が実に多様であり、かつ歌に軽重があることを示すことができると考えたからです。
とりわけ、その中で考察の手がかりとしたことは、「繰り返される構図」や「喪失の記憶」に基く、歌にかかわる人間関係の構成的な配置であり、それらは『源氏物語』では繰り返して主題を問う重要な役割を果たしていることにあります。**特に強調すべきは、『紫式部集』では、そのような構図を根底から支えている光景が、6の層であって、それがこの家集に底流するものであり、後代の我々には辿りにくい編者の記憶の中にあったはずのものだということです。**

注

（1）「『源氏物語』繰り返される構図」『表現としての源氏物語』武蔵野書院、二〇二一年。このような「構図」に対する注目は、すでに駒尺喜美『紫式部のメッセージ』（朝日新聞社、一九九一年、一四六頁）にあります。注（4）参照。ただ、私はもしかするとこのような構図に、天人女房型の神話の枠組みが働いているかもしれないと考えています。
『源氏物語』におけるこのような構図の繰り返しにも、単に人物の対偶関係の繰り返しがあるという水準と、この構図とともに「私を残して逝かないでくれ」という台詞も併せて繰り返されているという水準とがあります（本書「2「女君の生き方」参照）。

（2）「紫式部の表現」『紫式部集』歌の場と表現』笠間書院、二〇一二年。「寡居期の歌群」『家集の中の「紫式部」』新典社、二〇一二年。

（3）「『源氏物語』の系譜と構造」『『源氏物語』系譜と構造』笠間書院、二〇〇七年。

（4）注（1）一六頁、三一〇頁。この**「思考の堂々巡り」や「囚われた牢獄」といった現象は、『紫式部日記』における苦悩の形であるとともに、『源氏物語』の宇治大君において、究極的な形をとって表象されてくる苦悩の形です**。

近代文学や女性学の優れた評論家であった駒尺喜美氏は、今から三〇年以上も前に「紫式部は女の不幸を閉じられた円環と見ていたのではないかと思う。どこにも脱出口のないものとみていたのではないだろうか。それが深い深い動機となって『源氏物語』が書かれたのだとわたしは思う」（「『源氏物語』の主人公たち」、注（1）『紫式部のメッセージ』六三頁。傍線・廣田）と論じています。また「『源氏物語』は女と男のすれちがいの物語といってもいいほどである」とも論じています（同、一四七頁。傍線・廣田）。私は、このような指摘が『源氏物語』の文芸批評としては特筆すべきものだと思います。本書は、駒尺氏の指摘を再確認することだったかもしれません。

ただ、私は**近代的な読みに陥らないようにしたいと思いますし、何よりも古代物語として読むように注意したい**と思います。そのためには、研究ということから申しますと、なぜそのように言えるのか、どのようにそうなのかを論証する必要があります。

（5）「第六講『伊勢物語』と『紫式部集』一代記の様式」『講義　日本物語文学小史』金壽堂出版、二〇〇九年。及び「『数ならぬ心』考」及び「話型としての『紫式部集』」、注（2）『『紫式部集』歌の場と表現』。

（6）「『源氏物語』における風景史」『文学史としての源氏物語』武蔵野書院、二〇一四年。

（7）『春日権現験記絵』第二段の絵は、「屋根の上に見える鬼は冥界の使者だが、ここでは疫神と同一視されているとおぼしい」と評されています（池上洵一代表、神戸説話研究会編『春日権現記絵注解』和泉書院、二〇〇五年、一〇〇頁）。

（8）笠井昌昭「わが国十世紀末における疫病の流行とその影響について」『文化学年報』第一四輯、一九六五年三月。引用の本文は、『国史大系　本朝世紀』吉川弘文館、一九六四年、一八四頁。

（9）実践本では初句「かずならぬ心」、五句「心なりけり」という異同があり、歌の意味するところは、ずいぶんと違ってきます。「『紫式部集』「数ならぬ心」、注（2）『『紫式部集』歌の場と表現』。本書「2　女君の生き方」、注（18）。

（10）『紫式部集大成』（笠間書院、二〇〇八年）による。

（11）南波浩『紫式部集全評釈』笠間書院、一九八三年、二三七頁。

（12）「文学史としての『源氏物語』」、注（6）『文学史としての源氏物語』

（13）「『紫式部集』における歌群構成」横井孝・廣田收共編『紫式部集の世界』勉誠出版、二〇二三年。

（14）南波浩『紫式部集の研究　校異篇・伝本研究篇』笠間書院、一九七二年、五六頁。

（15）注（13）に同じ。

（16）「平安京の物語・物語の平安京」並びに「『源氏物語』女三宮の恋」『表現としての源氏物語』武蔵野書院、二〇二一年、一六頁・三一〇頁。及び「文学史としての『源氏物語』」、注（6）『文学史としての源氏物語』。

（17）和歌は本来、儀礼的な性格をもちますから、基本的には歌語による表現ですが、時に日常的な言葉を用いる場合もあります。和歌が、あたかも会話のように詠まれる場合をいいます。その具体的な事例は、二五番歌「ここにかく」などは、そば近く仕える女房とのやりとりで、ごく親しい間柄の中で詠まれたものかと考えられます。

『源氏物語』は一見すると、古文の文章語で書かれていると思われるかもしれませんが、当時の会話語も含まれていますし、会話的な和歌もあります。この問題は別の機会に検討したいと思います。

(18)『紫式部集』歌の場と表現』笠間書院、二〇一二年。『紫式部集』を分析する私の基本的な視点は、古代歌謡論の土橋寛(ゆたか)氏の説かれた、古代和歌は歌が詠まれた場に即して理解する必要があるという分析方法に学ぶところが多いものです。

(19)辻和良・廣田收共編『物語における和歌とは何か』武蔵野書院、二〇二〇年。ここで、廣田は「言忌み」の禁忌を破る形で歌は言挙げされるものであり、このような事象は他の文芸において希薄であるということを明らかにしています(「『源氏物語』における詠歌の場と表現―「言忌み」をめぐって―」)。

(20)注(12)に同じ。

(21)宣孝の没年は、すでに指摘されてきたように、『尊卑分脈』によると「長保三年四月廿五日卒」(『国史大系 尊卑分脈』第二篇、吉川弘文館、一九六六年、六〇頁)とされています。

ちなみに『小記目録』には「長保三年四月二日、世間疾患熾盛事」(『大日本古記録 小右記』巻、岩波書店、一三八頁)とあり、この蔓延の波に宣孝は呑み込まれたものかと考えられます。『権記』長保三年四月二〇日条は、賀茂祭に寄せて「或云、禊日見物之車財百両許、往還之者非幾、依疫癘滋蔓、夭亡之者多、触事催無常之観云々、仍見物計車不可至〔過カ〕二百両、(略)」(『史料纂集 権記二』続群書類従刊行会、一九八七年、一〇四～五頁)とあります。

(22)「『源氏物語』における存在の根拠を問う和歌と人物の系譜」『古代物語としての源氏物語』武蔵野書院、二〇一八年。

（23）本章の内容は注（13）、「『紫式部集』旅の歌群の読み方」『紫式部集の世界』（勉誠出版、二〇二三年）と重なる部分があります。

6　紫式部像の形成

はじめに

紫式部がどんな人だったかということを考えるために、仲間の歌人たちとの交遊、特に和歌の贈答・唱和の中で、いかにして紫式部像が形成されているかを考えてみましょう。

福家俊幸氏は『紫式部日記』には「実に六八名にも及ぶ女房達が登場」し、「彰子方女房が四十四人で、道長方女房六人を加えると五十人ということになる」と述べています[1]。つまり、紫式部の周辺にいた女房は一律ではありませんでした。それでは、具体的にどのような人たちであったかということを考えてみましょう。

まず主家(しゅけ)の意思を体現して働く女房たちがいます。例えば、紫式部が里下りした折、中宮あるいは道長の出仕要請の希望を伝えてくる側近の女房たちです。彼女たちは背後に主の存在を感じさせるので、紫式部に緊張を強いる存在として描かれています。さらに、行幸に随行(ずいこう)してきた内裏女房たちもいます。ただ紫式部は、『紫式部日記』にみるかぎり、彼女たちとは交渉することがなかったかのようにみえます。

これに対して、主家に仕える仲間としての女房たちの中には、中宮の教育係として紫式部と同様の立場にあると思われる赤染衛門や和泉式部、伊勢大輔たちがいます。さらに、いつも紫式部の周りにいて日常を共にする身分の高い女房たち、小(こ)少将の君、宰相の君、大納言の君などがいます。同じ中宮付きの女房とはいえ、両グループは紫式部という存在に対する集団としての性質が違います。

というのは、『紫式部日記』のいわゆる消息文の中で、紫式部が辛辣な批評を加えている赤染衛門や和泉式部の二人について言えば、意外なことですが、このような受領の娘たちと『紫式部日記』にも『紫式部集』にも紫式部との贈答・唱和などが残されていないのです（本書「まえがきにかえて」参照）。彼女たちは、いずれも当時歌人としての名声があり、家集も残しているほどなのに、紫式部と歌の贈答・唱和が『紫式部日記』にも『紫式部集』にも全く記されていないことは、この日記の性格によるものか、あるいは、あえて排除されたものか、いずれにしても何らかの訳があるでしょう。逆に言えば、『紫式部日記』においても『紫式部集』においても、また「日記歌」を含めて、小少将の君、宰相の君、大納言の君などとの贈答・唱和は、随分と重く扱われているように見えます。

かつて山上義実氏は、『紫式部集』の贈答歌を取り上げ、「『源氏物語』の創作に駆り立てる深い物思いに沈む紫式部」の「人付き合いの悪い非社交的な孤高の人といった印象」がある一方、「友人ともよく交際し、時には隔意ない極めて親密な友との心の交流が、人生観、世界観の形成に大きな影響を及ぼし」ていると述べています。特に、友人たちが「精神の奥深い部分の思いを親しく語り合い、共感し合える存在であった」ことを論じています。[2]これは紫式部周辺の女房たちとの交友を考える上で重要な指摘です。

このような考察を踏まえて、紫式部にかかわる女房たちを、中宮のもとで中宮の意を受けて働く女房たち、名声を求めて張り合う中臈の女房たち、そして心を許すことのできる友人としての上臈の女房たち、というふうに分類してみますと、歌人としての紫式部像が重層的に浮かび上がってくるに違いありません。

1　『紫式部日記』の女房たち

『紫式部日記』は、基本的に中宮彰子の御産・皇子誕生をめぐる道長一族の繁栄を寿ぐという主題をもっています。それでは、どのように描いているのかと申しますと、中宮御産という出来事を、伺候する女房の視点から、刻々動いて行く女房たちの配置の変化をもって、ことの経緯を伝えるところに、この日記の特質があります。(3)

その中で、先にも述べましたが、『紫式部日記』には「内の女房」と呼ばれる内裏の女房と、道長もしくは中宮付きの女房というふうに、所属上の区分があります。さらに、中宮付きの女房にも上臈女房と、受領階層の子女の女房と、さらに下仕えの女官たちというふうに、階層の区分があります。

例えば、寛弘五（一〇〇八）年九月の一〇日、御帳の東面には内裏の女房が伺候しています。十一日になると、中宮は廂間に移っています。すると、女房たちは東南に移動し、道長の座が置かれると、そこに宰相の君たちが伺候しています。もうひとつの座には中宮付きの女房たちが集まり伺候する、というふうに記されていて、この中に大納言の君、小少将の君たちがいます。彼女たちは、皇子の誕生後、儀式や儀礼において重要な任務を担当しています。例えば、皇子誕生後の儀礼において、

> 御湯殿は宰相の君、御むかへ湯、大納言の君、ゆまきすがたどもの、例ならずさまことにをかしげなり。宮は、殿いだき奉り給ひて、御佩刀小少将の君、虎のかしら宮の内侍とりて御さきにまゐる。(4)

とあります。産湯の儀式には宰相の君、大納言の君が奉仕し、皇子の御佩刀を小少将の君が奉持しています。おそらく紫式部は、道長の要請によって出仕し、受領の子女でありながら、特に中宮教育のために特別扱いをされていますが、身分上儀式にはそれほど重要な役割を与えられてはおらず、むしろ記録係を役割として与えられて

いた、と予想できます。つまり、出仕後、権貴たちとの間で身分の懸隔を意識せざるをえなかった紫式部にとって、そのような上臈女房との交流は、憧憬であるとともに栄光であったと推測できます。個性の強い周りの中臈女房たちや（清少納言は措くとしても）、赤染衛門、和泉式部などに比べて、慎み深い上臈女房こそ、紫式部にとって心の休まる、心の交流のできる女房たちであったといえます。

2 中宮の意思を伝える女房たち

紫式部周辺の女房たちを考えるために、『紫式部日記』と『紫式部集』との記事の比較をしてみましょう。例えば、『紫式部日記』に、

> 九日、菊の綿を、兵部のおもとのもてきて、「これ、殿のうへの、とりわきて、いとよう老のごひすて給へと、のたまはせつる」とあれば、
>
> 菊の露わかゆばかりに袖ふれて花のあるじに千代はゆづらむ
>
> とて、返し奉らむとするほどに、「あなたにかへりわたらせ給ひぬ」とあれば、ようなさにとどめつ。(5)

とあります。「殿のうへ」すなわち道長の妻倫子から下賜された菊の綿を、紫式部のもとに届けるために仲介したのが「兵部のおもと」であったことが分かります。「菊の上の綿」とは、前日に菊の上に綿を乗せ、置いた露で、九月九日に顔や体を拭うと若返るとされた俗信のことです。もし『紫式部日記』や『紫式部集』に、紫式部に対する倫子の歌が記されていれば、おそらく「兵部のおもと」は必ず紫式部に伝えたでしょうし、家集はとも

かく、日記にも記されたでしょう。したがってこの場合、特に消息などはなく、おそらく綿だけを「いとよう老のごひすて給へ」という倫子の言葉とともに下賜されたと考えられます。

そう考えますと、歌「菊の露」は、倫子からの賜り物に対して用意された御礼の挨拶としての返歌です。竹内美千代氏の評するように「延命を願う賀の歌」と考えられます。[6] そしてこの歌は、新大系が指摘するように、『後撰和歌集』秋下、三九五番、藤原雅正の「露だにも名だたる宿の菊ならば花のあるじや幾代なるらむ」を踏まえて詠まれたものとみられます。[7]『紫式部日記』では、用意したこの歌が倫子に返す機会を失ったと記されていますが、ことさらに無念さばかりを言う必要はありません。[8] むしろ「とりわきて」とあるように、特に紫式部を名指しで下賜されたことの喜びを記しとどめたものでしょう。もう少しいいますと、そのような機会に、為時の娘という、いわば受領（ずりょう）階層の子女であるにもかかわらず、私のことを忘れず声を掛けていただいた、そのような名誉と感激とを記しとどめたものであるとみることができます。

ところで、『紫式部集』には、そのような介在した女房の名前は記されていません。陽明文庫本では、日記歌第六番歌に、

　　九月九日きくのわたをこれとののうへいとようおいのごひすてたまへとのたまはせつるとあれば

　菊の露わかゆばかりに袖ふれて花のあるじにちよはゆづらん[9]

とあるばかりです。いうならば、『紫式部日記』では事実関係を重要とするのでしょうが、『紫式部集』では「倫子と私との関係」に強く関心が向けられているといえます。陽明文庫本は、むしろ倫子から「言葉」を賜ったこ

とに力点があります。菊の綿よりも、倫子の心遣いに感激しているのです。

一方、実践女子大学本（以下、実践本と略します）では、一一四番に、

九月九日きくのわたをうへの御かたよりたまへるに
きくのつゆわかゆばかりにそでふれて花のあるじに千世はゆづらん(10)

とあります。これでは「うへの御かた」から、とりわき御指名にあずかり言葉を賜ったことの光栄というよりも、菊の綿を下賜されたこと、そのことが光栄だということが強調されることになります。微妙な異同ですが、『紫式部日記』と陽明文庫本日記歌、そして実践女子大学本との性格の相違が顕著に見える事例です。いずれにしても、紫式部にとって兵部のおもとは、打ち解けて心を通わすような交遊関係にはありません。この場合、紫式部へ仲介する女房は、倫子の意思を体現して振る舞う存在だったといえます。

同様の事例は他にもあります。例えば、『紫式部集』陽明文庫本第九四番歌に、

正月十日のほどに春の歌たてまつれとありければ、まだいでたちもせぬかくれにて
みよし野は春のけしきにかすめどもむすぼほれたる雪の下草

とあります。これが、加納重文氏の説くように、寛弘四（一〇〇七）年正月一〇日の立春の正月のことなのかどうかは、今措くことにしましょう。(11)紫式部は、『紫式部日記』の本文によると、寛弘二年（三年説もあります）一

二月二九日に初出仕した後、すぐに退出したとみられます。そこで、中宮から「春の歌奉れ」と仰せがあったとあります。言うまでなく、歌を奉れということは、なぜ退出したのか、なぜ出仕しないのか、申し開きをせよ、早く出てこいという中宮の意思が籠められているわけです。

この詞書の中では、「かくれにて」が難しい表現です。実践本には「かくれかにて」とあります。竹内氏は「自宅以外」の「縁故先などに、秘密の隠れ家」と理解しています[12]。清水好子氏は「式部の実家ではなく」「身を潜めていた感じ」があると理解しています[13]。

問題は、この歌が修辞を凝らしたものだということです。「みよし野」は大和国の歌枕ですが、「御世」を掛けています。また後藤祥子氏は、この歌が『古今和歌集』雑下、九五〇番、読人不知「み吉野の山のあなたに宿もがな憂き時の隠れ処にせむ」を踏まえているとみています[14]。もちろん「むすぼほれたる雪の下草」は、ふさぎ込んでいる自己の表象に他なりません。結局、この歌は、田中新一氏が指摘されるように、「立春」に詠歌の「所望」があり、仲介した「同僚に対する私信歌」である[15]、というよりも、紫式部は仲介した女房の向こう側の存在、明らかに中宮を意識して、褻の意識より晴の意識を強くして挨拶としての返歌をしていると見るべきでしょう。

もう一例見ておきましょう。『紫式部集』陽明文庫本（以下、陽明本と略します）第五七番歌に、

やよひばかりに、宮の弁のおもと、いつかまいりたまふなどかきて
うきことを思ひみだれて青柳のいとひさしくもなりにけるかな
返し　　哥本ニなし

とあります。「哥本ニなし」という写本の段階で、親本にすでに欠けていたということでしょう。詞書にいう「やよひばかりに」とは、初出仕の後、退出した時期のことかと考えられます。田中新一氏は、具体的に寛弘四（一〇〇七）年三月のことかと述べています。(16)「宮の弁のおもと」は中宮付きの女房で、清水好子氏や萩谷朴氏は、源扶義の妻義子かとされています。(17) ただ、「うきことを」とは、恋愛関係の悩みというよりも、(18) 宮仕えに伴って添い加わった新たな苦悩のことなのかどうか、と思いますがよく分かりません。

いずれにしても、この歌は「宮仕え人の私信という形式(19)」をとりつつ、中宮からの参内の促しの意が託された歌です。つまり、ここには記されていませんが、中宮からの言葉か歌かに添えて、いや、わざわざ中宮からの促しそのものであるよりも、それとは別に、歌「うきことは」は、私信として宮の弁から送られてきたものかもしれません。(20) 宮の弁の御許が中宮の意思を伝えるだけなら、なぜ出仕しない、早く出仕せよ、という内容を伝えるだけでよいと思いますが、でなければ、上句の「うきことを思ひみだれて」という修辞は要らないといえます。やはり「うきことを思ひみだれて」の上二句は、「糸」と副詞の「いと」と、掛詞を転換の仕掛けとして、長らくの無沙汰を案じる心情を伝えるのに、内容上必要だったとみるべきでしょう。つまり「宮の弁のおもと」は紫式部と宮廷の憂鬱（ゆううつ）を共有する女房とみてよいでしょう。その意味で、前の兵部の御許とは、人間関係のスタンスが少しばかり異なるといえます。

ちなみに、右にみましたように、陽明本には、「返し哥本ニなし」とあって欠歌が認められますが、実践本第六〇番歌には、

やよひばかりに宮の弁のおもといつかまいりたまふなどかきて

うきことをおもひみだれてあをやぎのいとひさしくもなりにけるかな

返し

つれづれとながめふる日はあをやぎのいとどうき世にみたれてぞふる

と返歌が記されています。宮の弁の御許の歌に対する紫式部の返歌が、宮の弁の御許の用いた、青柳の糸という修辞をあえて繰り返し用いることによって、御互いに出仕の悲哀を理解しあえる親密さがあるということが確かめられます。

3 親密な女房① 小少将の君

親密な女房たちの中でも、紫式部と深く心情を共にする女房たちがいます。『紫式部日記』では、特に親密な女房三人のうち、歌の贈答・唱和の認められるのが、小少将の君であり大納言の君です。例えば、皇子誕生後、五十日の宴が果て、宰相の君と紫式部の二人が道長から歌を求められ、共に困惑している場面があります。ただ、この二人同士が歌を交わしている場面は現存日記にはありません。『紫式部日記』に、誕生した皇子のもとへ、行幸の間近くなるころ、

小少将の君の、文おこせたる返りごと書くに、時雨の、さとかきくらせば、使もいそぐ。「また空のけしきもうちさわぎてなむ」とて、腰折れたることやかきまぜたりけむ。暗うなりにたるに、たちかへり、いたうかすめたる濃染紙に、

雲間なくながむる空もかきくらしいかにしのぶる時雨なるらむ（小少将の君）

かきつらむこともおぼえず、

ことわりの時雨の空は雲間あれどながむる袖ぞかわくまもなき（紫式部[21]）

とあります。この箇所については、すでに考察が重ねられてきました[22]。例えば、萩谷朴氏は、「腰折れたる」云々について、「卑下とともに責任を回避した」と理解されています[23]。また吉井美弥子氏は、「表現主体の弧絶した状況」を指摘し、作者が他者と本質的に交流しえていないことを指摘されています[24]。また久保朝孝氏は「式部の歌の真意を朧化しようとする意図がほの見えて来そうである」と述べておられます[25]。

このような御説に導かれて、少しばかり私見を加えたいと思います。

小少将の君からの消息にはおそらく歌が記されていたでしょう。返事を書くにあたって使者は急ぐというので、ずいぶんとせかされた。だから、どんな返事を書いたのか、腰折れの歌を返したかもしれない、というわけです。しかし、このようなもの言いはおそらく紫式部の謙辞でしょう。すぐに小少将の君から消息が来た。時雨の空模様に合わせた料紙に、歌「雲間なく」が記されていた。その他にもおそらく何くれと書かれていたのでしょうが、日記に歌「雲間なく」しか記していないのは、大切なことはすべてこの歌「雲間なく」に集約されている、ということなのです。

そこで「かきつらむともおぼえず」は、先に出した消息に何と書いたのか、さだかには覚えていない、と小少将の君からの消息についていうのだとすると、とりあえず前の消息との脈絡をあまり考えずに返歌した、という意味になります。また「かきつらむこともおぼえず」が、後ろの歌に係って行くとすると、「雲間なく」の歌を記した返事の中に、他に何を書いたのかは覚えていないが（本当は、そうではないでしょう）、ただ「ことわりの」という歌だけは、ここに記しておきたいというふうに読めます。これも紫式部独特の省筆というか、急所だけを示す要約のしかたで、紫式部も、歌「ことわりの」を記して、歌の贈答だけで、ことの経緯を記しています。こうして歌「ことわりの」に私の真意は集約されていることになります。

あるいは、これは『紫式部集』にみえる左注と同じく、前歌の注にとどまらず、前歌と後歌とをつなぐ、いわば跨（また）ぐ機能をもつものと考えることもできます。つまり、消息の前後の脈絡もなく、自分が送った内容の詳細も覚えていないが、記した歌だけは残しておこう、と。**ことの詳細は措いて、この歌が私の送った消息の核心、真意であるというふうに記すところに『源氏物語』とも共有される、紫式部の表現方法がある**とみてよいと思います。

紫式部の歌「ことわりの」は、皇子誕生の折に道長と交した賀歌の贈答（七九番・八〇番歌）や、道長の求めに応じた女郎花の贈答（六九・七〇番歌）のように、古歌を踏まえたり修辞や技巧を凝（こ）らしたりした歌ではありません。宮廷に中宮付きの女房として出仕しているときのような挨拶の歌でもありません。晴と褻と、詠歌の場が違うのです。小少将の君が、今ごろ紫式部は涙にくれているであろうという、いたわりの歌を贈ったのに対して、紫式部は私の袖は乾く間もないと返しています。他者にみずからの内面をけどられないよう心を砕いていたはずの紫式部からすると、警戒もなく気を許した、実に甘えた歌だといえます。

それでは『紫式部集』ではどのように記されているでしょうか。陽明本「日記歌」八・九番歌では、

> 小少将君の文（ふみ）おこせたまへる返り事かくに、しぐれのさとかきくらせば、つかひもいそぐ空の気色も心地さはぎてなむとて、こしをれたることやかきまぜたりけむ、たちかへりいたうかすめたるにせんしに

雲まなくながむる空もかきくらしいかにしのぶる時雨なるらん

返し

ことはりのしぐれの空は雲間（くもま）あれどながむる袖ぞかはくよもなき

とあります。

陽明本「日記歌」八・九番歌では、詞書に「小少将君の文おこせたまへる返り事かくに」とあって『紫式部日記』でも『紫式部集』本体、ならびに陽明文庫本日記歌でも、基本的には上臈の小少将君や大納言君たちに「給ふ」敬語が用いられていて、身分意識が働いています。

陽明本六四番歌詞書

新少将のかきたまへりしうちとけ文のもののなかなるを見つけて

日記歌四番歌詞書

いと長き根をつつみてさしいでたまへり

日記歌一〇番歌詞書

いとちかうふしたまひつつ物がたりしたまひしけはひのこひしきも

というふうにあって、周知のように『紫式部集』本体では「給ふ」もしくは「せ給ふ」敬語で待遇される存在は、まず道長、中宮、倫子たちです。家集本体と同様に女房である彼女たちに敬語で待遇したのは、日記歌の筆者が日記から抄出しただけではなく、敬語を用いないと落ち着かないという身分意識のゆえだと思います。

一方、実践女子大学本、一一五・一一六番歌は、同じ贈答ですが、

しぐれする日小少将のきみさとより
くまもなくながむるそらもかきくらしいかにしのぶるしぐれなるらむ

返し
ことはりのしぐれのそらはくもまあれどながむるそではかはく世もなき

とあります。ここでは敬語は介在していません。実際は、上臈・中臈の身分差はあるのですが、実践本では二人の間には隔てがない、というふうに意識されているように見えます。

ところで、私は先に『紫式部日記』や『紫式部集』に残された紫式部の歌は、和泉式部や赤染衛門に比べると、挨拶や儀礼の場における歌が多いところに特徴があると述べたことがあります。(26) 確かに、「ことわりの時雨の空は雲間あれどながむる袖ぞかわくまもなき」の歌は、上句の情景から下句の心情へ「ながむ」を媒介として転換させているのですが、ほとんど修辞や技巧がありません。つまり、この歌はどちらかというと、褻の場における正述心緒的な歌なのです。

正述心緒（せいじゅつ）ということですぐに想起される歌は、紫式部の、

水鳥を水のうへとやよそに見むわれも浮きたる世をすぐしつつ
としくれてわが世ふけゆく風の音に心のうちのすさまじきかな

などの独詠歌です[27]。研究者の間でも、よくこれらはなかなか良い歌なのに、なぜ家集に載っていないのか不審だと発言されることもありますが、これらは紫式部の褻、私的世界にあって、儀礼性の必要のない私的の場だからこそ、率直な心情を詠んだものでしょう。どうも紫式部自身は自分の歌については、技巧や修辞のない歌はあまり評価せず、家集に採る価値がないものと考えていたのかもしれません。

前者は水鳥が水に「浮き」たると、みずからの「憂き」たる世とを掛けています。後者はみずからの老いの「老け行く」と、夜が「更け行く」とを掛けています。ですが、掛詞はそれくらいにすぎません。これらもまた、修辞や技巧の少ない歌でした。このように、**紫式部の歌で、挨拶の儀礼的な性格の強い歌と、心情を率直に吐露されている歌とを認めることができます。**

考えて見ますと、『紫式部集』の冒頭から童友達、西の海の人、姉君と言い交した友人など、女友達は続いて登場しますが、彼女たちとのかかわりで選ばれた歌は、編纂という視点からみますと、あたかも独詠歌のように片方だけが取り出されて置かれている歌と、贈答・唱和の形をそのままとどめるものと、両方が存在します。そうしますと小少将の君が贈答・唱和の相手として登場していることは偶然ではないといえます。

4 親密な女房② 大納言君

『紫式部日記』において、紫式部がしばらく里下りしていた時期に、友人たちの思い出を記す条、ただえさらずうち語らひ、すこしも心とめて思ふ、こまやかにものをいひ通ふ、さしあたりておのづからむつび語らふ人ばかり、すこしなつかしく思ふぞ、ものはかなきや。大納言の君の、夜々は御前にいと近うふし給ひつつ、物語し給ひしけはひの恋しきも、なほ世にしたがひぬる心か。

浮寝せし水の上のみ恋しくて鴨の上毛にさえぞおとらぬ　（紫式部）

返し、

うちはらふ友なきころのねざめにはつがひし鴛鴦ぞ夜半に恋しき　（大納言君(28)）

書きざまなどさへいとをかしきを、まほにもおはする人かなと見る。

里居にあって、紫式部が最初に思い出した女房は、大納言の君だったとあります。中宮の御前近くに大納言の君とともに仕候したとき、親しく物語したようすが恋しく思われるのも、「なほ世にしたがひぬる心か」と嘆かれたとあります。家集の詞書と違って、歌「浮寝せし」は、地の文と連絡がなく、唐突に置かれているように見えますが、このような性格の詞書は、『紫式部集』の第二番歌にも見えるものです(29)。**住まいの定まらないように居場所が定まらないという、居心地の悪さの感覚は、間違いなく紫式部のものだと思います。**

出仕して気が付くと、本来の自分とは全く違う自分になってしまっていた、という感覚です。もちろん紫式部の歌には、相手が中宮の側近くにいることを意識してか、修辞が凝らされていて「浮寝」「水の上」「鴨の上毛」のような縁語、「浮」きと「憂」さとの掛詞が用いられています。ところが、大納言の君の歌には、「つがひし鴛鴦ぞ夜半に恋しき」と、あなたと私は鴛鴦だとあって、まるで恋人のように、率直に以前と変わらず紫式部に恋しさを歌っています。ここでは、大納言の君のほうが、正述心緒的な歌を詠んでいるわけです。屈折した思いをぶつけても、大納言の君は紫式部の憂鬱や悲嘆には触れていません。ただあなたが恋しい、あなたに会いたいというだけです。これ以上の優しさ、これ以上の慰めはないでしょう。

それでは『紫式部集』にはどのように記されているでしょうか。陽明本「日記歌」一〇・一一番歌には、次のようにあります。

大納言君の夜々おまへに、いとちかうふしたまひつつ物がたりしたましけはひのこひしきも、なほ世にしたがひぬる心か

うきねせし水のうへのみ恋しくてかものうはげにさへぞおとらぬ

返し

うちはらふともなきころのねざめにはつがひしをしぞよはに恋しき

一方、実践本、一一七・一一八番歌をみると、同じ贈答ですが、一一七番歌の詞書が大きく違います。

里にいでて大なこんのきみふみたまへるついでに

うきねせし水のうへのみこひしくてかものうはげにさえぞおとらぬ

返し

うちはらふともなきころのねざめにはつかひしをしぞ夜はに恋しき

ここでも歌っているのは、やはり御互いにあなたのことが恋しい、私もあなたのことが恋しい、と確認し合っているということです。紫式部が中宮付き女房として中宮の立場で代作・代詠（だいえい）するときには、晴の場で詠むことになりますから、技巧を尽くし装飾された表現をもってする必要があります。これと比べますと、上臈の小少将の君や大納言の君などとの贈答は、いかにも対照的なものです。

5　加賀少納言という存在

家集の性格を考えるとき、ひとつの手がかりとして、どのような歌でもって冒頭・巻末を縁（ふち）どっているかが手がかりになります。つまり、家集はどんな冒頭歌を冠しているか、末尾歌がどんな歌で綴じ目としているか、興味深いものがあります。

『紫式部集』実践本の本文は、次のような三首によって閉じられています。

　こせうしやうのきみのかきたまへりしうちとけぶみのものの中なるを見つけてかがせうなごんのもとに
くれれぬまの身をはおもはで人の世のあはれをしるぞかつはかなしき　（一一四番）
たれか世にながらへてみむかきとめしあとは消えせぬかたみなれども　（一一五番）
　返し
なき人をしのぶることもいつまでそけふのあはれはあすのわが身を　（一一六番）

とあります。

まず詞書において、小少将の君の書いた「打ち解け文」を見つけて、加賀少納言のもとに歌「くれぬまの」「たれか世に」を贈ったとあります。「打ち解け文」が見つかったのは、小少将の君（源時通の娘）没後の身辺整理の折なのか、あるいは後日、偶然のことであったかは分かりません。問題は、小少将の君の「打ち解け文」を小少将の君の「形見」と見ながらも、わが身のはかなさを意識するとともに、「人の世」のはかなさを思うことがある。また、誰だっていつまでも生き永らえて、このかけがえのない手紙を見ることはできないというわけです。

ここにみえる「加賀少納言」の存在に関しては、早く三谷邦明氏が「自撰の、しかも、ほぼ編年的に纏められた家集の、最後の総括とも言える和歌が、紫式部の自作ではなく、加賀少納言という経歴・素性の全く分らない女房の歌になっているのは、他の平安朝の私家集と比較しても不思議な現象なのである」といわれるのです。そして、加賀少納言の和歌が「個人的な哀悼の情の悲痛さを越えて、人間存在の根底にある虚無の深淵にまで下降し、人間の生無情さを凝視」するものだと論じておられます。そして、『源氏物語』『紫式部日記』『紫式部集』の読者として見た場合、「この最後を飾っている歌こそが紫式部にふさわしく」「この歌は充分に詠めるはず」だとして、「加賀少納言」を「紫式部の創作した架空の人物」かという。さらに「紫式部が自己を対象化・他者化しようとしていること」に「紫式部の虚構の方法の根源」があるとされています(30)。

実に鋭い指摘ですが、もし「加賀少納言」が架空の存在であるかどうか、またその歌を「紫式部の自作」であるかないかにこだわりすぎるとすれば、古代の和歌のあり方から外れて行くことになるおそれがあります。もしかすると、この人名、固有名詞そのものにあまり意味がないのかもしれないからです。むしろこの三首を末尾に配置するところに実践本の意図があり、定家の意図とかかわるのではないか、ということに立ち戻るのです。

一方、古本系の陽明文庫本では、この三首は置かれている位置が異なっています。

新少将のかきたまへりしうちとけ文の、もののなかなるを見つけて、かがの少納言のもとに、

くれぬまで身をばおもはで人の世のあはれをしるぞかつはかなしき　（六四番歌）

たれか世にながらへてみむかきとめし跡はきえせぬかたみなれども　（六五番歌）

かへし

なき人をしのぶることもいつまでぞけふのあはれはあすの我が身を　（六六番歌）

ここにいう「新少将」は小少将君のことでよいと思うのですが、この三首が、年代順的配列によるものか否かを問わずとも、古本系では家集の真ん中に置かれていることで実践本と比べて緊張感、無常観が異なる印象を受けます。古本系（陽明本など）か流布本系（実践本など）か、いずれの伝本に拠るとしても、初句「たれか世に」にはいうまでもなく「たれか世に」と「たれかよに（まさか）」とが掛けられています。と同時に、故人の書き残した言葉を「形見」と捉え[31]、故人の形見となった言葉がなお働きをもつことを伝えています。「死者の鎮魂というよりも生き残った者の無常観が前面に出る[32]」と、**人は命の限りあるものであるが、言葉が人の命を越えて存在し続けていることを改めて認識した、ということでしょう。そうでありつつ、それもまた他日、誰も確認することのできないものだという無常観は、表現としては和歌史から見ても新しいものでしょう。**

私が送った歌「くれぬまで」（実践本は「くれぬまの」と少なからず異同はありますが、今は措きましょう）と「たれか世に」と、返歌「なき人の」とを比べてみますと、加賀少納言の歌は、前二首に対して内容的には同義反復

になっています。つまり、ここには形式的な切り返しや拒否などは見られないのです。まさに、加賀少納言は同じことを歌っていて、紫式部の思いと深く共感してやまないわけです。そのことは『紫式部集』の「虚構」をいうこととは異質のことで、もはや加賀少納言が実在か実在でないかを超えてしまう問題です。

むしろこの三首は、その配列において故人の筆跡を契機に、人の世の悲しさから、誰も生き永らえて確認できない、命に限りのあることは誰も同じだというふうに展開して行きます。歌「たれか世に」は、返しの歌「なき人を」と同じ内容で、加賀少納言が誰か云々を超えて、同じ認識を共有しているということを確認しておきましょう。

6 哀傷歌の形式

勅撰集の哀傷歌として登録されている歌の中で、亡くなった人の書きつけた消息を見つけて詠じた事例に、次のようなものがあります。

①『古今和歌集』哀傷歌、八五七番歌

式部卿のみこ閑院(かんゐん)のみこにすみわたりけるを、いくばくもあらで女みこの身まかりにける時に、かのみこすみける帳のかたびらのひもにふみをゆひつけたりけるをとりて見れば、昔の手にてこの歌をなむかきつけたりける　　読み人知らず

かずかずに我を忘れぬものならば山の霞をあはれとは見よ

②『後撰和歌集』哀傷歌、一三九二・三番歌

女四のみこの文の侍りけるに、かきつけて内侍のかみに

右大臣

種もなき花だにちらぬ宿もあるをなどか形見の籠（こ）だになからん

返し　　　　　　　　　　　　内侍のかみ

結び置きし種ならねども見るからにいとど忍の草をつむかな

前者①について、新大系は式部卿宮について「敦慶親王」かとし、閑院第五皇女に「誰かは不明」と注しています。(33) 女みこの亡くなった後、帳に結び付けられた消息に、かつての女みこの筆跡で歌が記されていた。女みこの歌は、もし私を忘れないでいてくれるなら、山の霞を懐かしいものとみてほしいというものです。

後者②は、師輔の妻だった、醍醐天皇の皇女勤子内親王を偲んだ歌とされ、見つかった亡き女みこの消息に書き添えた歌として、右大臣が内侍（ないし）のかみに亡き女みこの消息を形見と見立てたものです。新大系は、「形見の子」に「筐（かたみ）の籠（こ）」を掛けると注しています。(34)

急ぎ調べてみましたところ、勅撰集において、哀傷歌で「形見」という表現を用いた事例は、『古今和歌集』にはありません。『後撰和歌集』でも当該の一三九二番歌の他になく、『拾遺和歌集』に「子」を妻の筐とみる一三二〇番歌「如何（いかに）せん」があるばかりです。『後拾遺和歌集』になると、急に「形見」の語の用例が増えます。「髪」が五六三番歌「あだにかく」、「墨染の衣」が五八九番歌「思ひかね」、「百和香」が五七九番歌「法のため」、筆跡をまねて贈られてきた消息が五八三番歌「これをだに」、「藤衣」を形見とみる五九一番歌「うきながら」などにみられることが分かります。なお「百和香」は、新大系が「薫香の一種。いろいろの花に香料を加えて製したもの」と注しています。(35)

また中世に至ると、『千載和歌集』では、「主なき家の桜」が五四七番歌「植ゑをきし」などが筐と表現されています。さらに、『新古今和歌集』では、「牡丹」が七六八番歌「形見とて」、「唐ぎぬ」が七七六番歌「おもひきや」、「草の上の露」が七七七番歌「浅茅原」、「雲」が八〇三番歌「なき人に」、形見と表現される事例がみられます。

特に『紫式部集』の「くれぬまの」と「たれかよに」と状況の類似した事例を探しますと、『新古今和歌集』の次の二首を挙げることができます。

右大臣通房身まかりて後、手習ひすさびて侍りける扇を見出してよみ侍りける

土御門右大臣女

③手すさびの儚き跡と見しかども長き形見になりにけるかな（哀傷歌、八〇五番歌）

通ひける女のはかなくなり侍りけるころ、書きおきたる文ども経の料紙になさむとて取り出でて見侍りける

按察使公通

④かきとむる言の葉のみぞ水茎の流れてとまる形見なりける（哀傷歌、八二六番歌）(36)

前者は、新大系によると、「作者は、通房の妻」とされています。また後者は「女の書きとどめておいた手紙を、漉き返させて、追善供養の写経の用紙にするのであろう」と考えられています。(37) 哀傷歌において、文や消息を「形見」とみる事例は、中世の勅撰集になると顕著になってきます。

そのことからすれば、亡くなった人の生前の消息を形見と捉え、人の生のはかなさを嘆くことは哀傷歌のひとつの伝統となったとみられますが、『紫式部集』の事例はその先駆けであるといえるでしょう。

そのように考えますと、まず歌「くれぬまの」について、南波浩氏が『古今和歌集』哀傷歌、八三八番、紀貫之の歌、

紀友則が身まかりにける時よめる　　紀貫之
あすしらぬわが身と思へど暮れぬまのけふは人こそかなしかりけれ

を「本歌」とすると述べておられることが注目されます。[38] 小町谷照彦氏や新大系もこの説を支持しているのですが、これを「本歌」として特定しうる根拠はどこにあるのでしょうか。さらにいえば、紀貫之の歌「あすしらぬ」では、関心は反省よりも故人を悼むことに向けられています。[39] 葬送や追悼の儀式的な場を予想させるものです。そのことは歌「あすしらぬ」が「哀傷歌」の部立に分類されていることからも推測されます。

特に根拠はありませんが、この末尾三首は、法要や追悼の儀礼や儀式の折というよりは、身辺の整理の機会に詠まれたものとみてよいでしょう。

7 『紫式部集』「日記歌」から見る女房歌の取り扱い

定家本系の最善本である実践本は、全部で一二六首の歌を載せています。これに対して、古本系の最善本である陽明本は一一四首の歌を載せるとともに、末尾にこれと重ならない一七首を「日記歌」として付載しています。

この二本だけの比較ですが、日記歌というものから、おそらく古本系がこの家集の比較的古い姿であり、定家本が、『日記』から重複しない歌を加えて、比較的新しい姿をもつことになったものと推測できます。

さて、両伝本の異同から分かる興味深い点のひとつは、当初古本系から排除されていると推定される歌が、一定の傾向をもっているのではないか、ということです。

『紫式部集』の「原形」が現存伝本の形から、どれくらい遠いか近いかは分かりませんが、陽明文庫本末尾の「日記歌」から推定すると、**ひとつの可能性は、この家集の初期編纂の原則において、同趣の贈答の重複が避けられているのではないか、ということです。**例えば、紫式部の贈答の相手によって分別すると、「日記歌」は、単純化すれば、次のようにまとめることができます。つまり、

① 同僚の女房との私的な贈答を排除したこと
　「日記歌」三番歌、同四・五番歌、同八・九番歌、同一〇・一一番歌

② 道長や倫子との贈答を排除したこと
　同六番歌、同一三〜一六番歌

③ 私的な独詠歌を排除したこと
　同一番歌、同二番歌、同七番歌、同一二番歌、同一七番歌、同一八番歌

などです。つまりこれらを、あえて排除した可能性が考えられます。問題は彼を排除し、此を採用することによって、何がどう際立つのか、家集の中の人物像はどう際立つのか。「日記歌」をめぐって次々に疑問は湧いてくるのですが、いずれにしても、私は、現存伝本の姿から遠くないと推測される**古本系の初期形は、家集内部に同じ人物との贈答を繰り返すことはせず、最少にして最大の形でもって家集としての統一性を追求したものでは**

なかったかと思います。[40]

8　紫式部の和泉式部評・赤染衛門評

これら「日記歌」の歌が（私の考えるとおり古本系のように）もし成立当初の本来の家集にはなかったものであるとしますと、①同僚の女房や、②主人方の人々との贈答・唱和について、同巧類似の内容の重複を避けようとする意図が働いていると考えられます。と同時に、③技巧の希薄な「独詠歌」について申しますと、現代の私たちからすれば、和泉式部のように心地よい調べとともに、心情を率直に表明したものを何となく良しとして受け入れるような感覚の方が理解しやすい。ところが、**紫式部は和泉式部のような「単純率直な詠み方」は稚拙なものであり、公・私の場の区別や、晴と褻の場の区別に応じて詠むこと、そしてむしろ装飾された表現をもって詠むことが、歌としては優れたものなのだと考えていたフシがあります。**

御承知のとおり『紫式部日記』の消息的部分と呼ばれている条に、同僚女房たちから始まって、同時代の女房に至るまで、遠慮のない批評が並んでいます。その中で、私が気になることは「和泉式部といふ人こそ、おもしろう書きかはしける」[41]の一文について、紫式部が和泉式部と直接歌や消息を「書きかはし」たかどうかは、意見の分かれるところですが、女房たちの交遊のありかたに対する理解に違いが生じます。しかるに、二人の間の歌の交流は『紫式部日記』にも『紫式部集』にも記されていません。紫式部は明らかに人間関係上重複して贈答・唱和の記載することを排除している、と考えられます。

さて、竹内氏は、紫式部が、和泉式部は「口に任せて詠み上げた中に、必ず目にとまるおもしろい一ふしがあって、口をついて歌が詠めるたちの人、即ち天才肌の歌人」であるとしながら「こちらが恥しさをおぼえるほどの歌人だとは思われない」と述べていると理解しています。(42)さらに興味深いことは、紫式部が「けしからぬかた」については触れずに、「文」の「才」を評価し、「はかない言葉」にも「にほひ」のあることを認めていることです。

よく知られていることですが、紫式部は若き日に古歌を学び、歌学書を読んだといわれています。それは、勅撰の三代集を始めとして、藤原浜成の『歌経標式』（序跋によれば、宝亀三（七七二）年の成立か）や、藤原公任の『新撰髄脳』（成立年代は未詳）などのことでしょう。もちろん紫式部とて当時の著名な歌人たちと直接の交流もあるにちがいありません。和泉式部の「口にまかせたることども」の詠みぶりについて評価しつつ、「はづかしげの歌よみとはおぼえ侍らず」というのは、**紫式部が正述心緒の詠みぶりにはあまり評価を与えず、儀礼性を踏まえた歌や、折節に寄せた寄物陳思の技巧こそ歌詠みの真骨頂であると、紫式部は考えていた**のだ、というふうに理解できます。(43)

それでは、赤染衛門については、どうでしょうか。

ことにやむごとなきほどならねど、まことにゆゑゆゑしく、歌よみとて、よろづのことにつけてよみちらさねど、聞こえたるかぎりは、はかなきをりふしのことも、それこそ恥づかしき口つきに侍れ。ややもせば、腰はなれぬばかり折れかかりたる歌を詠みいでて、えもいはぬよしばみごとしても、われもかしこに思ひたる人、にくくもいとはしくもおぼえ侍るわざなり。(44)

紫式部の赤染衛門評も、屈折しています。赤染衛門は「歌よみ」として詠み散らかすことはないが、知るかぎり

「はかなきをりふしのこと」も「恥かしき口つき」だというわけです。ただ「腰はなれぬばかり折れかかりたる歌」を詠むのだとみています。

問題は、にもかかわらず小少将の君や大納言の君など、特定の上臈女房たちには、紫式部が飾らない率直な表現をもって贈答していることです。これは矛盾ではありません。

和泉式部や赤染衛門に対する、これらの厳しい批評に比べると、『紫式部集日記』の消息部分において、上臈女房に対して、容貌や人格の讃美や好意的な歌に対する批評が記されていないことは注目に値します。

まとめにかえて

紫式部の心底を論じるとき、よく取り上げられる歌、『紫式部集』陽明文庫本、五八番歌は次のようです。

かばかりも思ひ屈しぬべき身をいといたうも上衆（じやうず）めくかなと人のいひけるをききて
わりなしや人こそ人といはざらめみづから身をや思ひすつべき

とあり、実践本と小異はありますが、異同の意味については、今は措くことにしましょう。

卑屈に落ち込んでしまいそうな、拙（つたな）きわが身の程なのに、女房たちは受領階層の紫式部を蔑（さげす）んで、彼女を上臈女房や貴婦人めいていると非難したといいます。新大系は、「周囲の嫉視反目の中で行きぬく決意の披瀝（ひれき）」(45)があると注しています。しかしそれは、中臈女房に対して向けられた紫式部の対抗意識であり、彼女たちとはげしく葛藤しながら、上臈女房たちに憧憬し、行動をともにし、心情を共にすることによって、みずからも上臈女房と（なれば）なりたかったと願った心の動きがなかったとはいえません。あるいは、それが叶わないところに回帰してくるのが憂き身のほどであったのかもしれません。

つまり、この五八番歌だけで、紫式部論の根拠とすることはできません。むしろ、階層化された女房たちを想定することで、**紫式部像は、単一のものと考えることはおそらく無理で、複合的、重層的に形成されているといわなければなりません。歌人としての紫式部像に、栄光と屈辱、憧憬と自己嫌悪、光と影、表と裏という心の動きを指摘する**必要があります。

注

（1）福家俊幸「寛弘日年の記の展開と方法」『紫式部日記の表現世界と方法』武蔵野書院、二〇〇六年、四二頁。女房については、すでに益田勝実、増田繁夫、加納重文などの各氏の論考が知られています。制度的にいえば、令制の女官と、権貴の私的女房とが存在します。また、上の女房、宮の女房、家の女房という区分のあることが指摘されています（小町谷照彦・倉田実編『王朝文学歴史大事典』笠間書院、第二版、二〇一二年、三二四頁）。

（2）山上義実「紫式部の交友―『紫式部集』を中心に―」『平安文学研究』第六二輯、一九七九年一二月。

（3）「『紫式部日記』の構成と叙述」秋山虔・福家俊幸編『紫式部日記の新研究　表現の世界を考える』新典社、二〇〇八年。

（4）池田亀鑑・秋山虔校注『日本古典文学大系　紫式部日記』岩波書店、一九五八年、四五二～三頁。以下、『紫式部日記』の本文の引用はこれに拠っています。

（5）注（4）に同じ、四四六頁。

（6）竹内美千代『紫式部集評釈』桜楓社、一九六九年、一七七頁。

（7）伊藤博校注『新日本古典文学大系　紫式部日記　付紫式部集』岩波書店、一九八九年、三六一頁。

（8）原田敦子氏は、倫子に対する紫式部の「精一杯の賀歌」が「無用のもの」になった「式部の孤愁とみじめさ」を述べています（「紫式部日記の方法　歌の場面の性格」『紫式部日記紫式部集論考』笠間書院、二〇〇六年、二五八頁。初出、一九七三年二月）。

（9）久保田孝夫・廣田收・横井孝編『紫式部集大成』笠間書院、二〇〇八年、二三四頁。以下、陽明文庫本の本文の引用はこれに拠っています。なお、一部表記を直しています。『紫式部集』という家集は、現在およそ四〇本の存在が知られています（南波浩『紫式部集の研究　校異篇・伝本研究篇』（笠間書院、一九七二年）では三八本、同『紫式部集全評釈』（笠間書院、一九八三年）では四一本を挙げています）。伝本は大きく分けて、二系統があります。すなわち、藤原定家由来の奥書（おくがき）をもつ実践女子大学本を代表とする定家本系と、系統を異にする陽明文庫本を代表とする古本系とに分かれます。私はどちらかだけを用いることを避けて、ここでは、

　実践本（定家本系）

　陽明本（古本系）

を代表させ、併せて論じています（本書「まえがき」、注（4）参照）。

なお、この歌群では、一条天皇の后で藤原道長の娘、彰子中宮付の教育係として女房になった紫式部が求められた役割を演じるということが顕著に認められます。この時期は、『紫式部集』と『紫式部日記』との間には共有される記事があります。ところが、かねてより両者は、しばしば分析に際して相互補完的に扱われたり、どちらかといえば『紫式部日記』が事実を伝えるものとされたり、『紫式部集』の解釈が『紫式部日記』によっ

て参看されるという関係にあったことは疑いようがありません。『紫式部日記』にしても、『紫式部集』にしても、それぞれは異なった編集の意図において生成していると考えられますから、両者を同一平面上に置き、融通させて解釈することは、それぞれの完結性と独自性を無視することになります。

(10)注(9)に同じ、二〇四頁。
(11)加納重文「紫式部の出仕年時」『古代文化』一九七三年七月。
(12)注(6)に同じ、一二三頁。
(13)清水好子『紫式部』岩波新書、岩波書店、一九七三年、一三二頁。
(14)後藤祥子「紫式部集全歌評釈」『国文学』一九八二年一〇月。
(15)田中新一『紫式部集新注』青簡社、二〇〇八年、九七～九頁。
(16)同書、九九頁。
(17)清水好子、注(13)に同じ、一三三頁。萩谷朴『紫式部日記全注釈』上巻、角川書店、一九七一年、一四七頁。
(18)注(6)に同じ、一二六頁。竹内氏は、「一つは自分の身の上に関する事であり、他は宮仕えという社交の場での違和感」であると述べています。
(19)私は、『源氏物語』桐壺巻において、命婦が桐壺更衣母の邸宅を訪れたとき、勅使として預かった帝の歌を伝え、更衣母が返歌するという公的な挨拶の二首と、命婦が更衣母との私的な贈答という、公私の問題を典型的に示しています(「『紫式部集』の表現」『『紫式部集』歌の場と表現』笠間書院、二〇一二年、一二四～五頁。初出、一九七四年三月)。このような公と私、晴と褻の区分は、『源氏物語』と共有される紫式部の表現方法の特質だと思います。

(20)注（15）に同じ、一〇〇頁。

(21)注（4）に同じ、四六二頁。

(22)吉井美弥子「紫式部日記における和歌の場面についての試論」『むらさき』第二四編、一九八三年七月。久保朝孝「『紫式部日記』の和歌と歌集」今井卓爾監修『女流日記文学講座』第三巻、勉誠社、一九九一年。小町谷照彦「『紫式部日記』の和歌」『日本文学』一九七二年一〇月。久保朝孝「『紫式部日記』寛弘五年の記事—小少将の君・大納言の君との贈答記事を中心に—」『物語研究』1、一九七九年、など。

(23)萩谷朴『紫式部日記全注釈』上巻、角川書店、一九七一年、三六三頁。

(24)注（22）に同じ、吉井美弥子「紫式部日記における和歌の場面についての試論」。

(25)注（22）に同じ、久保朝孝「『紫式部日記』の和歌と歌集」。

(26)『家集の中の「紫式部」』新典社、二〇一二年、一〇～一一頁。

紫式部は、特に女房として複雑な人間関係の中にあり、また賀宴をはじめとして儀礼、儀式のありかたと、これらを離れた詠歌もあり、歌の性格は異なりますから、歌の解釈が関係してきます。何よりも歌は特定の場において表現されている、ということができます。このような**晴の場においてなのか、もしくは褻の場を離れてひとり自己の感情や思考を表明する歌と、宮廷などのより儀礼的な場を担う歌とは区別される必要**があります。逆に歌の表現からいえば、儀礼、儀式に伴う歌に技巧は不可欠です。かくて宮仕期の歌は、技巧によって彫琢された歌と、技巧のあまり必要のない、自己の内面に向う歌とに区別されるといえます。

(27)注（4）に同じ、四六一・四八四頁。正述心緒は『萬葉集』では、寄物陳思・譬喩歌ともに三分類されている、詠歌の様式ともいうべき概念です。なお、正述心緒については、本書「2　女君の生き方」を、紫上の詠歌について、寄物陳思は本書「1　花鳥風月」を参照していただければ幸です。

(28) 注（4）に同じ、四七四～五頁。

(29) 注（26）に同じ、四三頁。

(30) 三谷邦明「源氏物語における虚構の方法」『源氏物語講座』第一巻、有精堂、一九七一年、二八頁。

(31) 「形見」の用例は『新編国歌大観』によって検索し確認しましたが、すでに山本淳子氏に考察があります（「形見の文」『日本文学』二〇〇二年一二月）ので、ここでは哀傷歌における形見という表現に限定して考えることにしました。

(32) 佐藤和喜「紫式部集と勅撰集（二）」『立正大学　国語国文』二〇〇三年三月。

(33) 小島憲之・新井栄蔵校注『新日本古典文学大系　古今和歌集』岩波書店、一九九四年、二五八頁。

(34) 片桐洋一校注『新日本古典文学大系　後撰和歌集』岩波書店、一九九〇年、四二四頁。

(35) 久保田淳・平田喜信校注『新日本古典文学大系　後拾遺和歌集』岩波書店、一九八九年、一九〇頁。

(36) 『新編国歌大観』勅撰集Ⅰ、角川書店、一九八三年、一三三頁。なお分かりやすさを考えて一部表記を改めています。以下、同様です。

(37) 注（35）に同じ、二四一頁、二四七頁。

(38) 南波浩『紫式部集』岩波文庫、一九七三年、六九頁。

(39) 注（14）、及び注（7）に同じ、三四五頁。

(40) 『家集の中の「紫式部」』新典社、二〇一二年、一九二～三頁。

(41) 注（4）に同じ、四九五頁。

(42)注（6）に同じ、二四八頁。

(43)かつて和泉式部の和歌について、正述心緒の様式が特徴であると理解し、和歌の傾向として、句切れに注目しますと、主題とその説明、あるいは問いかけと答えといった形式が多いことに触れたことがあります。そのことからすれば、和泉式部の和歌はある意味で「分かりやすい」のですが、**紫式部の和歌の多くは挨拶や儀礼性を帯びる贈答の中で、一定の形式にのっとって詠んでいるところに特徴がある**ことが分かります（「帥宮追悼歌群における和泉式部の和歌の特質」横井孝・久保田孝夫・廣田收『紫式部集からの挑発』笠間書院、二〇一四年）。

(44)注（4）に同じ、四九五～六頁。

(45)注（7）に同じ、三四三頁。

あとがきにかえて

長きにわたって調べものや考えごとをしていますと、すぐに解決できる簡単な課題と、何十年もかかってやっと見通しがつくといった時間のかかる課題とがあります。「それはどういうことなのか」「なぜそんなことになっているのか」と疑問を感じたときには、すでに半分答は出ている、ということをよく耳にします。具体的に申しますと、私は、多くの疑問は、媒介項をみつけることが解決の糸口になる、と考えてきました。

ところで、次の小文は、遥か昔一九八七年三月に、勤務先の学内雑誌に掲載されたものです。繁雑で恐縮ですが、本書の企図を考える上で、若かりし日の『源氏物語』に対する関心がどのようなものであったかを御覧いただければ幸です。個人的にすぎる問題だと御叱りを受けるかもしれませんが、私がなぜ風変りな紫式部論を展開しているか、恥を忍んでお話したいと思うからです。

昔話は面白い。初めて聞いたときには、この語り口の速さはなぜだろうと驚いた。昔話は活字で読むだけでは、読み方がわからない。実際に村人が語るのを聞くと、確かに昔話はまだ「生きている」という実感がある[1]。よそものである我々に、老人たちが一所懸命に思い出し思い出し、語ろうとしてくれるのに接すると、素直にありがたいと感じる。聞き手がいなくなったということが、あるかもしれない。それでも、よそものである我々にでも、訴えようとされるものは何だろうか。

祭は面白い。祭の乱痴気騒ぎが、警察と消防によって管理されてきたことは、村人の語り草にもなっている。また、つつましい祭もよい。観光化されていない村祭に出会うと、笛の音や神輿の動きや、掛け声だけでも、恥ずかしいくらい心が揺り動かされる。冬の霜月祭、雪祭もよい。夜通し行われる寒い真冬の祭に付き合っていると、体の感覚が麻痺してくる。疲れだけではない。限りない祭の儀式の反復のせいである。村で選ばれた神殿（こうどん）たちが、神聖なものに高まって行くために別火（べっか）で籠（こも）り続けた社殿に、以前、祭の終わって誰もいなくなったあと、行くあてもなく泊まったことがある。[2] 山の闇の中、火の消えかかった囲炉裏（いろり）の前で、朝まで寒くて寒くてほとんど眠れなかった。この夜の寒さを、三ケ月にわたって、神殿が日常生活から隔離され、清まっていくというのは大変なことに違いない。我々は祭の秘せられた部分に、そう簡単に接することはできないが、式次第から儀礼というものを復元してみようとすることは許されるだろう。

盆踊りもよい。昔は三日三晩踊ったという。見ていても仕方がないので踊る。また同じような旋律、同じような歌詞、同じような所作（しょさ）のくりかえし。踊りながら山村の道に白い霧の流れていくのが本当に目に見える。盆に迎えた仏を、朝、野辺（のべ）送りするときにだけ踊る踊りがある。帰っていくものをいささかでも押し留めるかのように、野辺送りの行列の前で踊る踊りがある。じつにはげしい踊りである。まるで自分の肉親が今帰って行くのに立ち会っているかのような感慨を覚えたりもする。[3]

私は、日本の古代文学である『源氏物語』を研究しようとしているが、いままで自分の関心が散らばりすぎていたということも事実である。いったい昔話を見たり、祭を見たりすることと、どんな関係があるのか。古代の『源氏物語』に比べると、一般的には、今伝えられている昔話にしても、祭にしてもそんなに古いものではないであろう。直接的、無媒介にはつながらないが、古代であれ、中世であれ、人が生きるときに超越的な存在や世界を抜きにして生きることはできなかったであろうということに、私の関心の端緒はある。悩みは、フィールドにおいて得た資料を、どのようにモデル化できるのかということである。

『源氏物語』を読むというとき、『源氏物語』はいったいどこにあるのか。古代文学を対象にするとき、やっかいなのはここから始めなければならないことである。藤原定家系統の写本が、現存の『源氏物語』の伝本の中では最も文学的にすぐれていると評価されることが多かった。詳細な諸本研究が進むにつれ、定家本が必ずしも絶対的な価値をもつ本文とはいえないというように、相対化される傾向もあらわれた。現在、我々が活字で読む『源氏物語』は、古くとも室町時代を遡る底本が少ない。[4]『竹取物語』の写本などは江戸時代を遡ることが少ない。[5]また、古くから『源氏物語』は五四巻だったかどうか、名前だけが残って失われた巻や、入れ替わった巻があると論じられたり、現在の配列が当初からのままであったかどうかも問題だ、とする人もいるほどである。茶道、華道の掛軸や色紙として切断されたものや手鑑などに納められたものの中には、現存の伝本の表現と著しく異なるものがあり、古い『源氏物語』の写本の姿をとどめている可能性と、鎌倉・室町時代の『源氏物語』受容の多様性を示すものとして注目され、文献学的にはひとすじではいかない。

結局、現存の『源氏物語』は平安時代の『源氏物語』そのものかどうかは、厳密にはなんともいえない。伝えられる家の相伝として物語が厳粛丁重に享受され、秘されるのは後代のことで、物語がいきいきと生きていた時代には、いわば物語それ自体の表現には、ある程度の幅が許されていたと考えられ、そのことは『源氏物語』の本性と深く関係していると考えられる。

我々の現在と数百年の隔たりがありつつ、隔たりがあるゆえに、さらに古代文学として『源氏物語』をどのように読むことができるのか、という問題は残るのである。

『源氏物語』の魅力はどこにあるのかということは、読む人によって異なるが、私にとっての魅力は、この物語のもつ厚みである。単なる恋愛の物語でもない。かといって近代のものである小説としてはとうてい読めない。人が、人よりも超越的な世界との関係において生きており、その関係を伝えることに物語と儀礼とは、同一性を有する。『源氏物語』は古代と中世との間にあって、なお深い古代を抱えつつ、これを突き抜けようとする蠢(うごめ)きもある。いったい、この物語を根底から動かしている力は何か。物語の生成の現場にどうやって立ち会うことができるのか。表現の一字一句にこだわりつつ、なお『源氏物語』の本文をどこに認めることができるか。構造ということを、言葉の学において取り出すことができるならば、そこで『源氏物語』を論じることができるはずである。

（「私の研究」(6)）

このように申しますと「えっ、これは「紫式部は誰か」という本ですよね」と困惑されるかもしれません。しかし、これが私の紫式部論なのです。紫式部という存在giftedを、ただ追いかけるだけではファンであることにとどまります。いや、それでも構わないのですが、紫式部とその「作品」を批評したい評価したい、いわば相対化したいということになると、何か違う視点が必要になります。

さて、長文で申し訳ない上に、恥ずかしいことですが、幾つか研究上の現状認識そのものに誤りがあるとは思います。その点はどうか御目こぼしをいただきたく存じます。ただ、この小文のとおり、私はやりたいことをやっていただけですが、この時点では、掘っている二つの井戸の底がどう繋(つな)がるのか、自分でも全く分かっていませんでした。

その頃は、夏ともなく冬ともなく各地の祭をあちこち随分見て回りました。村祭では、社殿から神霊が御輿(みこし)に乗って御旅所(たびしょ)へ向かう渡御(とぎょ)があります。御旅所では村人が神霊に供物(くもつ)を献上して村中繁栄を祈願すると、再び神霊は御輿に乗って社殿に戻る、というのが基本です。古い祭では、神霊を仮宮に御招きし、神霊を慰め寿ぎ、五穀豊穣を祈願したのち、神霊を送り返すというのが基本です。あるとき、御輿のあとをトボトボと追いかけて歩いていたのですが、そのころは構造人類学に魅かれていましたから、祭の式次第は、神の「来訪と帰還」という、神話や物語、昔話の枠組みと同じだと直感しました。そのような確信が、後の考察のヒントになりました。神話学の定義では、神話は言語化できないという秘義性をもっています。だから神話は、言葉にすると非神話化して神話が壊れてしまうという矛盾を抱えています。公開された神話は、もはや神話ではない。祭は式次第として具体的な形をとりますが、儀礼そのものが神話だということです。それは言葉による説明を必要としません。毎年行われる祭は、宇宙の初まりの時における、神と人との契約を更新・再確認することなのです。(7) ですから、村人が儀礼に参与することそのことが、神話を生きることだということになります。

　つまり、そのとき、「来訪と帰還」は、儀礼と神話を貫く原理的な枠組みであり、天人女房型は向こうからこちらへ神霊がやってくるのに対して、浦島型はこちらから向こうへ出かけるという、視点の違いがあるだけで、話柄 type としては違いますが、元型において同じであるということになります。そしてそのとき、このような神話（の古層的枠組み）が、昔話、物語、説話の基層をなすのだということが一挙に理解することができたと思います。ここでは詳しく論じる暇はありませんが、藤壺や若紫、浮舟たちの物語に典型的に認められるように、この枠組みは『源氏物語』の主要人物の登場と退場を枠付けしているということです。

　正しい意味で、古代文芸の基礎は神話学であり、宗教学です。神話を歴史化することはできません。ただし、個別のテキストは、いつ成書化（文献として織られたか）されたのかという意味で、歴史的所産であることを免かれないといえます。『古事記』は古代天皇制神学の書であって、神話そのものではありません。神話を組み込んだ神学の書です。私は本来の意味で、古層の神話は、文献としては、むしろ『風土記』の中に認められると考えてきました。[8]『風土記』は、地誌ですから古代天皇制以前（古代天皇制の影響をあまり受けていない）神話が記憶されている。そうすると、音声言語による昔話と、文字言語による『風土記』神話とをどう摺り合わせるかが課題になるわけです。

その頃、『紫式部集』の研究に専念しておられた恩師南波浩から、「君の関心は日本人の精神史だな」と真顔で言われたことがあります。後になって、あれは御叱りの言葉だったのだと思いました。今なら、表現は精神性とか心性を考えなければ論じられないと思います。また、『紫式部集』は物語である、詞書は物語であり、構成もまた物語であると答えたと思います。南波先生は御若いころ、生産民の伝承から説き始め、『源氏物語』への道を論じられました。[9]私は、両者を時間的前後関係においてではなく、同時に併存するものとして捕まえたいと考えてきました。すなわち、**物語研究にとって神話は、物語の古層を教えてくれるものであり、昔話は物語の基層を教えてくれるものである、**と答えたと思います。

これは常識なのかもしれませんが、新しいものはおそらく、一見全く違って見えるもの同士を結び合わせることと、そこから生まれると思います。

それでは、私にとって、その二つの「異質なもの」とは何かというと、唐突に見えるでしょうが、ひとつは、紫式部が書いたとされる『源氏物語』であり、もうひとつは、近世から近代において農村の爐辺で伝承されてきた、昔話を代表とする民間伝承（口承文芸）との二つです。一方は、伝本の姿で残る文献であり、一方はフィールドから採取できる伝承（の記録）です。言い直せば、大きく文字言語による表現と音声言語による表現の二つだ、というふうに置き換えても構いません。

とはいえ、残念ながら今やフィールド・ワークを行っても、なかなか昔話の（優れた）語り手に出会えない時代になってしまいました。ですから、私のような問題の立て方そのものは、もはや実在感が乏しくなり、「時代遅れ」として見向きもされなくなってしまうに違いありません。

私はもともと、自分の興味の赴くままに勉強し始めただけなのですが、最初は私の中で『源氏物語』と昔話とはまさに無関係であり、座学かフィールド・ワークかということで言えば、全く相容れるものではない（と考えられており）、それらを扱う学会や研究者も全く別で、あたかも対極をなしてい（るように見え）ました。ただ、どうかかわるかといっても、**成立の時代も基盤も担い手も全く異なる、この両者を無媒介に結合することはできません。それではどのような媒介項を設定すれば両者を結び付けることができるのか、**今にして思えば、（自己同一性 identity を確認するために）それを探すことが私にとって永年の「宿題」でした。私にとって重要な論点は、そこにしかなかったのです(10)。

こんな年寄が思い出話をすると、時代の空気の違いにとまどわれるかもしれませんが、学部生の時代（一九六九〜七三年）に、『源氏物語』の魅力について発言すると、貴族文学は民衆に敵対するものであり、『源氏物語』の研究自体が反動的だと「友人たち」から非難された経験があります。古典でいえば、貴族社会を打倒し、武士を中心とする新しい階級の台頭が新しい時代を切り開くという意味で、その時代には『平家物語』が高く評価されていた気がします。

ところが、あるときN先輩から「紫式部も何かと戦っていたんだ」と教えられたことがあります(11)。言い換えれば、貴族も民衆も、同じ古代を呼吸し懸命に生きようとしていたのではないか、と。そのとき、音声言語による民間伝承（口承文芸）は、文字言語による『源氏物語』の基盤をなしていることが、心の底から納得できました。

当たり前のことと感じられるかもしれませんが、日本では、音声言語と文字言語との両方が用いられてきました。ただ、近世以前では、音声言語による伝承が記録されにくかっただけなのです。そのせいかどうか、古典文学研究では常に文字言語による表現だけが重視されますが、（本当のところ）それだけでは一方的・一面的に過ぎるでしょう。なぜなら、古代ではずっと文字は権力者の側に所有されていたからです。しかも大事なことは、権力者も音声言語の世界の中に住んでいたことです。つまり、中国の漢詩・漢文が『源氏物語』の成立にどのように影響したかという、文献だけを用いて行われる比較研究、そのような思考の枠組みは、どう考えても狭い。

なぜかと言いますと、日本古代の表現者にとって（極端に分かりやすく言えば）日本語の構文とは異なる漢詩・漢文は、努力のもとに教育の中で得られた教養の問題であり、いわば意識の次元に属するものです。日本語による表現を、四声（しせい）や平仄（ひょうそく）の知識も含めて、漢詩・漢文の文法に変換しなければならないからです。これに対して、「かな物語」を創り出すには（かなをいかに駆使（くし）するかという労苦はあったとしても）、**膠着（こうちゃく）語の日本語に即して、語順もそのままに、ひとつの音声とひとつの文字とが対応する性質ゆえに、「かな」を用いる表現は、従来の日本語による伝承に、生まれながら備わっている無意識の次元、悠久の古代からの発想や表現の枠組みを、そのまま継承することができた**と考えられるからです。だからこそ、「作者」あるいは表現者の意識・無意識の世界の総体をもって言語表現という営為は成り立つ、と捉える必要があると思います。ですから、文字言語の世界の中にだけ、問題が閉じ籠められているとみるのはいかにも「狭い」と考えるのです[12]。

例えば、文献を専門とする研究者の側から口承文芸について発言することがあっても、口承文芸そのものを云々することは実に珍しいことです。一例を示しますと、鎌倉初期に成立した『宇治拾遺物語』は、平安京の伝説を抱える中世都市の文芸です。ここに素材と編纂の時代や場との落差があります。そのころの口承文芸がどのようなものであったのかはよく分かりません。分かりませんが、存在したことは間違いありません。もともと『宇治拾遺物語』自身、源隆国の『宇治大納言物語』を核として制作されてはいますが、それは『宇治拾遺物語』の中に溶け込んでいます。さらに『宇治拾遺物語』は、昔話「瘤取爺（こぶとり）」と同じ話柄をもつ第三話など昔話関連話群において、同時代の口承文芸（それもそのまま文字化し記録したものとは言えず、文字による文芸化が施されています）[13]を加えて編まれた、複合的なテキストですから、ことは単純ではありません。

ところが近世の都市になると、伝統的な写本による文芸と、新たな出版物としての活字の文芸とが併存するようになりますが、一方では、地方においても多数の文献が生み出されるようになります。そのような広がりの中で、口承文芸の姿も都市・地方の文献の双方から、随分と光があてられるようになってきます。そこでは、昔話は文献と同じ時代を呼吸していることが確かめられます。そのことからすれば、説話研究や縁起研究は本来、文献と口承文芸との入会地であるはずでしょうが、現今の研究状況からいうと、まだまだ文献の側だけからする研究が圧倒的に優位であるように思います。

時に、「なぜ『源氏物語』なんですか」という質問を受けることがあります。このように尋ねられると、今申し上げたことをまた繰り返し申し上げることになると思います。振り返ると、高校生の頃に初めて読んだこの物語を、それから何度も読み返す度に、作品とのかかわりかたを更新してきたわけですが、ひとことで言えば、**この物語の魅力は、恋物語にとどまらない奥行きの深さです。あるいは、陰路（あいろ）のように閉ざされた世界の救いのなさです**[14]**。それが、この物語に対する私の印象批評の出発点であり、この物語の解明しがたい謎のような分かりにくさです。**そして実は、この謎の中に紫式部が居る、この謎こそ紫式部の抱えていた紫式部その人の核心だということです。

ただ、このような感覚的な読みだけに基いて、ただ『源氏物語』を（貴族文学として）読むだけでもテーマは見付けられるとは思いますが、それだけでは、やがて重箱の隅をつつくことになり、行き詰まります。だからといって、歴史の側からだけ攻めても、表現者としての紫式部は分かりません。私にとって大切なテーマは、問いが根本的かどうか、です。それは私にとって、述べてきたような地平にあるのです。『源氏物語』とフィールド・ワークとの両極に引き裂かれているように見えて、私の問題意識は単純にして両者の絶えざる相互関係なのだ、ということを告白しておきたいと思います。そもそも文学研究の始まりは、極めて個人的で私的なものです。

これは駄言ですが、国文学とはいえど、研究は科学として「仮説と論証」が必要です。誤解を恐れずに申しますと、究極的には解釈学だと思います。ただ、それは適当に解釈すればよいということではありません。手続きが論理的でなければならないことは当然ですが、年寄くさいことを言えば、性急に本質を追求するとか、いきなり普遍性を求めるとかではなくて、今を生きている私がどう考えているのか、どう読んだかを、どのように説得力をもって説明できるかだということだと思います(15)。その結果、見知らぬ人の心を動かすことがあれば、幾らか意味があると思います。

もうひとつ、これも駄言ですが、私の最初の論考は、稚拙な若書き原稿に対して師匠の南波浩から、「君の言おうとすることなら「紫式部の表現」と題した方がよい」と指導されたことがあります(16)。そのときは、ただ深く考えることもなく、『紫式部集』と『源氏物語』を架橋する考えだけを述べたものでしたが、四〇数年を経て、同じテーマのもとにこの小著を編むことは、まことに不出来にすぎるものですが、そのような右往左往しながら辿り着いた、積年の課題に対するひとつの答えだったのだと思います。つまり、自問自答です。どのように自分で問いを立て、どのように自分で答えるか、ということです。

注

（1）これは、稲田浩二氏の著書『昔話は生きている』（三省堂新書、一九七〇年）をなぞったもの
いいで、かねてより柳田国男が昔話研究を始めたころから、ずって昔話は絶えず消滅の危機にあると指摘されてきたことを受けています。

（2）このときは、一二月から正月にかけて、長野県下伊那郡南信濃村で集落ごとに行なわれた霜月祭と呼ばれる湯立神楽です。在地の村の中には、常在の神主はおらず、村人の中から年番（ねんばん）の神主（「神殿」）を選んでいることがあります。

（3）これは、柳田国男も訪れたことのある、有名な新野（にいの）の盆踊りです。この件は『講義 日本物語文学小史』で少し触れたことがあります（「おわりに」金壽堂出版、二〇〇九年、三七五頁）。私は柳田の書いた「清光館哀史」（『柳田国男集』第二巻、筑摩書房、一九六二年、初出一九二六年）には前からずっと心惹（ひ）かれていたために、この盆踊りには大きな感銘を受けました。

（4）現在では、『源氏物語』の本文を用いるにあたり、小学館の新編全集を使う人が多いのですが、一九六〇～七〇年代に普及していたのは岩波書店の旧大系本で、底本は室町期の三条西実隆本でした。

（5）『竹取物語』の写本の最善本は、周知のように、天理大学図書館蔵の武藤本で、これは江戸時代を遡る天正年間の写本です。

（6）「私の研究」『同志社時報』第八三号、一九八七年三月。なお、読みにくい箇所を最小限で直しています。この

とき、私三八歳のころです。この問題意識については、『講義日本物語文学小史』（金壽堂出版、二〇〇九年）で展開し、『文学史としての源氏物語』（武蔵野書院、二〇一四年）でひとつの帰結を示していると思います。

（7）神話の定義については、「物語と神話」『国文学』（学燈社、一九八五年六月）、「神話」『国文学』（学燈社、一九八五年八月）などを参照。

（8）「『風土記』の在地神話と昔話、そして中世説話」『民間説話と『宇治拾遺物語』』新典社、二〇二〇年。

（9）南波浩『物語文学』三一書房、一九五七年。

（10）これは随分と後になって考えついたことなのですが、神話を媒介項とすることで、**昔話は神話を基にして、江戸時代や近代の歴史性を表層に織られたテキストであり、『源氏物語』もまた神話を基にして、平安時代の歴史性を表層にして織られたテキストであるとみることで、共通性が見えてきますし、比較が可能だった**ということです。

そう考えることができれば、新しく生み出されるテキストが、神話を基に重層的に織られる、そのテキストそのものが文学史であるということができます。さらに、とりわけ古代のテキストが神話を基にして歴史的に繰り返し織り直されることが文学史だと言えます（「おわりに　話型・固有名詞・伝承的表現」、注（3）『講義日本物語文学小史』三七二〜三頁、「日本物語文学史の方法論」『文学史としての源氏物語』武蔵野書院、二〇一四年、二一一頁、二五頁）。ここでいうテキストという用語は、言葉で織られた本文をいうものとして用いています。

ちなみに、私が用いる事項という概念や、我流の使い方をしている話型や表現などという概念は、分析のための媒介項の具体的な事例です。

事項は、（テキストを分析するために）文 sentence を構成する「主語＋述語」をひとつの単位として、私は定義しています（『『源氏物語』系譜と構造』笠間書院、二〇〇七年、一二五〜七頁）。また、**話柄**（わがら）は、メルヘン研究、昔話研究において、タイプインデックスに登録されたものが、一般的には話型 type と呼ばれています（『『源氏物語』系譜と構造』一四七頁、三〇九頁。『文学史としての源氏物語』一九〜二〇頁、など）。そこでは、type の訳語として話型（わけい）が用いられています。すでに、日本の昔話と対応させた話型の一覧表ができています。ところが、その話型と呼ばれるものは、どうも先験的で固定的な印象を受けるものですから、私はこれを話柄 type と呼び、さらに話柄を支える原理的な枠組みを**話型** narrative form もしくは narrative sheme と再定義したいと思います（注（10）『『源氏物語』系譜と構造』一二六頁。「『紫式部集』冒頭歌考」『紫式部集』歌の場と表現』六二頁。『古代物語としての源氏物語』武蔵野書院、二〇一八年、一五五頁。『表現としての源氏物語』武蔵野書院、二〇二一年、四四四頁など）。私は口承文芸や昔話の研究における話型の概念に縛られずに、テキストを支える枠組みという意味で用いています。そうすると、

事項／話柄／話型／元型 arche-type

というふうに、テキストを層序化、重層化して捉えることができると思います。私は、表現という語を、この重層的なテキストの総体を呼ぶものと定義して用いています（『表現としての源氏物語』八頁、一三頁、二五〇頁）。

なぜ分析概念、操作概念を整理し直す必要があるかと申しますと、いわば、これまでの手慣れた概念だけでは、昔の轍（わだち）に嵌（はま）り込んでしまい、身動きがとれなくなる危険性があるからです。かといって、あまりにも個人的にすぎる恣意（しい）的な概念では、広く共感が得られないというジレンマもあります。

かつて学生時代に、西郷信綱『貴族文学としての萬葉集』（丹波書院、一九六四年）という書物に出会いました。この書名は、『萬葉集』は、実は貴族の側から編纂されたという意味で貴族文学なのだという、ひとつの発見というか、驚きというか、アイデアが込められていると思います。この場合、貴族文学という媒介項を設定することで西郷氏は『萬葉集』の本質に光をあてようとしたのだと思います。ところが『貴族文学としての源氏物語』では何も言ったことにはならない。これでは当たり前すぎるからです。つまり、『萬葉集』は貴族文学として編纂された編纂物である、それが西郷氏の考えたこの書物の「本質」だったのだというふうに、私は受け取りました。

(11)「日本物語文学史の方法論」、注（10）『文学史としての源氏物語』二〇頁。

(12)『表現としての源氏物語』武蔵野書院、二〇二一年。かなや和歌と、漢詩・漢文との関係については『古今和歌集』や紀貫之、あるいは『土左日記』が重要ですが、今は措くことにします。

ちなみに、伝承というと、堅苦しく感じられるかもしれませんが、言葉そのものが伝承です。幼いとき言葉を文脈と一緒に覚えることで、在来の伝統や文化などを身につけることができたわけです。つまり、言葉は伝統であり、伝承 tradition なのです（『表現としての源氏物語』九頁、三七頁、四四三頁）。

(13)『入門説話比較の方法論』勉誠出版、二〇一四年。

(14)私がいつも思うのは、柏木の女三宮に対する犯しによって生まれた薫が、出生の秘密を抱えながら、孤独な宇治大君に自らの苦しみを告白することができなかったことです。それゆえ、薫と大君とは他者であり続ける他なかったわけです。宿世に対する考えを、薫と大君との間で議論し、問題を共有し深めることができたとすれば、『源氏物語』の「結末」は大きく変わっていたと思います。

しかし、そのような妄想は、近代的にすぎるのかもしれません。古代ではそのような可能性など、もともとありえないことだったかもしれないからです。つまり、どこに古代の限界があったのか考える必要があります。他者の存在を認めることはできない、自己愛しかもたない（もてない）薫ですから、おそらく古代にあってそのような展開はありえなかったのかもしれません。ここに宇治十帖の可能性と不可能性とがあると思います（「文学史としての『源氏物語』」、注（11）二九二頁、「『源氏物語』存在の根拠を問う和歌と人物の系譜」『古代物語としての源氏物語』二七六頁。本書「2「女君の生き方」、注（16）参照）。

特に、「2　女君の生き方」でも触れましたが、**紫上や薫の和歌に「私は誰なのか」と自問する事例があり、同じ問いを自らに問い自ら答えようとするところに紫式部特有の苦悩がある**ように思います（「『源氏物語』繰り返される構図」、注（12）『表現としての源氏物語』四一四頁）。

（15）「まえがき」『『源氏物語』の解釈学』新典社、二〇二一年。

（16）「あとがき」『『紫式部集』歌の場と表現』笠間書院、二〇一二年。最初の論文は「紫式部の表現」『『紫式部集』歌の場と表現』笠間書院、二〇一二年。初出一九七四年。

はしがき（付・初出一覧）

本書は、最近の講演原稿を中心にまとめたものです。これは、紫式部を私ならこう読んでいますということをできるだけ分かりやすく御伝えしたいと考えたからです。それは、直接御目にかかることができなくても、文学の楽しさを語り合える友人を増やしたい、と考えるからです。ですから、ぜひとも紫式部の文芸研究をめざす大学生の皆さんや、古典に興味を御持ちの市民の方々に読んでいただければ幸です。

二〇二〇年の春に定年退職してからは、世界的な疫厲（えきれい）の流行に窮屈な毎日を強いられたものの、最近になり思わぬ病を得て、それまであれこれと思い描いていた計画が頓挫したこともあって、今できることでひとつのまとまりをつけようと考えた次第です。「紫式部の表現」の根っこがどこにあるか、もっと内容を煮詰める必要はあると思いますが、ここから先はなかなか難しいものがあります。

ともかくそのような雑駁（ざっぱく）で熟さない内容ですが、平素より御指導をいただいている武蔵野書院の前田智彦院主に、あつかましくも重ねて出版を御願い申し上げたところ、快く御引き受けいただき、大変ありがたく存じております。ここに心からの謝意を表したいと思います。また編集部の皆様に御世話頂きました。ありがとうございました。

なお、各章の初出一覧は次のとおりです。

1　「みんなで楽しむ源氏物語Ⅵ　『源氏物語』の花鳥風月」（講演）
（於豊中市蛍池公民館・図書館、二〇二一年七月）

2　「みんなで楽しむ源氏物語Ⅶ　女君の生き方に学ぶ」(講演)
(於豊中市蛍池公民館・図書館、二〇二二年七月)

3　「神話がなければ物語は書けない」(講演)
(日本文化学会、於神戸女子大学、二〇二二年九月)

4　書きおろし。

5　書きおろし。

6　「紫式部のその周辺―『紫式部日記』『紫式部集』の女房たち―」
(久下裕利編『王朝の歌人たちを考える―交友の空間―』武蔵野書院、二〇一三年)

ただ、講演ということで、いずれも気ままに話したものばかりですから、改めて文章として読み直しますと、勢いだけで述べていたり、妙な言い回しが残っていたりしますが、どうか御許しを賜りますようお願い致します。また、発表原稿を手直しするときに色々と説明を加えました。そのため、だらだらと長くなり、かえって分かりにくくなったのではないかと危惧しております。しかも各章の内容が、今まで考えてきたことをただ繰り返すのみとなり、くどすぎる箇所ができたり、章と章との間に重複ができたり、読みにくいところが多々生じてしまったと思います。そのこともあって、単著の小論・小著などを注記する場合には、繁雑さを避けて廣田の名を冠することを略しました。なお、読みやすくするために、物語・日記・歌集などの本文を引用するにあたって、全体にわたり表記を整えております。その点はどうか、御許しをいただければと存じます。

「紫式部は誰か」という書名は、いかにもあざといと思われるかもしれませんが、特に他意はありません。いずれにしても、私が考えつくことは今のところここまでですが、批判的にお読み頂き、分析を深めて頂くことがあるとすれば、これほど嬉しいことはありません。

二〇二三年五月

廣田收

著者紹介
廣田 收（ひろた・おさむ）

1949年　大阪府豊中市生まれ。
1973年3月　同志社大学文学部国文学専攻卒業。
1976年3月　同志社大学大学院文学研究科国文学専攻修士課程修了。
［現在］同志社大学文学部名誉教授／博士（国文学）

［著書］『『宇治拾遺物語』表現の研究』（笠間書院　2003年）
『『宇治拾遺物語』「世俗説話」の研究』（笠間書院　2004年）
『『源氏物語』系譜と構造』（笠間書院　2007年）
『『宇治拾遺物語』の中の昔話』（新典社　2009年）
『講義 日本物語文学小史』（金壽堂出版　2009年）
『家集の中の「紫式部」』（新典社　2012年）
『『紫式部集』歌の場と表現』（笠間書院　2012年）
『入門 説話比較の方法論』（勉誠出版　2014年）
『文学史としての源氏物語』（武蔵野書院　2014年）
『古代物語としての源氏物語』（武蔵野書院　2018年）
『民間説話と『宇治拾遺物語』』（新典社　2020年）
『表現としての源氏物語』（武蔵野書院　2021年）など

［共編著］久保田孝夫・横井孝・廣田收編『紫式部集大成』（笠間書院　2008年）
上原作和・廣田收編『新訂版　紫式部と和歌の世界』（武蔵野書院　2012年）
廣田收・横井孝・久保田孝夫著『紫式部集からの挑発』（笠間書院　2014年）
廣田收・勝山貴之著『源氏物語とシェイクスピア』（新典社　2017年）
廣田收・勝山貴之著『古典文学をどう読むのか』（新典社　2021年）
廣田收・横井孝編『紫式部集の世界』（勉誠出版　2023年）など

紫式部は誰か

2023年7月20日 初版第1刷発行

著　　者：廣田　收
発 行 者：前田智彦
装　　幀：武蔵野書院装幀室

発 行 所：武蔵野書院
〒101-0054
東京都千代田区神田錦町3-11 電話 03-3291-4859　FAX 03-3291-4839

印刷製本：三美印刷㈱

ISBN 978-4-8386-1008-2 Printed in Japan